고검추산

허담 新무협 판타지 소설

FANTASTIC ORIENTAL HEROES

고검추산 6

허담 新무협 판타지 소설

초판 1쇄 찍은 날 § 2008년 1월 14일
초판 1쇄 펴낸 날 § 2008년 1월 24일

지은이 § 허담
펴낸이 § 서경석

편집장 § 문혜영
편집책임 § 이재권
편집 § 유경화 · 심재영

펴낸곳 § 도서출판 청어람
등록번호 § 제1081-1-89호
등록일자 § 1999. 5. 31
어람번호 § 제2-1397호

주소 § 경기도 부천시 원미구 심곡1동 350-1 남성B/D 3F (우) 420-011
전화 § 032-656-4452 팩스 § 032-656-4453
http://www.chungeoram.com
E-mail § eoram99@chollian.net

ISBN 978-89-251-1138-4 04810
ISBN 978-89-251-0913-8 (세트)

6

황금선(黃金船) 下

고검추산

허담 新무협 판타지 소설

FANTASTIC ORIENTAL HEROES

도서출판 청어람

孤劍秋山

目次

第一章

절대고수

孤劍秋山

한 자루 창이 어지럽게 흔들리며 허공을 날았다. 석탑에서 타오르는 횃불을 반사한 창날은 눈부시게 번쩍여 상대로 하여금 그 실체를 잡아내기 어렵게 했다. 창끝의 화려한 움직임이 향하는 곳, 그곳에 조오현의 무표정한 얼굴이 있었다. 조오현은 괴고수 사신이 뻗어내는 번뜩이는 창날이 자신의 코앞에 다가왔을 때야 신형을 움직였다.

스슥!

단 한 번의 움직임으로 사신의 창날은 조오현의 귀밑머리를 자르며 허공을 갈랐다.

"드디어 시작인가?"

일초의 겨룸을 본 대웅산이 긴장한 채 중얼거렸다.

장내에서 벌어지고 있는 네 쌍의 싸움 중 가장 재미없는 것이 조오현과 사신의 싸움이었다. 한쪽은 창, 한쪽은 장도를 사용하는 두 사람의 싸움은 얼핏 보면 화려한 창술과 강력한 도법으로 장내의 시선을 주목시킬 것 같았지만 그들은 오히려 나머지 세 쌍의 싸움이 치열하게 진행되는 와중에도 단 한 번의 격돌도 하지 않았던 것이다. 대신 두 사람은 서로의 눈에 시선을 고정시킨 채 조금씩 신형을 움직일 뿐이었다.

하지만 무불장의 고수들은 비록 창과 도를 뻗어내지는 않았지만 두 사람이 누구보다도 치열한 싸움을 하고 있다는 것을 알고 있었다. 조오현과 괴고수 사신은 모두 살법에 능한 인물들이었다. 사신은 노륙지를 찾아든 고수들을 상대로 어둠에 숨어 살수를 펼쳐 수십 명의 무림인을 고혼으로 만든 인물이었고, 조오현 역시 무불장의 고수 중 살법에 있어서만큼은 가장 뛰어난 고수였던 것이다.

그래서 살법을 익힌 두 사람의 대결은 초식을 겨루는 비무라기보다, 단 일수에 상대의 목줄을 끊어내는 생사결의 대결이었다. 한순간의 방심이 곧 죽음으로 이어지는 대결에서 경솔하게 상대를 공격하는 것은 곧 자신의 허점을 노출시킬 수 있는 위험한 시도였다. 그것이 두 사람이 서로의 눈만을 주시하며 지금껏 신경전을 벌이고 있는 이유였다.

하지만 싸움이란 결국 그들이 들고 있는 도와 창에 의해 결판 지어질 수밖에 없는 것, 누군가는 먼저 적을 향해 손을 써야 했다. 그리하여 영원히 이어질 것 같던 침묵을 깨고 선공을 하고 나선 자는 괴고수 사신이었고, 조오현은 준비하고 있었다는 듯 사신의 공세를 피해냈던 것이다. 그리고 그 한 초식의 교환은 두 살법 대가들의 싸움이 본격적으로 시작되었음을 알리는 것이었다.

무불장과 금오표국의 고수들에게는 장내에서 벌어지는 네 개의 싸움 모두가 관심의 대상이기는 했으나, 그래도 그들이 가장 큰 관심을 기울이고 있는 싸움은 조오현과 사신의 대결이었다. 자신들의 동료가 벌이는 싸움이 다른 자들의 싸움과 같을 수는 없는 법이므로……. 흥미롭게 장내의 싸움을 주시하던 추산의 눈에도 사신의 창이 움직이는 순간부터 가벼운 긴장이 드리워지기 시작했다.

팟!

사신의 선공을 간발의 차이로 흘려내며 신형을 튼 조오현의 검이 사선으로 사신의 등을 향해 꽂혀 들어갔다. 마치 도가 아닌 창을 뻗어내는 듯한 공세, 그 빠르기 역시 사신이 떨쳐 낸 창에 비할 바가 아니었다. 사신의 신형이 대지와 수평을 이루며 낮은 자세에서 빙글 회전했다. 그리고 이번에는 사신의 창이 오히려 도처럼 휘둘러졌다.

깡!

도와 창의 강렬한 충돌음이 한줄기 번쩍이는 불꽃과 함께 터져 나왔다. 사신을 향해 꽂혀들던 조오현의 도와 사신의 창이 처음으로 격돌했다. 그리고 그 찰나의 격돌이 만들어내는 틈을 타 사신의 신형이 재빨리 뒤로 밀려나며 신형을 바로 세웠다.

파파팟!

그러나 한 번 선기를 잡은 조오현은 상대에게 여유를 주지 않고 연속해서 세 번의 도초를 펼쳐 냈다. 조오현의 도에서 만들어진 시퍼런 도기들이 단번에 사신을 세 토막으로 가르려는 듯 진득한 살기를 담고 사신을 향해 닥쳐들었다. 그러자 사신이 신형을 뒤로 물리는 와중에도 재빨리 들고 있던 창의 중심 부분을 잡아 바람개비처럼 회전시키기 시작했다.

차차창!

다시 한 번 격렬한 충돌음이 장내에 울려 퍼졌다. 동시에 두 살법의 대가들이 사람들의 눈에 보이지 않을 만큼의 빠름을 자랑하며 순식간에 십여 장을 이동했다. 그러면서도 그 와중에 서로를 향한 살초와 그것을 막아내는 절초들을 뻗어내면서 극쾌의 초식들을 주고받는 것이었다.

"죽은 듯 조용하더니 일단 시작하니까 정신을 차릴 수 없이 빠르군요."

추산이 고개를 절레절레 흔들며 중얼거렸다.

"본래 살법을 익힌 사람들의 무공은 일단 시작되면 그 어떤 무공보다도 빠르고 치열한 법이지. 왜냐하면 내가 죽이지 않으면 상대가 날 죽이는 것이 바로 살법의 기본이니까."

"조 노사께서 도를 쓰시는 것을 제대로 보기는 이번이 처음인데 생각보다 훨씬 대단하시네요."

추산이 연신 사신과 공수를 주고받고 있는 조오현을 보며 말했다.

"나도 조 노사께서 무공을 펼치는 것을 많이 보지는 못했지. 본래 조 노사께서는 저런 식의 비무나 싸움은 그리 즐겨하시지 않으니까. 조 노사께서는 모든 일을 조용히 처리하는 것을 즐기시지."

"그건 살수의 특징 아닌가요?"

추산이 대웅산을 보며 물었다.

"뭐, 그렇다고 할 수도 있고… 조 노사의 성정이 본시 그런 분이라고 볼 수도 있지."

"조 노사께서는 어떻게 살법을 익히신 걸까요?"

추산이 슬쩍 금오표국의 두 고수를 바라보며 말했다. 하지만 금오표국의 두 고수는 묵묵히 조오현과 괴고수 사신의 대결을 바라볼 뿐 추산의 의문에 대한 답을 주지 않았다.

'쳇. 이들은 분명 조 노사의 과거를 알고 있을 텐데.'

추산이 대답이 없는 두 금오표국 고수를 보며 투덜거릴 때 대웅산이 입을 열었다.

"후후, 글쎄. 누구나 저마다의 사연을 가슴에 묻고 있는 것이 우리 무불장 청부사들의 특징이지."

대웅산은 말을 하면서도 여전히 조오현과 사신의 싸움에 시선을 고정하고 있었으므로 그가 말을 하는 사이 금오표국 두 고수의 얼굴이 조금 어두워졌다는 것을 알 수 없었다. 하지만 곁눈질로 두 사람을 보고 있던 추산은 그들의 표정이 변하는 것을 놓치지 않았다.

'음, 역시 이들과 조 노사 사이에는 밝히고 싶지 않은 과거가 있는 것이 분명해. 어쨌든 이번 일이 끝나면 그 실마리라도 알게 되겠지. 그나저나 싸움은 또 왜 저 모양인가?'

추산이 조오현의 과거에 관심을 두는 사이 싸움의 양상은 또 다시 변해 있었다. 한순간 폭풍처럼 수십 초의 공수를 교환했던 조오현과 사신이 다시금 처음의 상태로 되돌아가 있었던 것이다.

사신은 두 손으로 창을 들어 자신의 전면을 향하도록 눕힌 채 창끝으로 조오현을 겨누고 있었고, 조오현은 장도를 땅 쪽으로 늘어뜨린 채 사신의 창끝과 그 뒤에 있는 사신의 두 눈동자를 주시하고 있었다. 그 상태에서 그들은 다시 침묵 속으로 빠져들고 있는 것이었다.

"또 길어지겠는데요?"

추산이 대웅산을 보며 나직하게 말했다. 그러자 대웅산이 고개를 끄덕였다.

"한 번의 격돌 결과 두 사람 모두 쉽사리 상대할 수 없는 적수라는 것을 깨달은 것이지. 보통 저런 경우 인내력 싸움으로 가게 마련이야. 먼저 집중력이 흐트러지는 사람이 패배하게 되는 것이지. 그것도 단 한순간, 단 한 수에 말이야."

"얼마나 걸릴까요?"

"글쎄. 두 사람의 무공이 모두 절정에 달했으니 쉽게 끝나지는 않겠지."

"그럼 그동안 다른 싸움이나 구경해야겠군요."

추산이 다른 세 개의 싸움으로 시선을 돌렸다. 여전히 치열한 공방전이 벌어지고 있는 나머지 싸움은 그러나 처음과는 달리 조금씩 그 싸움의 양상이 변해가고 있었다.

대도(大刀)의 괴고수 천괴와 과거 천하제이청부사 만불통의 대결은 서서히 그 우열이 드러나고 있었다. 수십 년 적공의 만불통의 공력을 괴고수 천괴가 버텨내지 못하고 있는 듯 보였다.

만불통이 사용하는 철봉은 여전히 그 위력을 유지하고 있었으나 천괴의 대도는 처음보다 눈에 띄게 느려져 있었고, 극도의 빠름을 자랑하는 그의 경공 또한 사람들의 시야에 들어올 정도로 느려져 있었다. 하지만 그래도 그의 도법은 여전히 위맹하고 고절해 팔방을 점하고 달려드는 만불통의 철봉을 그럭저럭 막아내고 있었다.

'비록 저 천괴라는 자가 대단은 하지만 저 싸움은 이제 곧 끝나겠어. 역시 천하제이청부사답군. 저 정도 실력은 있어야 사부님께 도전할 자격이 있는 것이겠지. 물론 그래도 사부님에게 훨씬 미치지 못하지만 말이야.'

추산은 만불통과 천괴의 싸움은 이미 승패가 난 것이라 생각하며 고개를 돌려 남련 풍운당주 이곤과 협검을 사용하는 노륙지의 괴고수 마검의 싸움을 바라봤다. 두 사람의 대결은 여전히 치열하게 진행되고 있었다. 싸움을 시작한 지 꽤 오래 지났지만 두 사람 누구도 승기를 잡지 못하고 있었다.

'역시 괴고수들 중 저 마검이란 자가 가장 고수야. 풍운당주라면 솔직히 만불통이라는 저 노인 못지않은 무공을 지니고 있을 텐데 그와 동수를 이루고 있으니 말이야. 저 싸움은 아마도 네 싸움 중 가장 늦게 승부가 날 거 같군.'

추산이 두 사람의 무공에 대해 나름대로 평가를 내리며 이번에는 복면인과 싸움을 벌이고 있는 십자륜의 고수 수마에게로 시선을 돌렸다.

'저자도 대단하군. 저 수마란 괴인의 무공은 강호에서 흔히 볼 수 없는 괴이 망측한 무공인데 그런 자를 몰아붙이고 있다니 말이야.'

거리 싸움으로 진행되던 복면인과 수마의 싸움은 어느새 복면인이 자신에게 유리한 공간을 확보한 채 이어지고 있었다. 복면인은 자신의 검공이 최대한 발휘될 만큼의 거리를 두고 맹렬히 수마를 공격하고 있었고, 수마는 그런 복면인의 공격을 두 개의 륜을 이용해 근근이 막아내고 있었다. 수마의 입장에서 보자면 원거리 아니면 근접전에서 유리할 기병 십자륜의 장점을 완전히 상실한 채 싸움을 벌이고 있는 것이었다. 덕분에 수마는 연신 수세에 몰리고 있었고 검공을 펼치는 복면인의 공세는 시간이 지날수록 날카로워지고 있었다.

'아마도 수마란 자는 수공(水功)에 익숙한 자일 것이다. 그가 노륙지의 습지에 숨어 두 개의 륜으로 강호의 고수들을 공격할 때는 누구도 쉽게 그를 상대할 수 없었는데, 이렇게 마른 땅 위에서 검의 절정고수를 상대하려 하니 당연히 수세에 몰릴 수밖에… 그나마 쉽게 목숨을 내주지 않는 것만도 다행한 일일 것이다. 그나저나 저 복면인의 정체가 정말 궁금하군. 도대체 무엇을 하는 자들인데 이 사건에 끼어든 것일까? 그것도 복면을 한 채 말이야.'

추산은 복면인의 정체에 대해 새삼스레 호기심이 일었지만 그들의 정체는 지금 밝힐 수 있는 상황이 아니었다. 그보다도 지금은 이 기이한 비무의 승패가 중요한 때였다.

'어디에서 먼저 승패가 결정될 것인가?'

형세로 보아서는 만불통과 천괴 아니면 복면인과 수마의 싸움이 가장 먼저 끝날 가능성이 많았다. 두 싸움은 이미 한쪽으로 승기가 기울어져 있기 때문이었다. 사람들도 그 두 싸움의 승패가 날 시간이 머지않았음을 느꼈는지 대부분 그들의 싸움에 시선을 두고 있었다. 그러나 세상일이 언제나 그렇듯 결과는 사람들의 예상과 달랐다.

창!

갑자기 한줄기 경쾌한 떨림이 울려 나왔다. 그 소리가 너무 맑아 승패가 곧 갈릴 것 같은 두 개의 싸움에 시선을 주고 있던 사람들이 화들짝 놀라며 소리의 주인을 찾아 황급히 고개를 돌렸다. 소리는 조오현이 상대하고 있는 창의 고수 사신에게서 만들어진 것이었다.

창창!

다시금 예의 그 경쾌한 소리가 만들어졌다. 사신이 한 손으로 창의 끝을 잡고 다른 한 손으로는 창의 중간을 잡은 후 눈에 보이지 않을 정도로 빠르게 창을 튕겨내고 있었다. 사신의 두 손을 통해 창신(槍身)에 전달된 공력이 창날로 모여들자 시퍼렇게 벼려진 창날이 떨리면서 차가운 밤공기를 튕겨냈는데, 사람들의 귀를 어지럽힌 그 경쾌한 소리는 바로 창날이 공기를 때리는 소리였던 것이다.

위웡!

경쾌한 소리를 만들어내며 규칙적으로 공기를 튕겨내던 사신의 창날이 어느 순간 허공에 곡선을 그리기 시작했다. 그러자 노가 물결을 쓸어내듯 창의 주변에 있던 공기들이 한 방향으로 쓸리며 기이한 파공음을 일으켰다. 그렇게 아주 천천히 회전을 시작한 사신의 창날이 어느 순간 눈에 보이지 않을 정도로 빠르게 회전하기 시작했다.

우우웅!

동시에 그의 창날 주변에서 폭풍이 몰아치는 듯한 소음이 만들어졌다. 사신의 창날이 폭풍을 만들어낼 때까지 서늘한 시선으로 상대의 창끝과 사신의 눈을 바라보던 조오현이 창날에서 폭풍 치는 소리가 일어나자 땅을 향해 있던 도(刀)끝을 천천히 끌어 올렸다.

평소 회초리보다도 가볍게 휘둘러지던 조오현의 도가 이번에는 만근의 무게를 지닌 듯 느리게, 그러면서도 아주 무겁게 그의 눈앞으로 끌어 올려졌다. 아마도 허리 아래에서 그의 눈앞으로 도가 옮겨지는 동안 그의 모든 공력이 그의 도에 깃들었으리라.

그리고 잠시 후 조오현의 도가 움직임을 멈추는 순간 기다렸다는 듯 사신의 창이 움직였다.

콰아앙!

조오현과 사신 사이에 놓여 있던 어둑한 공기가 파도 갈리듯 갈라졌다. 그 사이로 사신의 창이 다섯 줄기로 갈라지며 닥쳐들었다. 순식간에 조오현의 전신은 사신의 창끝에 노출됐다.

사신의 창은 그가 지금껏 보여주었던 속도보다 한 단계 빨라져 있었으므로 이미 사신의 창에 익숙해져 있던 조오현조차도 도저히 이번 공격을 받아낼 수 없을 것처럼 보였다.

"아!"

금오표국의 두 고수 진감과 기릉의 입에서 자신도 모르는 사이에 탄성이 흘러나왔다. 그것은 조오현이 온전히 사신의 창날 아래 자신의 몸을 내맡긴 것에 대한 안타까움과, 패배의 예감이 그들의 머릿속에 찾아들어 일어난 두려움의 표현이었다.

그러나 대웅산과 추산은 흔들리지 않는 눈빛으로 조오현의 전신을 쓸어가는 사신의 창을 바라보고 있었다. 그리고 모든 사람이 사신의 창이 조오현의 다섯 군데 사혈에 꽂혀들었다고 느끼는 순간 조오현의 신형이 흐릿한 잔영을 남기며 사신의 창끝에서 사라졌다.

"아, 이형술(離形術)!"

그 모습을 보고 있던 기륭의 입에서 자신도 모르는 사이에 탄성이 흘러나왔다.

'이형술이라!'

기륭의 탄성을 들으며 추산이 고개를 끄덕였다. 신법의 이름 그대로 조오현의 실체는 이미 잔영으로 남아 있는 그의 몸을 벗어나 자신의 오대사혈을 뚫고 지나가는 사신의 창 아래 뉘어지고 있었던 것이다.

"음……."

필사의 일격이 상대의 잔영만을 스치고 지나가자 사신의 입에서 나직한 침음성이 흘러나왔다. 동시에 창신(槍身)에 매달려 날아오던 그의 신형이 재빨리 회전했다. 하지만 시차를 두지 않고 회전한 그의 눈앞에 있어야 할 조오현의 모습은 그 어디에도 없었다. 순간 사신의 눈에 숨길 수 없는 당혹감이 떠올랐다. 살법을 익힌 자들에게 있어 상대의 실체를 놓치는 것만큼 위험한 일은 없다. 그리고 다음 순간 예상한 위험은 이내 현실이 되었다. 그것은 사신의 발이 멈춰 서진 대지(大地)로부터 시작됐다.

파직!

낙엽 굴러가는 소리가 나는 듯하다 이내 찢어지는 듯한 파공음으로 변한 소리에 사신이 놀라 훌쩍 뒤로 신형을 움직였을 때, 그가 서 있던 자리에서 하나의 검은 그림자가 불쑥 솟아오르더니 이내 한줄기 푸르스름한 빛이 그의 몸을 아래에서 위로 갈라왔다.

"핫!"

순간 사신이 나직한 기합성을 발하며 재빨리 들고 있던 창을 휘저어 하단으로부터 자신을 베어 올라오는 푸른 빛줄기를 막으려 했다. 그러나 처음에는 그리 빠르지 않아 보이던 그 푸른 빛줄기는 사신이 창을 움직여 그것을 막아내려는 순간 번개처럼 솟구쳐 사신의 창보다 먼저 사신의 몸에 와 닿았다.

"웃!"

사신이 다급성을 발하며 가까스로 몸을 틀었다.

팟!

순간 사신의 가슴을 파고들던 푸른 빛줄기가 사신의 번개 같은 움직임에 그의 가슴 대신 어깨를 긋고 지나갔다.

"음……!"

사신의 입에서 신음성이 흘러나왔다. 어느새 그의 왼쪽 어깨에서 붉은 선혈이 솟구치고 있었다. 사신의 신형이 번개처럼 뒤로 물러났다. 그 뒤를 사신의 선혈로 물든 도를 뻗어내며 조오현이 따라붙었다.

장내의 고수들이 흥분으로 술렁였다. 장내에서 벌어지고 있는 네 개의 싸움 중 한 싸움에서 드디어 피가 터져 나왔기 때문이었다. 본시 피를 본 무인은 인간에서 짐승으로 변하는 것이인지상정, 장내에 모여 있던 강호고수들의 눈에 얼핏 핏빛 광망이 일렁이기 시작했고, 자신도 모르게 흘려내는 살기들이 비무가 벌어지고 있는 공터를 가득 메우기 시작했다.

"드디어 싸움의 끝을 향해 달리는 건가."

추산이 흥분한 목소리로 중얼거렸다. 추산의 말처럼 조오현의 도가 사신의 피를 뿜어내게 한 순간부터 다른 싸움들의 양상도 변하기 시작했다. 상대를 제압하는 최초의 인물이 타인이 되는 것을 용납하지 않겠다는 듯 괴고수들을 상대하고 있던 다른 세 명의 강호고수들이 일제히 공력을 끌어올려 자신의 상대를 몰아붙이기 시작했던 것이다.

그러자 가뜩이나 수세에 몰려 있던 천괴와 수마가 만불통과 복면인의 공세에 밀려 단번에 위기에 몰리기 시작했다. 조오현의 노도 같은 공세를 받고 있는 사신은 말할 것도 없었다.

그렇게 비무를 벌이고 있는 네 명의 동료 중 세 명이 위기에 처하자 탑 근처에서 비무를 지켜보고 있던 풍마와 피리를 불어 뱀을 조종하던 괴고수가 서로를 바라보며 눈빛을 교환했다. 그리고 풍마의 신형이 바람처럼 그 자리에서 사라졌다.

"끝이다!"

조오현의 입에서 싸움을 시작한 이후 처음으로 중저음의 목소리가 흘러나왔다. 조오현의 공세에 밀린 사신은 어느새 공터의 북쪽에 자리 잡고 있는 탑 근처까지 밀려나 있었다.

"오너라!"

위기에 몰린 사신이 눈으로 파란 광망을 흘려내며 조오현을 향해 소리쳤다.

"죽음을 앞두고도 투기를 일으키다니 네 용기가 가상하다. 하지만 용기만으로 죽음을 피할 수는 없다. 너희들의 손에 죽어간 형제들의 원한을 나 또한 갚지 않을 수 없기 때문이다. 잘 가거라!"

조오현의 신형이 불길처럼 솟아올랐다. 동시에 그의 장도가 머리 위로 치켜 올라갔다. 일격필살! 단번에 상대의 목숨을 끊어내는 것 또한 살법을 익힌 자의 도리던가. 그런데 바로 그 순간 아무도 예상치 못한 일이 일어났다. 탑의 여섯 곳에서 공터를 밝히고 있던 횃불들이 순식간에 꺼져 버렸던 것이다.

"앗!"

"뭐야! 어떻게 된 일이지?!"

순식간에 빛이 사라지자 장내의 고수들이 질러대는 고함 소리가 어지럽게 흘러나왔다. 본래 평범한 사람이라도 어둠 속에 오래 있다 보면 어둠 속에서도 사물을 분간할 수 있는 법이지만, 그와 반대로 무공이 절정에 이른 고수라도 밝았던 곳이 갑자기 어두워지면 잠시라도 시력을 잃게 마련이었다. 순식간에 불이 꺼지면서 비무의 끝을 향해 달려가던 네 명의 고수 역시 괴인에 대한 공격을 멈추고 잠시 자신의 눈이 어둠에 익숙해지기를 기다릴 수밖에 없었다. 그리고 모두를 맹인으로 만든 그 어둠 속에서 풍운당주 이곤이 상대하던 마검의 목소리가 들려왔다.

"핫핫하! 오늘 이 노륙지를 찾은 여러 강호고수들의 무공은 잘 보았소. 과연 노륙지의 주인을 이곳에서 몰아낼 만한 실력들이니 우린 집을 비우고 그만 물러나겠소이다. 이제부터 노륙지는 여러분의 것이오!"

그르릉!

동시에 무언가가 밀리는 소리가 들려왔다. 순간 누군가 먼저 어둠에 익숙해진 자의 입에서 다급한 외침이 터져 나왔다.

"탑이다! 탑에 비밀 통로가 있다! 놈들이 탑으로 도주한다!"

그러자 서서히 어둠에 익숙해져 가던 고수들의 시선이 공터의 북쪽에 서 있던 탑으로 향했다.

"쫓아라!"

그리곤 다시 누군가의 차가운 목소리가 들려왔다. 그 목소리에 맞춰 네 무리의 강호고수들 중 복면을 쓴 자들이 탑을 향해 날아들었다.

"제길, 역시 복면을 쓰고 있었기에 쉽게 시력을 회복하는군. 아니, 애초부터 시력을 잃지 않았었나?"

추산이 한 손으로 눈을 부비며 아스라이 석탑을 향해 날아가는 복면인들을 보고 중얼거렸다. 그런데 그 순간 다시 아무도 예상치 못한 일이 일어났다.

콰쾅!

달아나는 여섯 명의 괴고수들을 쫓아 탑으로 몰려갔던 복면인들이 막 석탑 아래의 비밀 통로로 진입하려는 순간 강력한 굉음과 함께 선두에 있던 복면인 세 명의 신형이 피를 뿌려대며 허공으로 날아갔던 것이다.

그리고 그 순간 추산은 보았다. 삼 인의 복면인을 일수에 날려 버리며 석탑 아래 비밀 통로의 입구에 살짝 드러난 한 노인의 모습을!

그는 어둠과 같은 검은색 장삼을 걸치고 있었다. 그의 얼굴은 비밀 통로의 안쪽 그늘에 가려 자세히 드러나지는 않았지만 그의 눈빛은 어둠 속에서 호랑이처럼 번쩍이고 있었다. 그리고 그 눈빛을 보는 순간 추산은 전신이 얼어붙는 것을 느꼈다.

'고수(高手)!'

그 한 단어만이 추산의 머릿속에 떠올랐다. 그리고 잠시 후 단번에 복면인 셋을 고혼으로 만든 그 석탑 안의 인물에게서 나직하면서도 듣는 이의 심장을 떨게 만드는 목소리가 흘러나왔다.

"너희들이 올 수 있는 곳은 여기까지다! 더 이상 다가온다면 기다리는 것은 오직 죽음뿐이리라! 더 이상 우리를 쫓지 말라!"

쿠쿠쿵!

사내의 말이 끝나는 순간 사내의 신형이 석탑 안쪽으로 사라지더니 이내 거대한 굉음과 함께 석탑이 무너져 내리기 시작했다. 장내의 고수들은 이미 어둠 속에서 사물을 분간할 만큼의 시력을 회복했지만, 갑자기 모습을 드러내 단번에 복면인 셋을 죽인 괴고수에 대한 공포심과 무너져 내린 석탑으로 인해 괴고수들을 추격할 엄두를 내지 못하고 황망한 표정으로 그 자리에서 있을 뿐이었다.

"불을 밝혀라!"

누군가의 입으로부터 날카로운 명령이 떨어졌다.

화악!

그러자 순식간에 대여섯 개의 횃불이 불꽃을 일으켰다. 어둠에 잠겼던 장내가 다시 빛의 영역으로 돌아왔다.

불을 밝힌 곳은 벽산철가의 고수들이었다. 상가의 선단이 공격받은 후 암중에 움직였던 고수들이 노륙지의 괴고수들을 추격하는 데 실패한 이후 대대적인 인원을 동원해 드러내 놓고 노륙지로 진격해 온 벽산철가여서인지 만반의 준비를 갖추고 있는 듯했다.

벽산철가의 고수들 쪽에서 만들어진 빛에 의해 장내의 상황이 일목요연하게 드러났다. 십여 장 높이의 석탑은 완전히 무너져 있었다. 무너져 내린 석탑의 잔해들이 절정고수들의 비무로 뜨거웠던 공터를 뒤덮고 있었다. 그리고 일단의 복면인들이 어느새 고혼이 된 동료들을 수습하고 있었다.

"무서운 자야."

횃불 아래 드러나는 정경을 둘러보며 대웅산이 중얼거렸다. 대웅산은 무엇에든 좀체 두려움을 느끼는 법이 없는 인물이지만, 지금 그의 얼굴에는 은은한 두려움이 묻어나고 있었다. 그리고 그 두려움은 전염되듯 무불장의 고수들과 금오표국의 두 고수에게로 이어졌다.

"그의 무공은… 도저히 우리 같은 사람들이 감당할 수 있는 수준이 아니더군요."

금오표국의 기륭 역시 의기소침한 표정으로 입을 열었다. 그는 고검으로부터 녹정혈을 제공받은 후 무공에 큰 진보를 보여 내심 자신의 무공에 어느 정도 자신을 가지고 있던 차였지만 석탑 안에서 홀연히 모습을 드러내 복면인 삼 인을 일수에 절명시킨 후 십여 장 밖으로 날려 버린 괴인의 무공에는 주눅이 들지 않을 수 없었던 것이다.

"어디로 이어졌을까요?"

모든 사람이 석탑이 무너지기 전 복면인들을 주살한 고수에 대해 관심을 쏟고 있을 때 오직 추산만이 다른 생각을 하고 있었던 듯 입을 열었다.

"뭐가 말이야?"

대웅산이 추산을 보며 물었다.

"저 석탑 안에 만들어진 비도 말이에요. 장원 아래쪽 지하를 따라 어딘가로 연결되었을 것 아니에요?"

"그거야 우리가 알 수 있나? 만든 사람들이나 알겠지."

대웅산이 고개를 갸웃거리며 말했다. 그러자 추산이 고개를 저었다.

"사람이 지하에 굴을 파서 만든 비도라면 그렇게 멀지 않은 곳에 출구가 있을 거예요. 생각해 보세요. 땅을 파서 만든 비도가 길면 얼마나 길겠어요. 아마도 장원의 담을 지나 그리 멀지 않은 곳에 출구가 있겠죠. 더군다나 이곳은 노륙지라고요. 비록 이 장원 주변은 공기가 제법 맑은 편이지만 조금만 더 나가면 습기가 자욱한 곳이지요. 이런 지형의 땅은 무르게 마련이에요. 습지도 멀지 않은 곳에 있고요. 북쪽은 바위로 된 절벽이니 절벽 안으로 비도가 이어졌을 리 또한 없지요. 찾으려 한다면 굳이 출구를 찾지 못할 것도 없는 상황이지요."

추산의 말에 그제야 대웅산의 눈빛이 반짝였다.

"추 아우의 말을 듣고 보니 정말 일리가 있군 그래. 이곳에 모인 강호고수가 수십 명, 아니, 어쩌면 숲에 있는 자들까지 수백에 이를 것이니 각기 한쪽 방면을 맡아 주변을 살피면 비도의 출구를 발견할 수 있겠군."

대웅산이 대답을 하면서 고개를 돌려 그들과 가장 가까이 있는 풍운당주 이곤을 바라봤다. 풍운당주 이곤은 이미 추산이 입을 여는 순간부터 추산과 대웅산의 말에 귀를 기울이고 있었다. 그러다 대웅산의 시선을 받자 천천히 고개를 끄덕였다. 그리곤 멀찍이 떨어져 있는 복면인들과 벽산철가의 고수들을 보며 입을 열었다.

"이러고 있을 수는 없지 않겠소? 멀지 않은 곳에 그들이 만든 비도의 출구가 있을 테니, 각자 한 방향씩 맡아서 조사해 보도록 합시다."

이곤의 말에 황망하던 장내의 분위기가 금세 추슬러졌다. 그리곤 벽산철가의 황패가 한 걸음 앞으로 나서며 대답했다.

"그리하는 게 좋겠습니다. 여기까지 와서 아무 소득 없이 그들을 보내줄 수는 없지요."

황패가 동의하자 수마와 겨루던 복면인 역시 가볍게 고개를 끄덕였다. 그러자 이곤이 기다리지 않고 입을 열었다.

"좋소이다. 모두 동의했으니 바로 움직이도록 합시다. 남련은 서쪽을 맡겠소."

"동쪽은 우리 벽산철가에서 맡지요."

그러자 그동안 극히 말이 없던 복면인의 입에서도 중저음의 목소리가 흘러나왔다.

"우리는 남쪽을 맡도록 하겠소."

"만약 출구를 발견하게 되면 즉시 신호를 보내기로 합시다. 물론 모두들 원하는 바가 있을 테지만, 그들의 무공으로 보아 어느 세력이든 단독으로 그들을 추격하는 것은 어려울 테니 말이외다."

이곤이 황패와 복면인을 보며 말하자 두 사람이 가볍게 고개를 끄덕였다.

"좋소. 그럼 그만 움직입시다. 가자!"

이곤이 짧게 말을 내뱉고는 풍운당 고수들에게 명을 내렸다. 그러자 풍운당의 고수들이 일제히 몸을 날려 장원의 서쪽을 향해 날아가기 시작했다. 남련의 고수들이 움직이자 벽산철가와 복면인들 역시 지체없이 자신들이 맡은 방향을 향해 신형을 날리기 시작했다.

"이런 제길, 자기들끼리 방향을 정하다니, 결국 남은 것은 북쪽밖에 없는데 북쪽은 절벽으로 가로막혀 있으니 가보나마나 한 것 아닌가."

대웅산이 장내를 벗어나는 세 무리들을 보며 투덜거렸다. 그러자 추산이 빙긋 미소를 지었다.

"누가 아나요? 혹 북쪽에 통로가 나 있을지……."

"추 동생도 그럴 가능성이 없다는 건 알고 있잖아. 설마 바위를 뚫고 절벽 안으로 숨어들어 가겠어?"

"물론 그렇지만 그래도 이대로 이곳에 머물 수는 없잖아요. 그곳에라도 가보는 수밖에……."

추산의 말에 대웅산이 고개를 끄덕였다.

"그러자구. 어차피 어느 한쪽에서라도 출구를 발견하면 신호가 올 테니."

대웅산이 말을 끝내자 추산이 먼저 북쪽을 향해 신형을 날렸다. 그 뒤를 대웅산과 조오현 그리고 금오표국의 두 고수가 재빨리 따라붙었다.

*　　　*　　　*

콰쾅!

고검과 미심이 늑대탈을 쓴 괴인들을 제압하고 그들이 가지고 이동하던 목함에서 철로 위장된 황금을 찾아내 이번 사건에 감춰진 비밀을 한 꺼풀 벗겨냈을 때 거대한 폭음 소리가 장원 쪽에서 들려왔다. 고검과 미심의 시선이 동시에 소리가 들려온 쪽으로 향했다.

"무슨 일일까요?"

미심이 걱정스런 눈으로 장원 쪽을 보며 입을 열었다.

"글쎄요. 그런데 불빛이 사라졌군요."

고검이 눈을 가늘게 뜨고 장원이 있는 곳의 하늘을 바라보며 말했다. 과연 그들이 떠날 때에는 석탑에서 타오르는 횃불에 의해 환하던 장원 위의 하늘에서 어느새 빛이 사라져 있었다.

"비무의 결과가 나온 걸까요?"

"어쩌면 다른 변수가 생겼을 수도 있겠지요."

"변수라면……."

미심이 고검을 돌아봤다.

"애초에 비무를 유도한 것 자체가 다른 목적을 가지고 한 일이었습니다. 그러니 일단 충분히 시간을 벌었다고 생각했다면 계속 비무를 하고 있을 이유가 없지요. 아무래도 가봐야 할 것 같습니다. 남은 사람들을 못 믿는 것은 아니지만, 일단 일이 벌어졌다면 함께 움직이는 것이 좋을 테니까요."

"그럼 이 철, 아니, 금덩어리들은 어찌하죠?"

미심이 세 개의 목함에서 쏟아진 검은 칠된 금덩어리들을 보며 물었다. 그러자 고검이 잠시 생각에 잠겼다가 입을 열었다.

"일단 적당한 곳에 묻어두도록 하죠. 아직은 탈취당한 배가 철선이 아닌 황금선이었다는 사실을 모르는 것으로 해두는 게 좋겠지요. 우리가 그 사실을 알고 있다는 것이 드러나는 순간 우리의 적은 더 늘어날 수도 있으니 말입니다."

"장주의 말이 맞는 것 같군요. 그런데 이것들을 어디에다 숨기죠?"

미심이 묻자 고검이 눈을 들어 주위를 둘러보며 말했다.

"죽은 자들 곁에 숨길 수는 없지요. 적어도 이곳에서 수십 장은 떨어진 곳에 숨겨야 할 겁니다."

고검이 말을 마치고는 재빨리 주변에 흩어져 있던 묵빛 황금들을 목함에 다시 담기 시작했다. 미심 역시 고검을 도와 하나의 목함에 철로 위장된 황금들을 채웠다. 그렇게 세 개의 목함이 본래의 모습을 되찾자 고검이 그중 두 개의 목함을 가볍게 들어 올리더니 훌쩍 몸을 날려 장원 쪽의 숲을 향해 몸을 날렸다.

"역시 장주의 공력은 놀랍군. 마치 종잇장을 드는 것 같으니……."

철이 아닌 황금이 든 목함은 제법 묵직했다. 그러나 그 목함 두 개를 들고 달려나가는 고검의 움직임은 아무것도 들지 않은 사람처럼 가벼웠다. 그런 고검의 모습을 보며 미심이 감탄사를 흘려내고는 이내 나머지 하나의 목함을 들고 고검의 뒤를 따르기 시작했다.

그렇게 두 사람의 신형이 사라진 지 반 각 정도 되었을까. 고검과 미심이 사라진 공간에 한 사람의 신형이 불쑥 모습을 드러냈다. 모습을 드러낸 인물은 고검에 앞서 다섯 명의 늑대탈 괴인 중 둘을 상대했던 노인이었다.

"이런, 누군가가 중간에 끼어들었군."

노인의 입에서 아쉬움이 섞인 음성이 흘러나왔다. 그의 시선이 낙엽 위에 너부러져 있는 세 명의 늑대탈 인물들을 바라봤다.

"껄껄, 이런 걸 재주는 곰이 넘고 돈은 사람이 챙긴다고 하는 건가?"

노인의 입에서 낮은 투덜거림이 이어졌다.

"누굴까? 이 상당군(上堂君)에 앞서 물건을 가로챈 인물이……."

노인이 머리를 갸웃거리며 주변을 살폈다. 그러나 세 명의 시신이 널브러져 있는 숲은 쥐 죽은 듯 조용했다.

"후후, 하긴 지금 이 노륙지에는 수많은 고수들이 몰려와 있으니 그들 중 어찌 고수가 없을쏜가? 후후, 만약 물건의 정체를 모르는 자가 목함을 손에 넣었다면 그야말로 일생일대의 횡재를 한 것이고… 그나저나 놈들은 세 개의 목함만을 가지고 있었다. 그렇다면 나머지 목함들은 이미 빼돌린 것일까? 현각(玄閣)에서 보내온 정보에 의하면 탈취된 선박에는 적어도 삼백여 개의 목함이 실렸다고 했는데… 삼백 개의 목함이라… 껄껄, 변방에 가면 작은 소국(小國)이라도 사고 남을 황금이지. 우리 동궁으로서도 포기할 수 없는 재물이고 말이야."

홀로 중얼거리던 노인의 안광이 한차례 번뜩였다. 그리고는 그의 시선이 장원 쪽으로 향했다.

"좀 전에 들린 폭음으로 보건대 장원의 싸움은 끝난 것이 분명하다. 놈들이 강호의 고수들에게 무릎을 꿇었을 리는 없고 분명 몸을 빼 도주했을 것, 이제부터 황금선을 놓고 벌이는 대추격전이 시작되겠군. 흐흠, 이리되면 본 동궁의 고수들도 본격적으로 움직여야 할 때인가?"

노인이 투명한 눈빛을 빛내며 품속에서 작은 철궁을 꺼내 들었다. 그리곤 밤하늘을 향해 활이 부러질 정도로 강하게 시위를 당기더니 퉁 소리와 함께 시위에 걸렸던 화살을 어두운 하늘로 떠나보냈다.

피이이잉!

철궁을 떠난 화살은 기이한 소음을 일으키며 노륙지의 숲 위로 날아오르더니 남쪽을 향해 눈에 보이지 않을 정도의 거리를 날아갔다. 그러자 잠시 후 저 멀리서 화살이 하늘로 날아오를 때와 같은 소리가 들려왔다.

"좋아. 이제 난 조금 천천히 움직여도 되겠지. 현각의 아이들은 제법 재주가 좋으니 곧 놈들의 종적을 찾을 수 있을 거야."

자신이 날린 화살이 날아간 곳을 잠시 바라본 노인이 천천히 신형을 돌려 장원 쪽으로 움직이기 시작했다.

"그런데 복면을 한 자들은 누구일까?"

노인이 살짝 고개를 갸웃거리더니 이내 숲 속으로 사라져 갔다.

*　　　*　　　*

추산을 선두로 무불장 고수들은 그리 빠르지도 그렇다고 느리지도 않게 괴장원의 석조 건물들을 날아 넘어 장원의 북쪽에 다다랐다. 장원의 북쪽은 예상대로 거대한 절벽으로 가로막혀 있었다.

"예상대로군요. 누구라도 이쪽으로 도주하지는 않았을 거예요. 퇴로가 막힌 곳이니까요."

추산이 중얼거리며 어둠에 싸인 절벽을 바라봤다.

"그런데 저건 뭐지?"

추산의 말이 끝나기 무섭게 대웅산이 손을 들어 절벽의 한쪽을 가리켰다. 추산이 대웅산이 가리킨 곳을 바라보자 과연 그곳에 다른 절벽의 바위들보다 한층 검은빛이 묻어나는 동굴이 모습을 드러냈다. 동굴의 한쪽으로는 제법 커다란 바위가 밀려나 있었는데 누군가 동굴을 나오거나 들어간 후 동굴을 막는 바위를 제 위치로 옮겨놓지 않은 듯 보였다.

"동굴이군요. 그렇다면 우리 생각이 틀릴 수도 있겠는데요? 동굴 안쪽이 다른 곳과 이어져 있다면 석탑에서 이어진 비도가 동굴로 이어졌을 수도 있겠어요."

"그렇겠지?"

대웅산이 추산을 바라봤다.

"들어가 보면 알겠지요."

추산의 말에 대웅산과 조오현 그리고 금오표국의 두 고수가 긴장한 표정을 지었다. 어두운 동굴 속으로 들어가자니 그들이 보았던 그 석탑에서의 전율적인 고수가 다시금 뇌리에 떠올랐기 때문이었다. 그런데 그들이 막 검은 입을 벌리고 있는 동굴을 향해 몸을 날리려 할 때 동쪽 숲으로부터 반가운 목소리가 들려왔다.

"사제, 그 동굴로 들어가 볼 필요는 없다."

"사형! 돌아오셨군요."

동굴을 향해 출발하려던 추산이 얼굴에 미소를 떠올리며 시선을 동쪽 숲에서 날아오고 있는 고검에게로 돌렸다.

"비무는 어찌 되었느냐?"

고검이 훌쩍 몸을 날려 추산의 곁으로 다가서며 물었다.

"비무는 파탄이 났어요. 조 노사께서 창을 쓰는 그 사신이란 자를 거의 제압하셨는데 놈들이 위기에 몰리자 갑자기 석탑에서 타오르던 횃불을 꺼버리고는 석탑 안쪽에 난 비도를 통해 도주를 해버렸어요."

"승패가 난 비무는 없었느냐?"

"없었어요. 양쪽 모두 대단한 고수들이라 쉽게 승부가 나지 않더라고요. 그나마 조 노사가 그 사신이란 자의 어깨를 벤 것이 유일한 비무의 성과라고 할 수 있죠."

"운이 좋았네."

조오현이 추산의 말을 받았다.

"운이라고 할 수는 없죠. 만약 십여 초만 더 진행되었으면 그 사신이란 자는 분명 제압되었을 거예요. 그나저나 사형?"

추산이 갑자기 눈빛을 반짝이며 고검을 불렀다.

"왜 그러느냐? 달리 할 말이라도 있는 거냐?"

"아주 중대한 일이 발생했어요."

"중대한 일?"

추산의 낙천적인 성격을 아는 고검인지라 정색을 하는 추산의 얼굴에 고검의 목소리도 굳어졌다. 고검이 되묻자 추산이 신중하게 입을 열었다.

"아주 대단한 고수가 나타났어요."

"대단한 고수? 또 어느 세력에서 초고수를 이곳에 보냈단 말이냐?"

"그게 아니라요. 이 장원에 숨어 있던 괴고수들 쪽 인물 중에 엄청난 고수가 포함되어 있었던 것 같아요. 그들이 비무를 파탄내고 석탑의 비도를 통해 도주하자 장원에 있던 고수들이 그들을 추격해 석탑 안으로 진입하려 했어요. 그런데 갑자기 석탑 안에서 한 명의 괴인이 나타나더니 선두에서 괴고수들을 쫓던 삼 인을 단 일장에 십여 장 뒤로 날려 버렸어요. 당연히 그의 일장에 맞은 삼 인은 그 자리에서 절명했고요. 그리고는 더 이상 자신들을 추격하지 말라는 경고와 함께 석탑을 무너뜨리고는 사라져 버렸지요."

"그렇게 대단하더냐?"

고검이 굳은 눈으로 추산을 보며 물었다.

"제 생전에 그런 고수는 사부님 이외에 본 적이 없어요. 석탑 안에서 번쩍이는 안광을 보았는데 정말 소름이 끼칠 정도더라구요."

추산이 다시금 괴고수의 모습이 떠오르는지 어깨를 흠칫거리며 말했다. 그런 추산의 모습에서 고검은 괴인이 정말 무서운 인물이란 것을 짐작할 수 있었다.

"일이 점점 꼬여가는구나. 물론 한 가지 단서는 잡았지만……."

고검의 말에 추산과 다른 고수들의 시선이 그에게로 향했다.

"단서요?"

그러자 고검이 천천히 고개를 끄덕였다.

"그렇단다. 내가 저 동굴로 들어가 볼 필요가 없다고 말한 것도 바로 그 때문이란다."

第二章

한밤의 추격전(追擊戰)

"그러니까. 이게 쇳덩이가 아니라 황금이라는 거죠?"

추산이 호기심과 욕심이 동시에 묻어나는 눈빛을 흘려내며 고검으로부터 건네받은 거무튀튀한 쇳덩이를 깨물었다. 그리곤 재빨리 입에서 쇳덩이를 꺼내 자신의 눈앞으로 가져왔다. 그러자 그의 이빨이 물렸던 자리가 황홀한 금빛으로 번쩍이고 있는 것이었다.

"흐흐, 이거 정말 금일세. 금이야. 헤헤헤!"

추산이 능글거리며 웃음을 흘려냈다. 그러면서 반짝이는 눈으로 고검을 바라봤다.

"이런 금덩어리가 든 궤짝이 세 개나 있단 말이죠?"

그러자 고검이 고개를 끄덕였다.

"그렇단다. 한 개의 목함에 그런 금덩어리 삼십여 개가 들어 있다."

"흐흐, 그렇다면 그게 다 얼마야?"

추산이 뭐가 그렇게 좋은지 연신 미소를 흘려냈다.

"주인이 있는 물건이다."

한창 기분이 좋던 추산이 고검의 말에 금세 표정이 변했다.

"까짓 애초에 주인 없는 물건이 어디 있겠어요. 하지만 일단 주인의 손을 떠난 보물은 세상을 돌고 돌다 결국 새로운 주인에게 들어가는 법이라구요. 그러니 이 금덩어리의 주인은 바로 우리 무불장이 아니겠어요?"

추산이 들고 있던 금덩이를 꽉 움켜쥐며 말했다.

"오랫동안 강호를 떠돈 물건이라면 네 말이 맞을 수도 있겠지. 하지만 바로 얼마 전에 탈취당한 물건이니 네 말은 틀렸다."

"그럼 이걸 벽산철가에 돌려주실 생각이에요?"

추산이 말도 안 된다는 표정으로 물었다.

"아무래도 그래야 하지 않겠느냐? 그 물건은 주인이 너무 명확한 물건이라 우리가 가지고 간다 해도 처분하기가 쉬운 물건이 아니다. 그리고 지금 중요한 것은 그 금덩어리를 어떻게 처리하느냐가 아니다."

"이 물건을 처리하는 것보다 더 중요한 문제가 뭐가 있겠어요? 우리가 황금충 노릇을 하는 것도 다 금자를 벌자고 하는 일인데……."

추산이 금괴에 대한 고검의 결정이 못마땅한 듯 퉁명스럽게 고검에게 물었다. 그러자 고검의 표정이 심각하게 굳어졌다. 그리고 그의 시선이 금오표국의 국주 진감에게로 향했다.

"국주님!"

"말씀하시지요, 고 장주님!"

"이미 이 괴장원으로 오면서 벽산철가의 철 운반선에 철이 아닌 다른 물건이 실려 있다는 것은 알고 있었습니다만, 그것이 이런 황금일 줄은 몰랐습니다. 더군다나 이렇게 철로 위장된 황금이 금오표국의 운반선에 실려 있었다는 것은 무척 의외군요. 국주께서는 혹 벽산철가로부터 어떤 언질을 받으신 적이 있습니까?"

그러자 진감이 고개를 저었다.

"황금에 대한 이야기는 전혀 듣지 못했습니다. 우린 오직 벽산에서 생산된 철이 실린 것으로만 알고 있었지요. 벽산에서도 철을 싣는 것은 벽산철가에서 고용한 인부들에 의해 이루어졌고 저희들은 배의 운행만을 책임졌을 뿐이니까요."

"그렇군요. 결국 배의 주인도 모르는 물건이 배에 실린 것이군요. 금오표국은 결국 잘못된 거래를 하고 계셨던 겁니다. 그 배에 실린 목함들이 모두 이런 황금이었다고 가정한다면, 만약 그 정보가 강호에 흘러나갔을 때 황금선을 노릴 자들은 강호에 넘쳐흐른다고 할 수 있지요. 결국 정보는 새어나갔고, 금오표국의 배는 공격당한 겁니다. 그들이 다른 배들은 침몰시키거나 그냥 놓아두고 오직 금오표국의 배 한 척만 탈취해 사라졌다는 것은 어느 배가 황금선인지까지 정확하게 알고 있었다는 의미지요."

그러자 진감이 입술을 깨물었다.

"모든 일이 그렇게 진행된 것이라면 반드시 벽산철가에게서 이 빚을 받아낼 겁니다. 내 목숨을 걸고라도…….”

“당연한 일입니다. 그 때문에 영문도 모른 채 일곱 형제가 죽었습니다.”

진감의 곁에 서 있던 기릉도 번쩍이는 안광을 토해내며 이를 갈 듯 말했다.

“그런데 그들은 왜 자신들의 배가 아닌 금오표국의 배에 이 귀중한 황금을 실었던 걸까요?”

대웅산이 고개를 갸웃거리며 물었다.

“본래 남을 속이려면 자신까지도 속여야 한다는 말이 있지요. 운반하는 사람들조차도 그게 황금일 거라고는 생각지 못하는 배가 몰래 황금을 싣기에 가장 좋은 곳 아니었겠어요? 더군다나 타인의 배라 해도 결국 벽산철가의 선단에 포함되어 있으니 경계하기도 편하구요.”

추산의 말에 대웅산이 고개를 끄덕였다.

“음, 듣고 보니 그도 그렇군. 결국 금오표국만 애꿎게 아무것도 모른 채 일을 당한 것이구만…….”

“애초에 벽산철가에서 금오표국의 고수 분들이 탈취당한 배를 추격하는 걸 달가워하지 않은 이유는 배에 실린 화물의 정체가 드러나는 것을 원치 않았기 때문일 거예요. 그래서 우리가 노륙지에 진입할 때도 노륙지에 드는 것을 막아선 것일 테구요. 한마디로 자신들이 잃어버린 것이 황금이라는 사실 자체를 비밀로 하고 싶었다는 거지요.”

“하지만 그들이 원한다고 해도 이 일은 이미 꽤 많은 사람들이 알고 있을지도 모른다.”

고검이 말했다.

"우리 말고 다른 자들도 벽산철가에서 잃어버린 것이 사실은 황금선이라는 걸 알고 있단 말인가요?"

"난 처음부터 의문이었다. 만약 단순히 벽산철가에서 잃어버린 것이 철 운반선이라면 과연 남련에서 풍운당주 이곤이 나왔을까 하고 말이야. 더군다나 풍운당주는 흑색 첩지를 보냈고, 뒤를 이어 남련 원로원에 속한 절정고수들이 속속 이 일에 뛰어들었다. 넌 단지 철 운반선을 탈취한 도적을 잡기 위해 남련이 그런 고수들을 움직였을 거라고 보느냐?"

그러자 추산이 그제야 뭔가 깨달은 듯한 표정으로 대답했다.

"사형의 말을 듣고 보니 정말 그렇군요. 그들은 애초에 벽산철가에서 잃어버린 것이 철선이 아니라 황금선임을 알고 있었을지도 몰라요. 그래서 남련 최고수들을 보냈을 거고요. 그런데 그렇다면 그 복면인들 역시 이 사실을 알고 있는 걸까요?"

그러자 고검이 고개를 끄덕였다.

"장원에 모여든 고수들 중 잃어버린 물건이 황금선이라는 사실을 가장 늦게 안 것은 바로 우리들일지도 모르겠다. 결국 지금 이 노륙지에서 움직이는 절정고수들은 철이 아닌 황금을 쫓고 있는 것이지. 그것도 커다란 철 운반선 하나에 가득 실렸던 황금을 말이다."

"오! 이건 정말 대단한 추격전이 되겠군요. 그 정도 황금이라면 아무리 사패라 해도 무시할 수 없을 테지요. 아마도 누군가 그 황금선에 들었던 황금을 흉수들로부터 얻게 된다면 절대 벽산철가에 돌려주지는 않을 거예요. 그 정도 황금이라면 한 성을 사고도 남을 테니까요. 사패 역시 마찬가지겠죠."

추산의 말에 장내의 고수들이 고개를 끄덕였다. 강호의 의(義)는 그 의를 지킬 때 얻어지는 이득이 의를 포기할 때 얻어지는 이익보다 클 때에만 지켜지게 마련이다. 그런데 한 척의 배가 온통 황금으로 채워져 있다면 누가 감히 그 황금을 포기하고 의를 선택할 것인가.

"그런데 동궁은 어째서 움직이지 않는 걸까요? 태호와 인접한 곳인데……?"

추산이 고개를 갸웃거리자 미심이 입을 열었다.

"동궁은 이미 움직였어요."

그러자 추산이 놀란 눈으로 미심을 바라봤다.

"동궁이 움직였다고요?"

"그래요. 지금쯤 동궁도 사라진 괴고수들을 찾고 있을 거예요. 단지 동궁은 자신들의 모습을 다른 사람들에게 드러내고 있지 않을 뿐이지요. 본래 동궁은 그 세력 면에서는 사패 중 가장 뒤지기에 무슨 일이 발생하면 다수의 인원을 동원하기보다는 소수의 절정고수들을 투입해 일을 처리하는 편이지요."

"하긴 동궁의 세력권도 사패 중에서는 가장 좁은 편이지요."

추산이 고개를 끄덕였다.

"그리고 전 이미 동궁의 고수를 본 것 같아요."

미심의 말에 장내의 고수들이 놀라 미심을 바라봤다.

"동궁의 고수를 만났다고요? 이 노륙지에서요?"

그러자 미심이 고개를 끄덕이며 고검을 바라봤다. 그러자 고검이 의혹 어린 표정으로 미심에게 물었다.

"설마 미 부인께서는 그 노인이 동궁의 사람이라고 생각하시는 겁니까?"

"동궁 이외에 그런 고수를 보낼 수 있는 곳이 있을까요?"

미심이 되물었다. 그러자 고검이 잠시 생각에 잠겼다가 천천히 고개를 끄덕였다.

"그렇군요. 생각해 보면 그가 동궁의 인물인 것이 지금 상황에서 가장 어울리는 결론이군요. 그렇다면 동궁은 장원에서 비무가 벌어질 때 멀리서 그 광경을 지켜보고 있었다는 말이 되겠군요."

"이곳에 온 동궁의 고수가 그 한 사람이 아니라면 그렇겠지요."

"결국 지금으로선 동궁이 가장 유리한 위치를 점한 셈이군요. 밖에서 기다리고 있었다면 도주한 괴고수들을 추격하는 것도 그만큼 유리할 테니 말입니다."

그러자 추산이 눈빛을 반짝이며 대답했다.

"하지만 동궁의 고수들이 그들을 가장 먼저 만난다면 동궁으로서도 그리 좋은 일은 아닐걸요."

"왜 그렇게 생각하지?"

대웅산이 묻자 추산이 냉정한 목소리로 대답했다.

"아무리 동궁에서 대단한 고수를 보냈다 하더라도 그 석탑에서 보았던 고수를 감당할 수 있을 것 같지는 않으니까요. 동궁 홀로 그들을 막아선다면 당연히 그자의 손에 동궁의 고수들은 버텨내지 못할 거예요."

"그러고 보니 추 아우의 말이 맞겠군. 그자는 먼저 상대하면

할수록 손해가 나는 자가 분명해…….”

대웅산이 추산의 말에 맞장구를 치는 그 순간 갑자기 장원의 남동쪽 방향에서 한줄기 불화살이 떠올랐다. 그리고 멀리서 사람들의 고함 소리가 아련하게 들려왔다.

“출구가 발견됐다! 불화살이 오른 방향으로 이동하라!”

어둠 속에서 들려오는 소리에 무불장의 고수들이 일제히 고검에게로 시선을 돌렸다. 그러자 고검이 담담한 목소리로 입을 열었다.

“출구가 발견된 곳으로 이동합니다. 하지만 서두를 것은 없습니다. 사제의 말처럼 그들 중에 절대고수가 포함되어 있다면 늦게 움직인다고 해서 우리가 가기 전에 싸움이 끝나지는 않을 테니까요.”

“내가 앞장서겠수, 장주!”

대웅산이 앞으로 나서자 고검이 고개를 끄덕였다. 고검의 허락이 떨어지자 대웅산이 훌쩍 몸을 날려 불화살이 오른 방향으로 신형을 날리기 시작했다. 그 뒤를 따라 무불장의 고수들과 금오표국의 두 고수가 하나둘씩 몸을 날리고 가장 늦게 고검과 추산이 움직였다.

“그런데 사형, 황금이 든 목함을 세 개 발견했다고 했지요?”

“그래, 세 개 발견했지.”

“그것들은 어디에다 숨겨두었어요?”

“장원 동북쪽에 있는 고목 밑에 파묻어두었다.”

“사형, 만약에 말이에요…….”

“무슨 말인데 뜸을 들이느냐?”

"흐흐, 만약에 말이에요. 강호의 고수들이 그 흉수들로부터 황금선에 실렸던 금괴들을 찾아낸다면 사형이 찾아낸 그 세 개의 목함을 굳이 드러낼 필요가 없지 않겠어요?"

"후후. 정말 욕심이 나나 보구나?"

"그럼요. 그 돈이면 개봉에 돌아가서 보란 듯이 장사를 시작할 수 있을 거예요."

어느새 두 사람의 목소리가 장원의 남쪽 담장 너머로 사라져 갔다.

수십 년간, 아니, 어쩌면 수백 년간 인적이 끊겼었을 노륙지의 깊은 숲이 오늘 밤은 사람들의 발길로 혼란스러웠다. 어디에 숨어 있었는지 모르지만, 일단 노륙지의 괴인들이 도주한 비도의 출구가 발견되었다는 신호가 오르자 사방에서 고수들이 튀어나와 장원에 들었던 세력들과 합류했다.

혹은 그 세력들과 합류하지 않고 단독으로 움직이는 자들도 여럿 있어 보였다. 어쨌든 그렇게 어둠 속에서 나타난 수많은 강호고수들이 장원의 남동쪽 숲을 향해 달려나가고 있었다.

"이곳이었나 보군."

선두를 맡고 있는 대웅산이 거대한 고목 아래 떨어져 내리며 중얼거렸다. 대웅산이 거목의 아래쪽을 살피는 사이 그의 뒤로 무불장 고수들이 차례로 내려섰다.

"여긴가요?"

추산이 거목의 아래를 살피고 있는 대웅산 곁으로 다가가며 물었다. 그러자 대웅산이 추산을 돌아보며 말했다.

"추 아우, 이것 좀 보라구. 얼마나 오래된 나무면 나무 밑동 아래 이런 공간이 만들어졌을까?"

대웅산이 신기한 듯 나무 밑동을 가리켰다. 대웅산이 가리키는 나무 밑동은 땅과 맞닿은 부분부터 반 장 높이까지 마치 동굴처럼 파여 들어가 있었는데 그 공간은 충분히 한 사람의 신형이 드나들 수 있는 크기였다.

"일부러 나무를 판 것 같지는 않군요. 하긴 일부러 판 흔적이 있다면 비도의 출구로 어울리지 않겠지……."

추산이 나무 기둥으로부터 땅으로 파여 들어간 공간을 보며 말했다.

"이 나무 둘레를 보라구. 아마도 족히 수백 년은 되었을 것 같지 않아?"

"오래된 나무들은 종종 그 안쪽에 이렇게 빈 공간이 생기게 마련이지요. 이 노륙지는 오랫동안 사람들의 발길이 닿지 않았으니 이런 나무들이 적지 않게 있을 거예요. 그중 하나를 비도의 통로로 이용했다니 정말 주도면밀한 자들이군요."

미심이 대웅산의 말을 받았다.

"그런 자들이 퇴로를 준비했다면 쉽게 추격하기는 어렵겠군요."

추산이 남동쪽으로 이어진 어두운 숲을 바라보며 말했다. 멀리 어둠 속에서 남쪽으로 움직이는 강호고수들의 기척이 들려왔다.

"하지만 이미 노륙지는 강호고수들의 천지가 되었을 테니 아무리 준비를 단단히 했다 하더라도 그들이 손쉽게 이 노륙지를 벗어나 자취를 감추기는 어려울 거야."

대웅산이 나무 밑으로 파여진 비도를 보느라 숙였던 허리를 펴며 말했다.

"그만 가지. 이곳은 이미 그들이 쓰고 버린 곳이니 이곳에서 시간을 허비할 필요는 없겠지."

고검이 대웅산을 보며 말하자 대웅산이 고개를 끄덕였다.

"알았수, 장주. 그럼 이 길잡이가 먼저 갑니다."

대웅산이 어둠 속에서 가지런히 빛나는 하얀 이를 드러내 보이고는 이내 신형을 날려 사람들의 인기척이 이어지는 방향으로 움직이기 시작했다.

*　　*　　*

신선한 공기가 사라지는 지점에서 늪지는 시작되었다. 장원을 둘러싼 반경 수백 장의 숲을 벗어나면 다시 노륙지의 기이한 습지와 치렁한 나뭇가지를 늘어뜨린 거목들로 들어찬 험지가 시작된다.

사시사철 안개에 휩싸여 대낮이라도 앞을 분간할 수 없는 노륙지의 습지는 밤이 되자 단 일 장 앞도 살피기 어려울 정도로 어두워졌다. 괴고수들이 숨어 있던 장원 쪽의 숲에서는 하늘의 별들이 그 빛이라도 내려주고 있었지만 습지에서는 별빛조차도 자욱한 안개와 하늘을 가린 나뭇가지에 걸려 대지로 내려오지 못했다.

그런데 이 막막한 어둠에 휩싸인 노륙지의 습지를 마치 밝은 대낮처럼 이동하는 일단의 무리들이 있었다. 번개처럼 습지를 전진하는 자들은 모두 칠 인이었는데 움직이는 속도가 바람처럼 빨랐으므로 그 생김새를 가늠하기 어려웠다.

그들은 앞을 가로막는 늪지나 거대한 나무들을 아주 능숙하게 비켜가며 전진했는데 그것으로 보아 이 노륙지의 지형에 무척 익숙한 인물들이 분명해 보였다.

그렇게 검은 인영 일곱이 안개와 어둠에 싸인 노륙지의 습지를 질풍처럼 이동하기를 얼마나 지났을까. 갑자기 사방을 휘감아 오르던 안개가 사라지면서 투명한 어둠이 그들을 맞이했다. 그리고 그들의 신형이 정지했다.

그들의 신형이 정지한 앞쪽에는 다른 노륙지의 습지와 달리 하늘로부터 내려온 별빛이 아름답게 반사되는 수십 장 호수가 자리 잡고 있었다. 신형을 멈추고 잠시 주위를 살핀 칠 인의 인물 중 한 명이 앞으로 나서며 작은 새소리를 만들어냈다.

삐리리~ 삐리리~

사람의 입에서 만들어낸 소리가 물새 소리를 닮아 있다. 그 소리가 수면을 타고 은은하게 퍼져 나가자 수면의 저 멀리에서 같은 소리가 되돌아왔다.

그리고 잠시 후 어둠 속에 서 있는 칠 인 앞으로 커다란 물체가 서서히 이동해 왔다. 그런데 그렇게 물 위를 떠온 물체의 생김새가 특이했다. 그것은 사람이 타고 있는 배가 아니라 늪지에 떠 있는 작은 갈대숲이었던 것이다. 그런데 더 놀라운 것은 그 갈대숲이 물 위를 떠서 이동했을 뿐 아니라 그 갈대숲에서 불쑥 사람이 솟아오른 것이었다.

"천주(天主)를 뵈옵니다."

물 위를 떠다니는 갈대숲에서 솟아오른 일단의 사내들이 칠 인 중 가장 앞에 서 있는 인물을 향해 공손하게 허리를 숙였다.

"근방에 인기척은 없었느냐?"

인사를 받은 사내가 나직한 목소리로 물었다. 나직한 목소리를 들은 갈대숲 위의 사내들은 더더욱 허리를 깊이 굽혔다.

"옛, 천주. 노륙지에 천하의 고수들이 들어와 있지만 이 배를 의심한 자들은 없었습니다."

"좋아. 수년간 공들여 만든 보람이 있구나. 누구라도 이 갈대숲을 배라고는 생각지 못할 것이다."

"배의 지붕 위에 흙을 얹고 삼 년간 풀을 키웠으니 다른 자들이 알아보지 못하는 것은 당연한 일이겠지요."

천주라 불린 사내의 뒤에 서 있던 육 인의 인물 중 한 명이 입을 열었다. 그는 풀숲 위에 나타난 사람보다는 천주라 불린 인물에 대한 두려움이 적은 듯 보였다.

"금괴는?"

천주라 불린 자가 뒤를 보며 짧게 물었다.

"예상대로 앞을 막는 자가 있었던 모양입니다. 오조가 약속된 장소에 도착하지 못했다는 전갈입니다. 나머지 조들도 곳곳에서 금괴가 든 목함을 흘려놓을 것입니다."

"후후, 역시 장원의 외곽을 지키고 있는 자들이 있었군. 좋아. 모든 일이 생각대로 진행되고 있어. 벽산철가의 철 운반선이 사실은 황금선이었다는 사실이 조만간 강호에 파다하게 퍼질 것이다. 그러면 사람들은 궁금해하겠지. 왜 벽산철가에서는 그 막대한 황금을 철 운반선으로 위장해 이동시키고 있었는지 말이야. 아니, 그 황금들이 어디서 나왔으며 어떻게 쓰여질 예정이었는지 알아보려 할 것이다, 특히나 사패는. 그러면 자연스럽게 벽산철가가 누구와 손을 잡았는지, 강호에 어떤 암중 기류가 흐르고 있는지 한 꺼풀 그 속살이 드러나게 되겠지. 후후후, 그것으로 놈들은 큰 곤욕을 치르게 될 것이다. 어쩌면 사패의 공적이 되어 피어보지도 못하고 떨어져 버릴 수 있을 것이다."

"아마도 천주께서 예상하신 대로 일이 진행될 것입니다. 그리고 그들이 무너진다면 천주께서는 그들로부터 떨어져 나오는 자들을 규합해 지금의 그들보다 훨씬 강대한 조직을 구성하실 수 있으실 겁니다. 우리에겐 한 척의 배에 가득 실린 황금이 있으니 말입니다. 그리되면 천하는 사패가 아닌 오패의 시대를 맞이하게 되겠지요."

"후후후, 모든 것이 뇌마의 계산대로 진행되는군."

"뇌마의 신산은 강호의 누구도 따라가지 못할 겁니다."

"물론 뇌마는 좋은 머리를 가지고 있지. 하지만 그렇다고 다른 강호 세력들을 얕보지는 마라. 적어도 천하사패에는 뇌마 정도의 귀계를 쓸 수 있는 자들이 여럿 있으니까. 어쩌면… 누군가는 이번 일에 계산된 우리의 의도를 알아내는 자도 있을 수 있을 게야."

"그렇게까지 뛰어난 자가 있겠습니까? 우린 거의 흔적을 남기지 않았는데요."

"그렇지가 않아. 본래 강호의 모사꾼들은 한 올의 단서만을 가지고도 천하의 일을 추측할 수 있는 자들이다. 마검, 자네도 알다시피 우린 벌써 제법 많은 단서를 강호의 고수들에게 남겨 놓았네. 벽산철가를 공격한 것부터 강호의 고수들을 장원으로 모이게 한 것, 그리고 그들에게 벽산철가의 철선에 사실은 황금이 실려 있었다는 것을 드러낸 것까지. 사패의 두뇌라는 자들이 움직이면 분명 우리의 의도를 알아챌 걸세. 전부는 아니더라도 적어도 우리가 벽산철가와 그들의 암중 동업자를 강호에 노출시키려 한다는 사실 정도는 말이야. 그러니 앞으로의 행보도 각별히 조심하라."

천주라는 자의 입에서 마검이라는 이름이 흘러나왔다. 이들은 바로 노륙지 북쪽 장원에서 강호고수들과 비무를 벌이다 비도를 통해 도주한 노륙지의 괴고수들이었던 것이다.

"천주의 말씀 명심하겠습니다."

천주를 향해 고개를 숙였다 드는 순간 언뜻 별빛에 괴이한 협검의 고수 마검의 얼굴이 비쳤다.

"좋아. 이동한다. 수마 자네는 역시 물로 이동하겠지?"

그러자 십자륜의 고수 수마가 고개를 숙여 보였다.

"저야 배보다도 물이 편하지요. 수어대주와 함께 뒤를 맡겠습니다."

"좋아. 수마와 수어대가 뒤를 맡는다. 나머지는 모두 배에 올라라!"

"존명!"

천주라는 자의 명이 떨어지자 장내의 인물들이 일제히 허리를 숙여 보인 후 재빨리 갈대숲으로 위장된 배로 건너가 이내 풀 속으로 사라지는 것이었다.

그렇게 수마를 제외한 모든 사람이 배 안으로 사라지자 잠시 후 호수에 떠 있던 갈대숲이 서서히 수면을 따라 움직이기 시작했다. 그러자 홀로 남아 있던 수마가 망설임없이 물속으로 걸어 들어가기 시작했다.

"후후후, 완벽해. 누가 저 갈대숲을 배라고 생각할 것인가? 그리고 설혹 의심하는 자가 있다 하더라도 이 수마의 손에 무사치 못할 것이다. 이 노륙지의 습지는 이 수마의 안방이므로……."

짙은 살소를 흘려낸 수마의 신형이 순식간에 물속으로 사라졌다. 그렇게 수면은 다시 잔잔해졌고, 주위에는 고요가 찾아들었다.

*　　*　　*

삐이익. 삐이익.

어둠과 안개에 휩싸인 노륙지 북쪽 숲 지역이 늪지대로 이어지는 경계에 다다를수록 사방에서 불어대는 신호음 소리가 시끄럽게 울려 나왔다. 그리고 곳곳에서 강호의 제 세력들이 흥분된 표정으로 도주한 괴고수들의 추격에 열을 올리고 있었다.

"이건 마치 시장 바닥에 나온 것 같네요."

추산이 주변을 돌아보며 중얼거렸다.

"그러게 말이야. 어디에 이 많은 인간들이 숨어 있었을까? 그리고 웬 신호음은 이렇게 어지럽게 울려대는 거야. 설마 도주하는 자들이 발견된 것일까?"

대웅산도 고개를 갸웃거리며 추산의 말을 거들었다.

"도주한 자들이 뿔뿔이 흩어지지 않은 이상 이렇게 사방에서 신호음이 울릴 리는 없겠지."

고검이 말하자 추산이 다시 입을 열었다.

"추격에 혼란을 주기 위해 일부러 분산책을 쓰는 걸까요?"

"그럴 수도 있겠지."

고검이 고개를 끄덕였다.

"저기 또 한 무리의 사람들이 몰려 있는데요?"

추산이 손을 들어 전방 이십여 장 앞에 보이는 십여 명의 인물을 가리켰다. 그들은 두 명의 흑의인을 둘러싸고 공격을 퍼붓고 있었는데 공격을 당하는 쪽이나 공격을 하는 쪽이나 무불장의 고수들 눈에 익숙한 복장들이었다.

"늑대탈을 쓴 자들이 더 있었군요."

미심의 말처럼 일단의 무림인들에게 공격당하고 있는 두 사내는 고검과 미심이 상대했던 자들처럼 머리에 늑대탈을 쓰고 있었다.

"만불통 어른도 있군요."

추산이 눈빛을 빛내며 말했다. 늑대탈을 뒤집어쓴 괴인들을 공격하는 자들 몇 걸음 뒤쪽에 만불통의 모습이 보였다. 괴인들을 공격하는 자들은 벽산철가의 문도들과 그들이 초청한 자들이 분명해 보였다.

"저들도 하나의 목함을 지니고 있군."

고검이 신중한 어조로 입을 열었다. 그러자 무불장 고수들의 눈빛이 번쩍였다. 지금 노륙지에서 늑대탈 괴인들이 들고 있는 목함은 특별한 의미를 지니고 있다. 그건 그냥 목함이 아니라 황금이 든 황금 상자인 것이다. 그리고 황금은 군자(君子)의 엉덩이도 들썩이게 만드는 위력을 지니고 있지 않은가.

무불장 고수들의 시선이 벽산철가의 고수들에게 둘러싸인 두 명의 늑대탈 괴인들, 정확히는 그들이 들고 있는 하나의 목함에가 닿았다.

"괴인들을 공격하는 사람들은 저 목함에 든 물건이 뭔지 모르겠지요?"

추산이 입맛을 다셨다.

"그들은 벽산철가에서 고용한 고수들인데 알고 있지 않을까?"

그러자 추산이 고개를 저었다.

"아마 이곳에 투입된 벽산철가의 고수들조차도 그들이 잃어버린 것이 황금선이라는 사실을 아는 자는 많지 않을걸요? 황패와 같은 무총관들이나 알고 있을까? 그러니 외부에서 고용한 사람들에게 그 사실을 말했겠어요?"

추산의 말에 대웅산이 고개를 끄덕였다.

"듣고 보니 추 아우의 말이 맞는 것 같군. 그렇다면 지금 저 두 늑대탈을 쓴 작자들을 공격하고 있는 고수들은 저 목함에 황금이 든 것을 모르고 있단 말이지?"

"그럴 가능성이 아주 많죠."

추산이 혀를 내밀어 입술을 축였다.

"왜, 욕심이 나나?"

대웅산이 그런 추산을 보며 물었다. 그러자 추산이 망설이지 않고 고개를 끄덕였다.

"그럼요! 황금에 욕심없는 사람 있겠어요? 돈은 귀신도 부린다잖아요. 더군다나 이 추산은 대상(大商)을 꿈꾸는 사람이고요."

"그럼 한 번 저 싸움에 뛰어들어 보지 그러나?"

그러자 추산이 고개를 저었다.

"다른 사람들이라면 모르지만 벽산철가에서 고용한 사람들이 목함을 차지하는 것을 방해할 수는 없지요. 본래 벽산철가의 물건이니까요. 제가 뛰어들어 저 목함을 차지하면 저도 벽산철가의 선단을 공격한 자들과 똑같은 사람으로 취급되지 않겠어요?"

"그렇게 되는 건가?"

"당연한 일이죠. 그러니 제가 할 수 있는 일은 저들이 어딘가에 저 목함을 흘려주기를 바랄 뿐이죠. 물론 벽산철가의 인물들이 있으니 그걸 바라기는 힘들겠지만……."

추산이 또 한 번 입맛을 다시며 말했다. 그렇게 추산과 대웅산이 대화를 주고받는 사이 무불장 고수들은 어느새 싸움이 벌어지고 있는 근처에 다가와 있었다.

차차창!

가까이 다가서자 날카로운 도검의 충돌음이 좀 더 강하게 들려왔다. 그리고 자연히 싸움의 양상도 좀 더 확실하게 눈에 들어왔다.

싸움은 거의 끝난 것이나 다름없었다. 비록 늑대탈을 쓰고 있는 괴인들의 무공이 훌륭하기는 했지만, 벽산철가에서 큰돈을 들여 고용한 고수 다섯의 공격을 이겨낼 수는 없었다. 더군다나 주변에는 싸움에 끼어들지 않은 벽산철가의 고수들 또한 다섯이 더 있었다. 그리고 더 중요한 것은 그 싸움을 지켜보는 사람들 중 과거 천하제이청부사 만불통이 섞여 있다는 사실이었다.

무불장의 고수들이 다가오자 만불통이 시선을 돌려 고검을 바라봤다. 고검이 만불통을 향해 가볍게 고개를 숙여 보이자 만불통이 손을 들어 고검의 인사에 답했다.

"놈들, 끝이다!"

고검과 만불통이 수인사를 나누는 와중에 싸움을 벌이고 있던 자들 중 한 명의 입에서 날카로운 노성이 터져 나왔다. 덕분에 고검과 만불통의 시선도 급히 싸움을 벌이고 있는 자들에게로 향했다.

어느덧 목함은 늑대탈을 쓴 두 괴인의 손에서 떨어져 나가 있었다. 그들은 목함을 포기한 채, 어둠 속으로 도주하려 애를 쓰고 있었지만 그들을 둘러싼 다섯 고수는 그들의 도주를 허락하지 않고 있었다. 그리고 한순간 노성을 터뜨렸던 고수가 늑대탈을 쓴 자 중 한 명의 허벅지에 맹렬하게 검을 꽂아 넣었다. 그러자 이미 기력이 쇠진해 있던 늑대탈의 사내가 미처 상대의 검을 피하지 못하고 허벅지에 일검을 허용하며 작은 신음성을 흘려냈다.

"으음!"

사내의 허벅지에서 시뻘건 선혈이 솟구쳤다.

"죽이지 말고 사로잡으시오!"

싸움을 지켜보고 있던 사람 중 누군가가 소리쳤다. 아마도 벽산철가의 수뇌부가 일행 중 포함되어 있는 듯 보였다. 그러자 막 부상을 입은 자의 목을 잘라가던 사내가 급히 검을 돌려 검신으로 적의 머리를 가격하려 했다. 그러나 비록 부상을 입었다고는 하지만 늑대탈을 쓴 자들 또한 일류고수로 불리기에 충분한 무공을 지닌 사내들이었다. 부상을 입은 자가 자신을 사로잡기 위해 달려드는 고수들의 공격을 노련한 움직임으로 피해내며 소리쳤다.

"칠호, 가시오! 이곳은 내가 맡겠소!"

그러자 부상을 입지 않은 사내가 음울한 시선으로 피를 흘리는 자신의 동료를 돌아보고는 이내 훌쩍 몸을 날리며 소리쳤다.

"미안하오. 팔호 그대를 기억하겠소!"

그리고는 다급히 신형을 날려 장내를 벗어나려 했다. 그러자 그들을 협공하던 강호고수들이 달아나려는 자를 향해 득달같이 달려들었다.

"서랏! 네놈들이 갈 곳은 지옥뿐이다!"

"후후, 지옥은 나 혼자면 충분하다. 나의 동료는 아직 지옥에 갈 때가 아니지."

달려드는 강호고수들을 막아서며 부상을 입은 자가 진득한 살소를 흘려냈다. 그리곤 갑자기 들고 있던 검을 가장 앞서 달려드는 자를 향해 던져 냈다.

창!

부상 입은 늑대탈의 사내가 던져 낸 검이 달려들던 고수의 도에 의해 허공으로 튕겨져 오르면서 날카로운 굉음이 일어났다. 그리고 그사이 늑대탈 사내의 손이 자신의 품속으로 들어갔다나왔다. 그의 손에는 어느새 검은색 전낭 같은 것이 들려 있었는데 그는 그 전낭을 품속에서 꺼내 들자마자 재빨리 달려드는 적들을 향해 던져 내는 것이었다.

푸스스스!

순간 늑대탈의 사내가 던져 낸 전낭에서 검푸른 연기가 치솟기 시작하더니 이내 자욱한 안개가 사내의 주변 오 장여를 휘감았다.

"큭!"

그리고 그 안개에 노출된 강호고수 중 한 명이 입에서 신음성을 흘려내며 급히 뒷걸음질을 쳤다.

"도… 독(毒)이오! 모두 조심하시오!"

독이란 외침에 두 명의 늑대탈 괴인을 공격하던 고수들이 저마다 공격을 멈추고 훌쩍 뒤로 물러났다. 그리고 그사이 독이 든 전낭을 던져 낸 자의 동료는 이미 십여 장 밖으로 벗어나고 있었다. 그런데 늑대탈의 사내가 막 어두운 숲으로 몸을 숨기려는 찰나 한마디 담담한 목소리가 사내 앞에서 들려왔다.

"돌아가라!"

동시에 사내의 앞에 거무스름한 인영이 나타나는가 싶더니 사내를 향해 부드럽게 일장을 뻗어내는 것이었다.

"늙은이 비켜랏!"

도주하던 늑대탈 사내의 입에서 날카로운 노성이 터져 나오며 앞을 막아선 자를 향해 강력한 일검을 뻗어냈다.

퍼펑!

순식간에 늑대탈을 쓴 사내와 앞을 막아선 노인 사이에서 강력한 충돌음이 일어났다.

"크!"

그리고 다음 순간 늑대탈을 쓴 사내의 입에서 다급한 신음성이 터져 나오며 그의 신형이 실 끊어진 연처럼 훨훨 날아가 장내에 독을 푼 자신의 동료 곁에 떨어져 내리는 것이었다.

"흘흘… 영악한 놈들 같으니라구. 스스로 목숨을 끊을 정도란 말인가?"

도주하는 늑대탈 사내를 막아선 자의 입에서 나직한 목소리가 흘러나오더니 잠시 후 그가 장내에 모습을 드러냈다.

'저자는?'

어둠 속에서 모습을 드러낸 인물을 본 고검의 눈빛이 번쩍였다. 칠십이 넘은 듯한 모습의 노인, 장력을 뻗어냈던 오른손에는 어느새 허름한 한 자루 나무 지팡이를 들고 있었고, 다른 한 손에는 접혀진 부채가 들려져 있었다. 고검은 허름한 옷차림의 이 노인을 이미 한차례 본 적이 있었다. 노인은 바로 장원 외곽에서 북쪽 절벽을 타고 목함을 옮기던 늑대탈의 괴인들을 막아섰던 바로 그 노인이었던 것이다.

"결국 둘 다 죽어버린 건가?"

추산이 눈을 가늘게 뜨고 전방을 살피며 말했다.

"독을 푼 자는 자신이 푼 독에 중독되어 죽었고, 저 노인에게 퇴로를 막힌 자는 뒤로 물어나는 순간 스스로 혀를 깨물고 죽은 모양이군."

대웅산이 추산의 말에 대답했다.

"허, 정말 독한 놈들일세. 스스로 목숨을 끊다니……."

"그만큼 그들이 속한 조직의 규율이 엄하다는 말이 되겠지. 아니면… 주인에 대한 충성심이 강하든지. 그런데 놈들의 행색을 보아 정도(正道)보다는 마도(魔道)에 가까운 자들이 분명해 보이니 주인에 대한 충성보다는 역시 주인에 대한 두려움 때문에 스스로 목숨을 끊은 것 같아 보이는군."

"그 주인이란 자가 장원의 석탑에서 보았던 그자일까요?"

"그렇지 않겠어? 그런 대단한 자가 누구 밑에 있을 거 같지는 않은데?"

두 사람이 그렇게 죽은 자들에 대해 이야기를 나누는 사이 어느새 노인은 싸움이 벌어졌던 곳, 그러니까 두 명의 늑대탈 사내가 죽어 있는 곳까지 다가와서는 들고 있던 나무막대기로 죽은 자들의 시신을 툭툭 건드리고 있었다. 마치 정말 죽은 것인지를 확인하려는 것처럼.

"흐흠, 정말 죽었군. 꽤 영악한 자들이야."

두 명의 시신을 건드려 보던 노인이 혀를 차며 이번에는 시선을 돌려 두 늑대탈 괴인이 가지고 있던 목함 쪽으로 움직이기 시작했다. 그런데 그때 노인의 걸음을 막는 목소리가 들려왔다.

"주인이 있는 물건이외다."

노인이 슬쩍 고개를 돌려 목소리가 들려온 곳을 바라봤다. 그러자 장내의 싸움을 보고 있던 고수들 중에서 마른 듯한 체형을 가진 오십대 초반의 사내가 한 걸음 앞으로 나섰다.

"주인이 있는 물건이라고 했소?"

"그렇소이다."

"그 주인이 당신이오?"

"내 것은 아니지만 내가 속한 곳의 물건이외다."

"흠, 그렇다면 벽산철가의 물건이란 말이군."

"그렇소. 그 물건은 본 벽산철가의 철 운반선에 실려 있던 물건이오. 그러니 그 물건은 벽산철가에서 회수하겠소이다."

말을 마친 사내가 훌쩍 몸을 날려 땅 위를 뒹굴고 있는 목함을 집어 들었다. 순간 노인과 무불장 고수들의 눈빛이 한차례 번뜩였다. 무불장의 고수들은 그가 집어 든 목함에 든 물건의 정체를 알고 있었다. 목함 뚜껑에 벽산(碧山)이란 글씨가 음각으로 새겨진 목함, 당연히 그것은 고검과 미심이 획득한 황금이 들어 있는 목함과 같은 것이었다.

'황금이 든 목함이라면 무게가 꽤 나갈 텐데, 저자는 그 목함을 종잇장 들 듯이 가볍게 들어 올리는구나. 아마도 대단한 무공을 가진 자가 분명할 것이다.'

추산이 목함을 집어 든 오십대 초반의 사내에 대해 궁금해하고 있을 때 마치 그 궁금증을 풀어주기라도 하려는 듯 노인의 입이 열렸다.

"그 물건이 벽산철가의 물건이라는 것은 부인하지 않겠소. 하지만 당신의 이름이라도 알아야 당신이 벽산철가를 대신해 그 물건을 손에 넣을 자격이 있는지 판단할 것 아니겠소?"

말을 하며 노인이 슬쩍 발을 움직였다. 그러자 노인의 신형이 미끄러지듯 옆으로 이동하며 목함을 집어 들고 본래 자신이 있던 곳으로 돌아가려는 사내의 앞을 교묘하게 막아서는 것이었다. 그러자 길이 막힌 사내의 볼이 한차례 씰룩이더니 이내 냉랭한 목소리를 흘려냈다.

"난 벽산철가에서 총관의 일을 보고 있는 송요득이라고 하오."

순간 노인의 눈에 이채가 스치고 지나갔다.

"그가 바로 벽산철가 무총관 여섯 중 송요득이군요."

미심이 조용히 말했다.

"황패라는 자와 같은 신분의 인물이군요. 쩝, 벽산철가의 총관이라면 그가 저 목함을 회수하는 것은 당연한 일이군요."

추산이 아쉬움이 남는 목소리로 입맛을 다시며 중얼거렸다. 그리고 그때 벽산철가의 무총관 송요득의 앞을 가로막았던 노인이 슬쩍 몸을 틀어 송요득에게 길을 내주며 말했다.

"끌끌, 벽산철가의 무총관이시라면 이 늙은이가 앞을 막을 명분이 없구만. 그런데 황 대협이 보이지 않는군."

"황 총관께서는 다른 형제들을 이끌고 괴인들을 추격하고 있소이다."

"흐흠, 이번에 벽산철가에서 노륙지에 불러들인 고수들이 제법 많으니 패를 나누는 것도 당연한 일이겠지."

노인이 나직한 목소리로 중얼거리며 고개를 끄덕였다. 송요득이 그런 노인을 한번 흘낏 바라보고는 이내 노인을 지나쳐 본래 자신이 있던 곳으로 걸어갔다. 그리고 막 자신의 동료들 속으로 들어서려다 문득 걸음을 멈추고 신형을 돌리더니 노인을 향해 물었다.

"그런데 노인의 존성대명은 어찌 되시오이까? 도주하는 도적을 일수에 제압하시는 것을 보니 분명 범상치 않은 분이실 것 같습니다만……."

"후훗, 늙은이의 이름이야 알아서 뭣 하려고 그러는가?"

"본 가의 물건을 회수하는 데 도움을 주셨으니 존명이라도 알아두는 것이 도리가 아니겠습니까? 나중에 가주께 말씀드려 작은 답례라도 드려야겠지요."

"후후후, 벽산철가의 선물이라면 아무리 작아도 제법 괜찮을 거야. 구미가 당기는군. 하지만, 역시 이까짓 일을 하고 생색을 내는 것은 내키지 않는군. 벽산철가에 도움이 되었다면 그것으로 족하니 난 그만 물러가겠네."

노인이 자신의 이름을 밝히지 않고는 송요득과 장내의 고수들을 한번 둘러보고는 이내 신형을 날려 자신이 나타났던 어두운 숲으로 모습을 감췄다.

"참으로 특이한 노인네군."

노인이 사라지자 벽산철가의 고수들 중 누군가가 모두에게 들릴 정도로 중얼거렸다. 그러자 다른 사람의 대꾸가 이어졌다.

"그의 무공으로 보건대 분명 강호에 이름 높은 명사가 분명할 것 같네. 그런데 이상하군. 강호의 이름있는 명사라면 분명 얼굴이 알려졌을 텐데 이 많은 사람 중에 그의 얼굴을 알아보는 사람이 없으니……."

그러자 장내의 고수들 사이에게 저마다 노인의 정체를 놓고 수군거리는 말소리가 흘러나오기 시작했다. 그런데 그때 모든 사람들의 의문을 풀어주는 말이 한 사람에게서 흘러나왔다.

"그는 상당군이라는 사람이오."

순간 사람들의 시선이 일제히 말을 꺼낸 사람에게로 향했다. 사람들은 입을 연 사람이 누군지 대번에 알아볼 수 있었다. 한 자루 철봉을 손에 들고 있는 노인, 장내의 인물 중 최고수로 불려도 손색이 없는 인물, 바로 과거 천하제이청부사 만불통이 모든 사람들의 궁금증을 풀어주려는 듯 입을 연 사람이었다. 사람들의 시선이 자신에게 몰리자 만불통이 다시 입을 열었다.

"상당군이라는 이름을 모르는 사람들이 많을 게요. 하지만 지금부터 내가 말하는 인물을 모르는 사람은 없을 거요. 그는 바로 동궁(東宮) 십이선(十二仙) 중 한 사람이라오."

第三章

폭풍의 눈, 황금선

孤劍秋山

세력을 논할 때 무림을 지배하는 천하사패 중 동궁은 언제나 가장 후순위로 밀린다. 다른 세 곳이 수십 개의 문파들이 연합하여 이루어진 단체인 반면 동궁에 속한 문파들은 그리 많지 않았다. 그중에서도 명문가라 불릴 수 있는 곳은 겨우 여섯 곳, 세인들은 그들을 동궁육상천(東宮六上天)이라 불렀다.

천하사패에는 각기 그 세력을 주도하는 문파들이 존재한다. 북천무맹의 북천십이룡, 서패천의 칠대종가, 남련의 남련십육문 등이 바로 그들이다. 동궁육상천은 다른 삼패의 주력문파들과 어깨를 나란히 할 수 있는 동궁의 유일한 문파들이었다.

더군다나 다른 세력들의 경우 주도문파들 이외에도 수많은 문파들이 암중으로 주도문파들을 누르고 각 패의 수뇌에 오르기 위한 암투가 끊임없이 이어지고 있었지만, 동궁의 경우 동궁육상천의 지위에 도전할 만한 능력을 지닌 문파가 전무했다. 결국 동궁은 동궁육상천의 힘에 의존해 존재하는 세력인 것이다.

수천 개의 무림문파가 난무하고, 또 일백 개 이상의 명문대파가 존재하는 무림에서 오직 여섯 문파의 힘에 의존해 천하사패의 한자리를 차지하고 있다는 것은 언뜻 보기에 불가사의한 일이라고 할 수 있었다.

그럼에도 불구하고 동궁은 수십 년간 천하사패의 지위를 유지하고 있었다. 그래서 무림인들은 간혹 천하사패의 시대를 논하다가 동궁이 수십 년간 천하사패의 지위에서 탈락하지 않고 굳건히 그 자리를 지키고 있는 이유에 대해 열띤 토론을 벌이기도 했다. 그리고 그렇게 토론이 진행되면 결국 사람들의 결론은 하나로 모이게 마련이었다.

"동궁을 지탱하는 것은 세력이 아니라 사람이다."

이것이 천하인들이 동궁에 대해 내린 평가였다. 천하사패 중 북천무맹과 남련 그리고 서패천에는 수천의 고수들이 즐비했다. 반면 동궁은 중소문파의 무인들을 긁어모아도 고수라고 말할 수 있는 숫자가 겨우 일천을 넘기기 어려웠다. 그럼에도 불구하고 동궁은 그들이 천하사패로 인정되기 시작한 태호대전에서부터 지금까지 치열한 사패의 경쟁 속에서 살아남았다.

이 기이한 동궁의 생존력을 설명하려면 반드시 등장하는 인물들이 존재한다. 사패의 격랑 속에서 나머지 삼패에 비해 확연하게 밀리는 세력을 가지고도 동궁이 사패의 한 축으로 존재할 수 있었던 것은 위기 때마다 생각지도 않게 불쑥불쑥 모습을 드러내는 동궁의 절대기인들 때문이었다.

기인의 등장은 동궁이 천하사패의 하나로 등극하게 된 태호대전에서부터 시작됐다. 그러니까 동궁은 시작부터 기인의 출현과 함께 해온 것이다.

강호에는 널리 알려지지 않았지만 동궁이 남련의 침공을 물리치고 천하사패의 하나로 등극한 태호대전에서는 추산의 첫 번째 사부인 세기적 천재 자운 노사의 도움이 결정적인 역할을 했었다.

자운 노사는 신기에 가까운 진법을 태호 전역에 펼쳐 놓고 북상하는 남련의 세력에 비해 절대 열세인 동궁의 고수들이 태호를 지켜낼 수 있는 계기를 마련해 주었던 것이다. 물론 자운 노사는 동궁의 사람은 아니었지만 어쨌든 태호대전에서 자운 노사의 활약은 그를 일약 천하제일의 현인의 위치에 올려놓았을 뿐 아니라 천하에 사패의 시대가 도래(到來)하는 계기를 마련했던 것이다.

그런데 태호대전 이후에도 자운 노사처럼 불현듯 등장해 세력 면에서 열세인 동궁이 치열한 사패의 쟁투에서 버텨낼 수 있는 계기를 마련한 기인들이 끊임없이 나타났다. 그리고 그런 기인들의 활약으로 동궁은 지금까지 사패의 위치를 유지하고 있는 것이었다.

그런 기인들 중에는 동궁에 속한 인물들도 있고, 자운 노사처럼 동궁에 속하지 않은 인물들도 있었다. 그리고 그중 동궁에 적을 두고 있으면서 동궁을 절대의 위기에서 구해낸 고수 중 무림에 강렬한 인상을 심어준 고수 열둘을 가리켜 세인들은 동궁십이선(東宮十二仙)이라 불렀다.

만불통의 입에서 동궁십이선이라는 별호가 나왔을 때 장내에 있던 고수들이 경악할 수밖에 없었던 것은 바로 동궁십이선이라는 의미가 이렇듯 동궁의 존재와 불가분의 관계에 있기 때문이었던 것이다.

"그들에게 용(龍)이나, 호(虎) 혹은 왕(王)이나 제(帝)와 같이 무림에서 절대고수들에게 흔히 붙이는 호칭을 부여하지 않고 선(仙)이란 다소 독특한 별호를 붙인 것은 그 열두 명의 고수가 강호에 모습을 드러낸 시간이 극히 짧았기 때문이지요. 그들은 동궁의 근간을 흔들 수 있는 사건에만 잠깐 관여했을 뿐, 그 이외의 시간에는 철저히 은둔 생활을 했으니까요. 그래서 그들의 별호에 선(仙)이라는 별호가 붙은 것이지요. 그런데 그 동궁십이선 중 한 명인 상당군이 이 노륙지에 모습을 드러냈다니 정말 이곳에서 벌어지고 있는 일이 보통 일이 아닌가 보군요."

고검을 중심으로 한 무불장의 고수들은 벽산철가의 고수들과 일정 거리를 유지하며 남쪽의 습지를 향해 움직이고 있었다. 벽산철가에서 초청한 자들이 주를 이룬 벽산철가의 고수들은 두 개의 횃불을 밝혀 들고 있었으므로 무불장의 고수들이 밤길을 걷는 것은 한결 수월했다.

그렇게 걸음을 옮기는 와중에 미심이 만불통의 입에서 흘러나온 동궁십이선에 대한 이야기를 일행에게 해주고 있었다. 무불장의 고수들도 대부분 동궁십이선의 명성은 들어 알고 있었지만 동궁십이선에 얽힌 상세한 이야기는 알고 있는 부분이 적어서 모두 미심의 이야기에 귀를 기울이고 있었다. 특히나 추산의 경우 자신의 첫째 사부인 자운 노사로부터 시작된 동궁 기인들의 이야기에 큰 관심을 보이고 있었다.

"그 상당군이라는 노인은 어떤 사람이죠?"

추산이 미심의 말이 끝나자 재차 물었다.

"사실 동궁십이선 개개인에 대한 내력은 저도 정확히는 모르겠어요. 그들의 신상 내력은 워낙 강호에 알려지지 않았으니까요. 단지 그가 십이 년 전 동궁육상천 중 해신문의 주 세력권인 동해를 위협하던 해적 집단 흑룡방(黑龍幫)을 궤멸시킬 때 결정적인 활약을 한 후 동궁십이선의 반열에 올랐다는 것 말고는 달리 아는 것이 없네요."

"흑룡방이라는 해적 집단이 그렇게 강했나요?"

"강했죠. 아마 상당군이 조금만 늦게 관여했다면 해신문은 동궁육상천의 지위를 유지하지 못했을 거예요. 해신문의 세력권이던 동해의 삼분지 이가 그들의 손아귀에 들어갔었으니까요. 후일 흑룡방이 천하사패 중 다른 곳의 사주와 후원을 받았다는 말이 잠깐 강호에 흘러다니기도 했지요."

"그런 흑룡방을 홀로 궤멸시켰다니, 이제 보니 정말 무서운 인물이었군요."

"호호. 혼자서 한 일은 아니에요. 당시 동궁에서도 고수가 여럿 나갔었고, 또 해신문에서 큰 재물을 들여 강호의 고수들을 초빙하기도 했지요. 음… 이제 보니 당시 만불통 어른도 해신문으로부터 청부를 받았던 모양이네요. 그래서 만불통 어른이 그 노인을 알아본 것이고요."

그런데 그때 앞서 가던 벽산철가의 무리 중에서 한 명의 신형이 뒤처지더니 그 자리에서 서서 무불장 고수들이 다가오기를 기다렸다. 만불통이었다.

"장원에서는 괴고수들과 비무를 하느라 인사가 충분치 못해서 말일세."

만불통이 다가오는 고검을 보며 말했다.

"그렇잖아도 저도 그게 섭섭하던 차였습니다."

고검이 빙그레 미소를 지어 보였다.

"후후, 자네는 보지 못하는 사이 제법 유명해졌더군."

"그래도 사부님과 어르신만 하겠습니까?"

그러자 만불통이 고개를 저었다.

"아니야. 이젠 강호에서 황금충하면 자네의 사부나 나보다는 무불장이라는 이름과 무불장주 고검이라는 이름이 먼저 거론되고 있다네. 그리고 오늘 보니 자네는 충분히 그럴 만한 자격이 있는 것 같고 말이야. 십 년 전에 볼 때도 좋은 무공을 지녔다고 생각했는데, 이제는 나조차도 감당할 수 없는 고수가 되어버렸군."

"제가 어찌 어르신에 비하겠습니까? 칭찬이 과하십니다."

"하하하, 이 만불통은 아무리 친한 사람에게라도 입에 발린 소리를 하는 사람이 아니야. 자넨 거의 자네 사부에게 근접한 것 같구만……."

"사부님의 경지는 아직 제 눈에 보이지 않습니다. 사부님은 지금도 앞으로 나아가고 계시니까요."

그러자 만불통이 가볍게 한숨을 내쉬었다.

"휴… 그런가? 십 년 전에도 난 자네의 사부 앞에서 이 철봉을 들지 못했는데 그렇다면 지금은 아예 천검 어른의 얼굴도 뵙기 어렵겠군."

그러자 고검이 빙그레 미소를 지었다.

"제가 보기에는 만불통 어르신께서도 지난 세월 놀고 계시지만은 않은 것 같습니다만……."

"껄껄껄! 그래 보였나? 천하의 무불장주가 그리 보아주었다니 그간의 고생이 헛된 것은 아닌 모양이군. 사실 난 십 년 전 자네 사부를 만난 이후 큰 충격을 받았다네. 당시까지만 해도 무공에 관한 한 누구에게도 뒤질 것이 없다는 자만에 빠져 있었거든. 사람들이 천하팔대고수라며 강호의 여덟 강자를 꼽을 때도 난 사람들의 안목을 비웃었었지. 하지만 자네의 사부를 만나고는 완전히 의기소침할 수밖에 없었네. 그간 내가 자신했던 무공은 자네 사부 앞에 서자 그야말로 초라하기 이를 데 없었던 것이지. 그래서 청부고 뭐고 다 때려치우고 이 늙은 나이에 무공을 파고 있었다네. 허허허, 그래서 약간의 성과를 보기도 하고 말이야."

만불통은 약간의 성과라고 말했지만 그의 표정에서는 지난 십 년 동안 이룩한 성취에 대한 만족감이 묻어나고 있었다.

"이번 일에는 어떻게 참여하시게 되신 건지요?"

천천히 걸음을 옮기며 고검이 물었다.

"본래 벽산철가의 십이 총관 중 재총관으로 일하는 이화수, 이 대인하고는 제법 막역한 사이라네. 십 년 전 자네 사부를 사천에서 만난 이후 난 남경 근방에 터를 잡고 무공을 참구하고 있었지. 덕분에 이 대인하고는 간간이 얼굴을 보고 있던 차였네."

"그런 인연이 있으셨군요."

"뭐, 대략 십 년 동안 무공만 수련하려니 좀이 쑤시기도 하고, 또 이 대인이 하도 부탁을 하니 거절하기도 뭣하고 해서 한번 나와본 것인데……."

만불통이 말꼬리를 흐렸다.

"복잡한 일을 맡으셨습니다."

"그러게 말이야. 처음에는 단순히 철 운반선단을 공격한 도적들을 추격하는 일이라고만 생각했었는데 일이 진행되는 꼬락서니가 영 심상치가 않구만… 쩝, 이렇게 골치 아픈 일인 줄 알았으면 애초에 이 대인이 아무리 사정을 한다고 해도 강호에 나오는 것이 아니었는데 말이야."

만불통이 쓴 침을 삼키며 말했다.

"저흰 동궁십이선에 대해 이야기하고 있었습니다만……."

그러자 만불통의 표정이 좀 더 심각하게 굳어졌다.

"확실히 대단한 일이지. 동궁십이선이 모습을 드러냈으니 말이야. 허허!"

"혹 십이 년 전 동해에서 흑룡방과 동궁육상천 해신문의 싸움이 일어났을 때 그곳에 계셨었습니까?"

"어? 그걸 자네가 어떻게 아나?"

만불통이 놀라며 물었다.

"동궁십이선의 얼굴은 강호에 알려지지 않았는데 어르신께서 상당군을 단번에 알아보시기에 상당군이 강호에 모습을 보였던 당시의 일을 떠올리게 되었습니다."

"후후, 확실히 자넨 현명한 사람이야. 맞네. 내가 그를 알고 있는 이유는 바로 당시 흑룡방과 해신문의 싸움에 내가 참여했기 때문이었네. 난 당시 해신문으로부터 금자 칠백 냥을 받고 움직였지. 그리고 그곳에서 상당군을 보았다네. 그래서 단번에 그를 알아볼 수 있었던 것이지."

"소문대로 동궁십이선이 그렇게 대단했나요?"

만불통의 말이 끝나자 갑자기 뒤에 있던 추산이 불쑥 입을 열었다. 추산의 눈은 호기심으로 반짝이고 있었다. 얼핏 생각하면 무례할 수도 있는 이 갑작스런 질문을 그러나 만불통은 미소를 띤 채 받아들였다.

"이 팔팔한 젊은이는 누군가?"

"제 사제입니다."

고검이 추산을 대신해 대답했다.

"사제? 음… 그러고 보니 십 년 전 천검 어른과 술잔을 기울일 때 내가 자네의 자질을 칭찬하자 천검께서 자네와 견줄 수 있는 재질을 지닌 제자를 또 한 명 들였다고 하셨던 기억이 나는군. 당시 그 어린 제자를 들인 지 채 일 년이 되지 않았다고 했었던 것 같은데, 그럼 그때 천검께서 말한 소년이 바로 이 젊은인가?"

"그렇습니다. 바로 그때 사부께서 말씀하셨던 그 아이입니다."

"역시 한눈에 봐도 범상치 않은 기도를 지니고 있군. 젊은 친구, 이름이 뭔가?"

만불통이 주름진 얼굴에 제법 부드러운 미소를 지으며 묻자 추산이 얼른 대답했다.

"천하제이청부사를 뵙게 되어 영광입니다. 후배 추산이라고 합니다."

추산의 말치고는 제법 정중한 말투였다.

"추산이라… 좋구나. 가을 홍엽처럼 만개하란 의미겠지? 누가 지어준 이름인가?"

"첫번째 사부께서 지어주신 것이죠."

"첫번째 사부?"

"천검 사부님을 만나기 전에 다른 사부님을 모셨었거든요. 오래전에 돌아가셨지만요."

"그렇군. 어쨌든 추산이란 이름을 지으신 것을 보니 무척 고고한 성품을 가지셨던 양반인 것 같군. 그나저나 뭘 물었었지?"

"그 동궁십이선 중 한 명이라는 사람 있잖아요. 상당군이라는… 그 사람이 정말 소문대로 그렇게 강한 고수였나요?"

추산이 호기심 가득한 눈으로 묻자 만불통이 천천히 고개를 저었다.

"사람들은 대부분 동궁십이선에 대해 그런 오해들을 하지."

"오해라뇨?"

"그들이 무슨 천의무봉한 무공을 지니고 있다고 말이야. 하지만 사실 그들의 무공이 대단하기는 해도 강호에서 절대적이라고 부를 만큼 강한 것은 아닐세. 강호에서 절대적인 무공을 지닌 자들은 오직 천하팔대고수뿐일세. 굳이 비교하자면 그들의 무공은 천하팔대고수에 미치지 못한다네. 만약 그들의 무공이 소문대로 그렇게 엄청났다면 어찌 사람들이 천하팔대고수에 그들을 끼워 넣지 않았겠는가?"

그러자 고검이 고개를 끄덕였다.

"그도 그렇군요. 그럼 그들의 무공은 어느 정돈가요?"

"물론 강하다네. 비록 천하팔대고수에는 미치지 못하겠지만 이 늙은이보다는 강하다고 할 수 있지. 하지만 동궁의 그 열두 명의 신선, 즉 동궁십이선이 위기마다 동궁을 치명적인 위험에서 구해낼 수 있었던 것은 그들의 무공도 무공이지만 각자 특별한 재능들을 지니고 있기에 가능했던 것일세. 사람들이 그들의 별호에 선(仙) 자를 붙이는 것도 다 그 이유 때문일세."

"어떤 재능들을 지니고 있는데요?"

"동궁십이선 모두를 설명할 수는 없네. 나도 그들 중 직접 보았던 사람이라고는 앞서 보았던 상당군이 유일하니 말일세. 상당군만을 놓고 보자면 그는 바람을 읽는 재주를 가진 사람이라고 할 수 있네."

"바람을 읽는 재주라뇨?"

"말 그대로 바람을 읽는 재주일세. 자넨 그의 경공을 보았나?"

그러자 추산이 고개를 갸웃거리며 대답했다.

"자세히 보지는 않았지요. 하지만 무척 빠른 것은 분명하더군요."

"그렇지. 그의 경공은 무척 빠르지. 하지만 그의 경공은 빠르다는 것만으로는 설명할 수 없는 그 뭔가가 있다네. 단순히 빠른 것으로 따지자면 장원을 지키던 여섯 괴인 중 풍마라는 여인의 경공 또한 천하의 누구에게도 뒤지지 않던 경공이 아니던가?"

"정말 무서운 여자였죠."

추산이 고개를 끄덕였다.

"상당군의 경공은 다른 사람의 경공과는 확연히 다른 원리를 가지고 있다네. 보통 경공이란 것은 체내의 진기를 두 다리에 모아 발출하는 것을 그 기본 원리로 하고 있지. 하지만 상당군의 경공은 그런 진기의 발출에 더해 그의 몸 주변에 이는 미세한 공기의 흐름을 읽고 그것에 몸을 맡기는 형태의 경공이라네."

"공기의 흐름에 몸을 맡긴다고요?"

"그렇다네. 즉, 자신의 힘에 더해 자연의 힘을 이용하는 것이지. 그래서 그의 경공은 때와 장소에 따라 그 빠르기가 큰 차이를 보인다네. 공기의 흐름이 적은 장소에서는 본신의 진기가 경공의 주를 이루지만 바람이 많은 곳에서는 본신의 힘에 바람의 힘을 함께 이용하므로 바람이 없는 장소에서 움직일 때보다 수 배나 빨리 움직일 수가 있는 것이지. 그리고 그 능력을 가장 잘 발휘할 수 있는 곳을 꼽으라면 바로 쉴 새 없이 해풍이 몰아치는 바다이겠지. 바로 그 바람을 읽는 능력이 흑룡방과의 싸움에서 위기에 처했던 해신문이 승리를 거둘 수 있게 된 이유가 된 것일세."

만불통의 말에 따르면 상당군은 선천적으로 바람에 몸을 맡길 줄 아는 인물이라고 했다. 그래서 일단 바람이 있는 곳에서라면 십여 장 높이로 몸을 날리는 것은 물론 천하의 누구보다 빠르게 움직일 수 있다는 것이었다. 하지만 바람을 이용해 빨리 몸을 움직이는 능력은 바람을 읽을 수 있는 재능을 지닌 그에겐 능력의 일부분에 불과했다.

십이 년 전 해신문과 흑룡방의 싸움이 벌어졌을 때 해신문은 흑룡방의 신출귀몰하는 항해술에 밀려 고전을 면치 못했다. 대대로 동해의 제해권을 장악해 온 해신문으로서는 수치가 아닐 수 없었다. 하지만 흑룡방의 방도들은 해신문의 거선과는 달리 중소 규모의 선박을 이용해 빠르게 치고 빠지는 전술로 해신문의 전력을 서서히 약화시켰다. 그래서 결국 해신문은 동해 해상권의 절반 이상을 흑룡방에 내주고 끝내는 문파의 존립조차 위험한 지경에 처했던 것이다.

더군다나 대대적인 토벌군을 내어 일거에 흑룡방을 쓸어버리려고 해도 동해의 수천 개 섬에 숨어 수시로 본거지를 옮겨 다니는 흑룡방을 찾아내기란 거의 불가능했다.

해서 해신문에서는 같은 동궁의 동맹 문파에서 추적의 달인들을 초빙하기도 하고, 강호에서 이름난 청부사들을 끌어들이기도 했지만 육지에서 추적의 달인이라 불린 인물들도 새로운 환경인 바다에 나와서는 도저히 흑룡방을 쫓을 수 없었던 것이다.

"그렇게 해신문이 궁지에 몰렸을 때 강호로 나온 인물이 바로 상당군이었네. 그리고 일단 그가 그 싸움에 개입하자 싸움의 양상은 순식간에 바뀌었지. 그는 해풍의 흐름을 다른 사람들보다 훨씬 먼저 알아차렸네. 예를 들면 이삼 일 뒤에 불 해풍의 방향조차도 알아맞히는 정도였지. 그런 그의 능력은 해신문의 대선단이 흑룡방의 빠른 배들을 상대하는 데 결정적인 도움을 주기 시작했네. 바다에서는 그 어떤 배도 해풍에 의지하지 않고서는 움직일 수 없네. 그런데 해풍의 방향을 이삼 일 전에 미리 알 수 있다면 적이 어디로 움직일지 예측할 수도 있을 뿐 아니라 어느 방향에서 상대를 공격해 들어가는 것이 가장 유리한지 미리 결정할 수 있었지. 그리하여 해신문은 바람의 방향을 읽는 상당군의 지휘 아래 수십 일 동안 철저한 전략을 준비했네. 상당군이 준비한 것은 화공(火攻)이었지. 자네도 알다시피 바람의 방향만 정확하게 알 수 있다면 화공만 한 공격법은 없는 법이거든. 특히나 망망대해의 바다에서는 더더욱 말일세. 그렇게 수십 일 동안 만반의 준비를 한 해신문의 대형선들은 드디어 흑룡방의 쾌속선들을 한곳에 몰아넣을 수 있었고 최후의 대전에서 바람을 타고 흑룡방의 쾌선들에게 화공을 가해 흑룡방의 거의 모든 배를 궤멸시키는 승리를 거둘 수 있었던 것일세. 상당군이 싸움에 참여하기 전 수십 차례의 싸움에서 패배를 맛보았던 해신문은 상당군이 참여한 단 한 번의 싸움에서 압도적인 승리를 거두며 흑룡방을 동해에서 사라지게 만든 것이지. 사실 중원에서 멀리 떨어진 동해에서 벌어진 싸움이라 그렇지. 그날 그 싸움을 목격했던 사람들은 그 해전(海戰)이 사람들이 소위 오대혈전이라 부르는 싸움에 버금갈 만한 싸움이었다고 이구동성(異口同聲)으로 말했다네."

"전설 속의 적벽대전을 보는 듯했겠군요."

"하하하, 맞았어. 바로 그 적벽대전의 모습을 보는 듯했지. 그리고 그 싸움에서만큼은 상당군이 제갈공명에 못지않은 인물이었다고 할 수 있다네. 이후 그는 당당히 동궁십이선의 한자리를 차지했고 말일세."

만불통의 설명이 끝나자 추산이 천천히 고개를 끄덕이며 중얼거렸다.

"그런 그가 이 노륙지에 왔군요."

순간 만불통의 눈빛도 변했다.

"그러게 말일세. 그 바람의 신이라고 불러도 좋을 사람이 이 노륙지에 왔단 말이야. 물론 노륙지가 접한 태호도 제법 바람이 많이 부는 곳이기는 해도 이번 벽산철가의 일에 동궁십이선이 출도할 거라고는 생각지 못했는데……."

"그만큼 중요한 뭔가가 있다는 말이겠죠."

"물론 벽산철가의 선단이 괴인들에게 공격을 받았다는 것은 큰 사건이긴 하지. 하지만 그래 봐야 결국 쇳덩이를 실은 운반선이었단 말씀이야. 철 운반선의 실종에 동궁십이선이라, 이건 앞뒤가 잘 맞지 않는 이야기가 아닌가?"

만불통의 말에 무불장 고수들의 눈빛이 번뜩였다. 벽산철가의 초빙 고수 중 최고수의 반열에 있는 만불통조차도 아직 탈취당한 배에 실린 것이 그저 질 좋은 쇳덩어리가 아닌 황금임을, 그들이 추격하고 있는 배가 철 운반선이 아닌 황금선임을 모르고 있었던 것이다.

수십 년 강호의 청부사로 이름을 날린 만불통이 무불장 고수들의 변화를 눈치 채지 못할 리 없었다. 그의 표정이 살짝 굳어졌다. 그리곤 고검에게 물었다.

"고 장주, 내가 말한 것에 무슨 의문이라도 있는 겐가?"

그러자 고검이 잠시 생각에 잠겼다가 입을 열었다.

"어르신께서는 벽산철가의 재총관인 이 대인으로부터 이 청부를 부탁받았다고 하셨습니까?"

"그렇다네."

"그 이 대인이란 사람은 벽산철가에서 어떤 위치에 있는 사람입니까?"

"내가 알고 있기로 이 대인은 벽산철가의 여섯 명 재총관 중 서열 이위에 있는 사람으로 알고 있네."

그러자 고검이 재차 물었다.

"그렇다면 그 이 대인과 어르신의 친분은 어느 정도라고 생각하십니까? 어르신께서 십 년의 칩거를 깨고 나오실 정도면 무척 가까운 사이 같습니다만……."

"우리의 인연이야 제법 오래됐지. 과거 벽산철가의 청부를 한 건 수행하면서 친분을 맺은 것이 오늘날에 이른 것이니까. 그리고 사실대로 말하자면 난 청부 일을 하며 얻은 청부금을 거의 모아두지 못했다네. 내가 젊어서는 제법 주색잡기에 능했거든. 그래서 지난 십 년간 남경 인근 산속에 틀어박혀 무공을 참구하는 동안 이 대인으로부터 적지 않은 도움을 받았지. 그래서 이번 부탁을 거절할 수 없었고 말일세."

"그렇다면 서로 마음을 나누는 심우(心友)라고 할 수 있는 사인가요?"

"글쎄. 그건 뭐라 말하기 어렵군. 우리의 인연이 오래되긴 했지만 서로 마음을 털어놓을 만큼 친밀한 사이냐라면……."

만불통이 살짝 고개를 갸웃거렸다. 비록 그와 벽산철가의 이화수는 수십 년의 친분을 가지고 있었지만 둘 사이에는 항상 일정한 거리가 있었던 것이 사실이었다.

"친구란 하루아침에 간담을 드러내 놓을 사이가 되기도 하고, 수십 년을 만나도 예의를 지켜야 하는 사이도 있지. 굳이 말하자면 우리 두 사람은 후자라고 할 수 있다네. 그런데 그건 왜 묻는가?"

만불통이 의아한 표정으로 물었다.

"상가(商家)의 사람들은 몇십 년 뒤를 계산하고 사람을 사귄다고 하던데 역시 그런 모양이군요. 그 이 대인, 그러니까 벽산철가의 총관 이화수는 어르신께 이번 일에 대한 정보 중 중요한 것을 숨겼습니다."

순간 만불통의 눈빛이 번뜩였다. 본시 청부자가 청부사들에게 청부를 맡길 때 그 일에 관계된 모든 일을 숨김없이 이야기하는 것이 강호의 철칙이었다. 대신 청부사는 청부자들로부터 들은 이야기를 무덤에 갈 때까지 비밀로 하는 것이 또한 청부사의 도리였다. 더군다나 과거 천하제이의 청부사로 불리던 만불통 정도의 고수를 움직이려면 청부자는 청부에 관련된 모든 일을 가감없이 전달해야 하는 것이 상대에 대한 예의요, 의무라 할 수 있었다.

"그가 나에게 숨긴 것이 있다고?"

만불통의 말투가 변했다. 만약 정말 이화수가 이번 일에 관여된 중요한 정보를 숨겼다면 이 청부는 그 순간 없던 일이 되어버릴 수도 있었다. 아니, 그것보다도 수십 년 이어오던 만불통과 이화수의 친분조차도 의미없는 일이 되어버릴 것이다. 왜냐하면 이화수가 만불통을 속이고 청부를 넣은 것이라면 이화수가 그간 만불통과 친분을 나눈 것은 만불통과의 우의 때문이 아니라 언젠가 만불통의 능력을 이용하기 위해서였기 때문이었다.

고검은 만불통의 물음에 대답을 하는 대신 품속에 넣고 있던 철로 위장된 황금 덩어리를 만불통에게 건넸다. 그러자 만불통은 의아한 눈빛을 흘려내며 고검에게서 쇳덩이를 받아 들었다. 그리곤 찬찬히 건네받은 쇳덩이를 살피기 시작했다. 그리고 잠시 후 그의 눈에 놀람의 빛이 떠올랐다. 쇳덩이의 흠집 부분에서 황금빛이 어른거리는 것을 발견했기 때문이다.

만불통의 얼굴에 드러났던 놀람의 감정은 금세 사라졌다. 대신 그의 표정이 차갑게 굳으며 무언가 깊은 생각에 잠기는 것이었다. 그러나 그 시간은 그리 길지 않았다. 채 반 각도 지나지 않아 만불통이 떨떠름한 표정을 지으며 고검에게 쇳덩이를 돌려주며 입을 열었다.

"그는 결국 장사꾼에 지나지 않았군. 제길! 역시 장사꾼들을 믿어서는 안 된단 말씀이야."

허탈함이 배인 그의 목소리에서 엷은 분노의 기운이 느껴졌다.

"그로서는 어쩔 수 없는 일이었는지도 모르죠."

고검이 대답하자 만불통이 고개를 저었다.

"나에게 잃어버린 배가 철 운반선이 아니라 황금선이라는 사실을 말하지 않은 걸 탓하자는 건 아닐세. 아마도 그 사실은 벽산철가 최대의 비밀이었을 테니 말이야. 하지만 그렇다면 날 이 일에 끌어들이면 안 되는 거였어. 이 만불통이 청부자의 정확한 사정도 모른 채 청부를 수행할 수는 없는 일 아닌가? 후후, 하긴 황금충에게 무슨 자존심이 필요하겠나."

만불통이 허탈한 웃음을 흘려냈다.

"이제 어쩌실 생각이십니까?"

고검이 묻자 만불통이 잠시 생각에 잠겼다가 입을 열었다.

"이렇게 된 이상 내가 굳이 벽산철가의 일을 도울 필요는 없겠지. 그렇다고 그냥 은거지로 돌아가자니 이번 일의 결말이 궁금하기도 하고… 어떤가? 잠시 자네와 동행을 해도 되겠나?"

"어르신께서 동행해 주신다면 저희야 천군만마를 얻은 것이나 다름없지요."

"후후, 하지만 큰 기대는 하지 말게. 난 그저 한 걸음 물러서서 이 황금선이 어떻게 처리되는지만 구경할 테니까."

"곁에 계시는 것만으로도 힘이 됩니다."

"알겠네. 그럼 난 저 무리를 이끌고 있는 송요득에게 가서 벽산철가와의 청부 일을 종결짓고 오도록 하겠네."

그러자 고검이 조금 불편한 표정으로 말했다.

"저들에게 어찌 말씀하시고 몸을 빼실 생각이신지……."

고검의 말에 만불통이 아차 하는 표정을 지었다.

"이런, 그러고 보니 자네들은 저들에게 황금선의 비밀을 알고 있다는 사실을 숨기는 것이 유리하겠군."

고검이 고개를 끄덕였다.

"보자. 그럼 나에게 황금선의 비밀을 감춘 걸 가지고 청부 계약을 파기할 수는 없고, 무슨 핑계를 댄다……."

만불통이 난감한 표정을 지으며 고개를 갸웃거렸다. 그런데 일은 엉뚱한 곳에서 풀렸다. 굳이 무불장의 고수들이 황금선의 비밀을 알고 있는 것을 숨길 필요가 없는 사건이 벌어진 것이었다.

차차창!

맹렬한 충돌음이 한순간 어둠과 안개에 휩싸인 숲 속에 울려 퍼졌다. 그러자 무불장 고수들의 시선이 황급히 소리가 들려온 쪽으로 향했다. 멀리 떨어져서 앞서 가던 송요득이 이끄는 벽산 철가의 고수들 중 일부는 이미 소리가 나는 쪽으로 신형을 날리고 있었다.

"일단 싸움 구경부터 하죠?"

일행의 선두에 서 있던 대웅산이 고검을 보며 묻자 고검이 고개를 끄덕였다. 대웅산을 선두로 한 무불장의 고수들이 일제히 싸움 소리가 들려오는 방향을 향해 몸을 날리기 시작했다.

"이놈들! 게 섯거라!"

무불장 고수들이 어둠 속에서 벌어지는 격전의 장소에 거의 도착했을 때쯤 전방에서 한마디 노성이 흘러나왔다.

"천 아우, 쫓지 말게! 길이 어두워 자칫하면 역습을 당할 수도 있네!"

노성에 뒤이어 제법 나이 든 자의 목소리가 흘러나왔고, 뒤이어 굵직한 사내의 목소리가 연이어 들려왔다.

"제길, 잘만 하면 제압할 수도 있었을 텐데 말입니다, 대형!"

"그래도 물건은 남기고 갔구만."

"생각보다 겁이 많은 족속들인 것 같군요. 머리에 늑대탈을 쓰고 있어 제법 영악한 놈들인 줄 알았더니. 얼마나 급했으면 들고 있던 목함을 집어 던지고 도주를 했을까요?"

"자자, 일단 흩어진 그 쇳덩어리들이나 목함에 담게."

"이런 쇳덩어리를 뭐에 쓰시게요?"

두런거리는 몇 사람의 말소리를 들으며 무불장의 고수들이 장내에 도착했다. 장내에는 다섯 명의 사내들이 도검을 빼 들고 있었고, 하나의 목함이 땅 위에 나뒹굴고 있었으며, 목함에서 흘러나온 쇳덩어리들이 여기저기 흩어져 있었다. 오 인의 사내는 막 흩어져 있는 쇳덩어리들을 주워 담으려 하던 찰나였다.

그리고 잠시 후 무불장 고수들보다 조금 늦게 벽산철가의 고수들 역시 일대격전이 벌어진 장소에 도착하고 있었다. 그런데 바로 그 순간,

"헉! 이, 이건!"

갑자기 흩어진 쇳덩이를 목함에 담고 있던 다섯 인물 중 한 명이 기겁을 하면 신음성을 토해냈다.

"무슨 일인가, 오제(五弟)?"

흩어져서 쇳덩이를 줍고 있던 자들이 놀란 음성을 뱉어낸 동료를 중심으로 몰려들었다. 그들은 소리를 지른 자가 들고 있는 한 덩어리의 쇳덩이에 시선을 줬다. 그리고 잠시 후 오제라 불린 사내가 흘려낸 것과 같은 신음성이 나머지 사 인에게서도 흘러나왔다.

"이… 이건!"

"이럴 수가! 설마……!"

"제길, 이럴 줄 알았으면 조용히 가지고 사라지는 건데……."

그렇게 저마다 탄성과 탄식을 흘러내는 와중에 원을 그리고 둘러선 다섯 사람의 틈 사이로 그들이 주시하고 있는 쇳덩이가 보였다. 그리고 당연하게도 그들이 들고 있는 쇳덩이에서 황금빛이 반짝였다.

"이제 이 노륙지와 태호는 완전히 광란의 도가니로 빠져들겠군요."

미심이 고개를 저으며 중얼거렸다.

"배 한 척에 온통 황금이 실려 있었다는 것이 알려지면 천하의 무림인이 모여들겠지요."

대웅산이 고개를 끄덕였다. 그런데 그때 불쑥 서늘한 목소리가 장내에 흘러나왔다.

"그 물건은 본 가(本家)의 것이오!"

그러자 사람들의 시선이 목소리의 주인에게로 시선을 향했다. 쇳덩어리가 사실은 황금 덩어리임을 알아챈 다섯 고수들 역시 목소리의 주인에게로 시선을 돌렸다. 입을 열어 물건의 주인임을 자처한 사람은 벽산철가의 고수들을 이끌고 있는 무총관 송요득이었다.

"그 물건은 본 가(本家)의 것이오."

다시 한 번 진중한 음성이 송요득에게서 흘러나왔다. 그러자 황금덩이를 들고 있던 오 인의 안색이 살짝 변했다. 그중 몇몇은 아쉬운 감정이 역력했다.

"당신은 누구요?"

황금 덩어리를 들고 있던 오 인 중 한 명이 송요득을 보며 물었다. 물론 강호의 경험이 있는 사람이라면 말을 꺼낸 자가 벽산철가의 인물임을 모를 리 없지만, 사내는 굳이 송요득의 정체를 묻고 있었다.

"난 벽산철가의 무총관 송요득이라고 하오. 그 목함과 목함에 든 물건은 본 가(本家)의 것이니 우리에게 넘겨주시기 바라오."

송요득이 여전히 차가운 목소리로 말했다.

"음… 벽산철가의 고수 분이셨구려. 그렇다면 당연히 물건을 돌려드려야지요."

황금덩이를 들고 있던 사내가 순순히 고개를 끄덕였다. 하지만 그의 눈에는 숨길 수 없는 욕망의 빛이 떠올라 있었다.

"아우들, 물건들을 모두 목함에 담아라."

사내의 명에 나머지 사 인이 서둘러 흩어져 있던 쇳덩어리들, 아니, 황금 덩어리들을 목함에 담아 사내에게로 가져왔다. 그러자 황금이 가득 든 목함을 건네받은 사내가 송요득을 보며 말했다.

"자, 벽산철가의 물건이니 돌려드리겠소. 그런데… 도대체 얼마나 많은 목함이 그 배에 실려 있었던 것이오?"

사내의 질문에 송요득의 표정이 잘게 일그러졌다.

"그건 알 필요 없소."

송요득의 차가운 대답에 사내의 입가에 한줄기 미소가 그려졌다.

"후후, 귀한 물건을 찾아드렸는데 그만한 질문에 답을 못해 주신다니 이것 참 서운하구려."

"보답을 원한다면 나중에 본 가로 찾아오시오. 섭섭잖게 사례를 해줄 것이오."

그러자 사내가 앙천광소를 터뜨렸다.

"하하하! 우리 황산오호(黃山五虎)는 겨우 몇 푼의 사례나 바라고 강호의 일에 끼어드는 소인배들이 아니외다. 그리고 재물을 얻고자 한다면 지금 이 노륙지에 넘쳐 나는 것이 이렇게 황금이 든 목함일 텐데 어찌 나중에 벽산철가를 찾아가 사례를 요구하겠소. 자, 우린 그런 욕심이 없으니 이 목함을 돌려드리겠소. 귀중한 물건이니 잘 간수하시구려. 또다시 괴인들에게 강탈당하지 말고 말이오."

황산오호라 자신들의 신분을 밝힌 사내가 끈적한 욕망이 묻어나는 눈빛을 드러내며 들고 있던 목함을 송요득에게 건넸다. 그러자 송요득이 조금 일그러진 표정으로 목함을 건네받았다.

"아우들, 우린 이만 가세나. 이제 이 노륙지와 태호는 황금을 찾는 강호고수들로 넘쳐 날 텐데, 우리 같은 강호 소졸들은 이럴 때일수록 몸조심을 해야 하는 법일세. 가세나."

송요득에게 목함을 건넨 사내가 자신의 뒤에 서 있던 네 명의 사내를 이끌고 순식간에 장내에서 사라졌다.

황금이 든 목함을 발견한 황산오호가 사라졌지만, 장내에는 차가운 침묵이 이어지고 있었다. 송요득도, 그가 이끄는 벽산철가의 고수들도 또한 무불장의 고수들도 불편한 침묵 속에 빠져 있었다. 그리고 잠시 후 먼저 입을 연 것은 만불통이었다.

"이것 참 생각지도 못한 일이로군."

그러면서 만불통의 시선이 송요득에게로 향했다. 송요득은 그런 만불통의 시선을 애써 외면했다. 그러자 만불통이 슬쩍 미소를 흘리더니 다시 입을 열었다.

"송 총관, 이 만불통은 그만 벽산철가의 일에서 손이 떼야겠소이다."

그러자 송요득의 볼이 한차례 씰룩였다.

"청부 거래를 깨시겠다는 말씀입니까?"

만불통이 고개를 끄덕였다.

“그렇소. 본래 한번 수락한 청부는 목숨이 달아나도 끝을 보는 게 황금충의 도리이기는 하지만 거기에도 한 가지 예외는 있소이다.”

이제는 송요득도 만불통의 시선을 외면할 수만은 없었다. 송요득이 만불통의 시선을 정면으로 응시했다.

“그 예외란 바로 청부자가 청부사를 믿지 못해 의뢰한 일에 대한 모든 정보를 청부사에게 전하지 않았을 경우요. 그때는 청부사도 그 청부를 깰 수 있소이다. 그리고 오늘 이 만불통이 창피하게도 그런 청부를 맡았으니 이제라도 이 청부 건에서 손을 떼는 게 그나마 내 체면을 살리는 일이 아니겠소?”

만불통의 말에 송요득의 눈에 한차례 기광이 번뜩였다. 얼핏 보면 만불통의 말에 분노가 인 듯 보이기도 했다. 어찌 보면 그럴 만도 했다. 비록 상대가 과거 천하제이의 청부사로 불리던 인물이지만 그 자신 역시 천하의 재력가로 꼽히는 벽산철가의 총관이었다. 개개인의 능력으로 보자면 만불통에 미치지 못하겠지만 그가 속한 벽산철가란 이름은 천하를 주름잡는 천하사패의 주력가문에 견주어도 떨어질 것이 없는 명문이었다. 아무리 명성이 높은 청부사라도 일개 황금충이 함부로 중도에 청부를 거부할 그런 벽산철가가 아니었던 것이다.

“어르신께서는 본 가(本家)를 너무 무시하는군요.”

송요득의 입에서 나직한 음성이 흘러나왔다. 그의 말에는 일종의 경고의 기운이 내포되어 있었다. 그러자 만불통이 히죽 웃음을 지었다.

"후후, 일개 황금충에 지나지 않는 내가 어찌 대벽산철가를 무시하겠는가. 무시했다면 오히려 이번 일에 얽힌 내막을 밝히지 않은 벽산철가가 이 늙은이를 무시한 것이겠지. 흐흠, 벽산철가의 이 총관과 나는 수십 년을 알고 지낸 사이인데 수십 년 지기에게 강호초출의 청부사나 당하는 창피를 당할 줄은 정말 몰랐군. 돌아가시거든 이 총관에게 전해주시게. 이 만불통을 다신 볼 일이 없을 거라고 말일세."

그러자 송요득이 차가운 눈빛으로 만불통을 쏘아보며 응대했다.

"그 말씀 그대로 이 총관께 전하지요. 그럼 저흰 이만 가보겠습니다. 아시다시피 이곳 사정이 썩 좋지 않으니 시간을 낭비할 수 없는 상황입니다."

"흘흘, 그러시게. 부디 무운을 비네. 그리고 조심하게. 어차피 이리되면 강호에 소문이 도는 것은 시간문제일 걸세. 이 노륙지와 태호뿐 아니라 남경까지도 황금선의 광풍이 불지도 모르네."

만불통의 말에 송요득이 가볍게 고개를 까닥였다.

"걱정해 주시니 감사합니다. 하지만 비록 도적맞은 물건이지만 대벽산철가의 물건을 노리려는 자가 있다면 그만한 대가를 치러야 할 겁니다. 그럼 이만 가보겠습니다. 모두들 움직입시다."

송요득이 자신의 뒤쪽에 서 있는 벽산철가의 고수들을 보며 차갑게 말을 내뱉고는 자신이 먼저 신형을 움직여 장내를 벗어나려 했다. 그런데 송요득의 말을 들은 십여 명의 벽산철가 고수 중 그를 따라 움직이는 자는 일곱뿐이었다. 나머지 삼 인은 송요득의 말에도 장내를 벗어날 생각을 하지 않는 것이었다.

"세 분께선 움직이지 않으실 생각이시오?"

송요득이 날카로운 눈빛으로 삼 인을 보며 물었다. 그러자 삼 인 중 오십대 중반의 사내가 입을 열었다.

"우린 비록 만불통 어른의 명성에 한참 미치지 못하는 황금충이지만 지금껏 청부 일을 하면서 남에게 무시를 당한 경우는 없었던 사람들이오. 그런데 이번에 벽산철가의 일을 맡으면서 그간 경험하지 못한 홀대를 당했으니 우리도 이쯤에서 이번 청부를 거두기로 하겠소이다. 미안하오."

그러자 송요득의 눈썹이 꿈틀거렸다. 하지만 이내 천천히 고개를 끄덕였다.

"정 그러시겠다면 말리지는 않겠소. 하지만 앞으로 세 분께선 벽산철가의 일을 맡기 어려울 게요."

"그 정도의 일이야 각오해야겠지요. 남경으로 돌아가는 대로 이번 일의 대가로 받은 금자는 돌려보내겠소이다. 그럼!"

삼 인이 송요득을 향해 고개를 까닥여 보였다. 그러자 송요득이 모래 씹은 표정을 지어 보이더니 이내 몸을 돌려 거친 몸짓으로 장내를 벗어나는 것이었다.

"흥, 방귀 뀐 놈이 성을 낸다더니 그 꼴이군요."

추산이 멀어지는 송요득과 벽산철가의 고수들을 보며 퉁명스럽게 중얼거렸다.

"그들에게 우리와 같은 황금충은 그야말로 벌레보다 못한 사람들이니까. 그런데 그 벌레가 자존심을 긁어놓았으니 어찌 기분이 좋을 리 있겠는가?"

만불통이 추산에게 미소를 지어 보였다. 그리고는 벽산철가의 무리에서 떨어져 나온 삼 인의 청부사들에게 말했다.

"자네들, 경솔한 결정을 한 거야. 남경에서 청부사로 살아가려면 벽산철가와 척을 지면 안 되는데……."

그러자 삼 인 중 한 명이 입을 열었다.

"남경을 떠나는 한이 있어도 청부의 원칙을 어기면서 일을 해줄 수는 없지요. 비록 황금충 소리는 듣지만 저희도 나름대로 자존심이 있지 않겠습니까?"

"흘흘, 그렇다면 어쩔 수 없는 일이고. 그래, 앞으로는 어찌할 생각인가?"

"어차피 황금충 소리를 듣는 것, 이렇게 된 이상 저희들끼리 그 황금선을 추격해 보겠습니다."

"흠… 위험한 일일세. 욕심만 가지고 움직일 일이 아니야."

"조심하도록 하겠습니다."

"뭐, 정 그리하겠다면 나도 말릴 수야 없지."

"그럼, 저희도 그만 가보겠습니다."

삼 인의 청부사가 만불통에게 가볍게 고개를 숙여 보인 후 재빨리 장내를 벗어났다. 그러자 그 모습을 보고 있던 만불통이 탄식을 흘려냈다.

"아아, 큰 혈풍이 불겠구나. 저들이 청부를 중도에 포기한 것은 청부사의 자존심 때문이 아니고 황금에 대한 욕심 때문일 것이다. 하지만 그들의 실력을 고려할 때 황금보다는 오히려 죽음에 가까울 것, 천하의 모든 이가 저들과 같이 행동한다면 이 호수는 곧 피에 잠기겠구나."

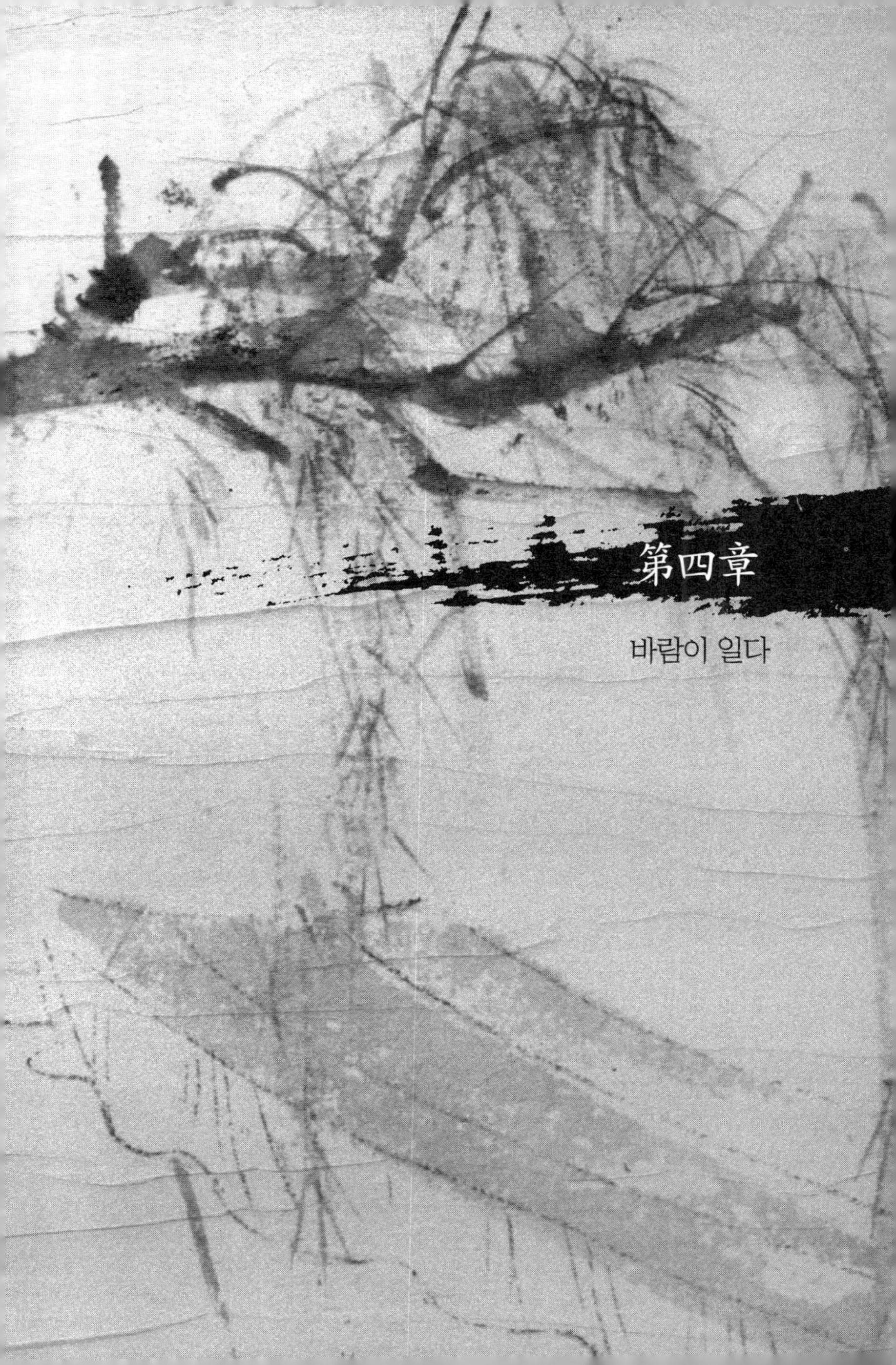

第四章

바람이 일다

孤劍秋山

어둠이 지나고 새벽이 오고 있었다. 가뜩이나 습한 노륙지의 습지가 온통 안개로 뒤덮였다. 덕분에 어둠은 물러갔지만 어둠보다 더한 시계의 방해를 받으며 무불장의 고수들은 전진하고 있었다.

괴인들이 강호고수들을 맞아 수성(守成)하고자 했던 북쪽의 장원에 몰려들었던 무림인들은 또다시 노륙지의 넓은 습지로 흩어져 갔다. 그 와중에도 몇몇 곳에서 싸움 벌어지는 소리가 들려왔고, '황금이다' 를 외치는 무인의 고함 소리 또한 서너 번 듣고 나서야 무불장의 고수들은 배를 띄울 수 있을 만큼의 넓이를 가진 수로에 도착했다.

"서라! 감히 이 무룡객이 발견한 황금을 탈취하다니, 간덩이가 배 밖으로 나왔구나!"

"헤헤헤, 땅 위를 굴러다니는 물건에 주인이 어디 있는가? 먼저 줍는 것이 임자지."

무불장 고수들이 막 일렁이는 물결을 눈앞에 뒀을 때 일단의 무인들이 한 사람을 추격해 안개 속에서 불쑥 모습을 드러냈다가 다시 밀려드는 안개 속으로 사라져 갔다.

"제길! 이 노륙지가 온통 황금을 쫓는 자들로 가득 차고 말았군요."

추산이 투덜거렸다.

"참으로 이상한 자들이야. 그렇게 어렵게 황금선을 탈취하고 또 천하고수들을 불러들여 일대 격전을 치른 이후에 이렇게 황금이 든 목함을 뿌려대는 이유가 뭘까? 처음에는 장원에서 강호 고수들과 비무를 벌이며 시간을 벌고 그사이 황금을 빼돌리려는 줄 알았는데 이제 보니 아예 황금을 일부러 노출시키고 있는 것이 분명해."

대웅산이 고개를 갸웃거리며 말했다.

"먼저 생각할 수 있는 것은 적당량의 황금을 풀어 노륙지에 들어온 강호고수들의 눈을 어지럽힌 후 그사이 이 노륙지를 벗어나려 하는 의도겠지요. 보시다시피 애초에 괴고수들을 추격해 노륙지로 들어온 고수들이 지금은 황금 쟁탈전에 빠져 괴고수들을 추격하는 것은 까맣게 잊고 있잖아요. 그러니 이 혼란한 틈을 타서 노륙지를 벗어나는 일은 그리 어렵지 않을 거예요. 더군다나 약간의 황금을 뿌렸다고 해도 그들에게는 배 한 척에 실렸던 막대한 황금이 남아 있으니까요."

추산이 자신의 생각을 말하자 고검이 추산의 말을 받았다.

“일견 일리가 있지만 황금을 좇는 자들은 일류고수들이 아니다. 정말 고수라 불릴 수 있는 자들은 노륙지에 뿌려진 황금보다는 오히려 그들이 가지고 있을 황금선 자체에 관심이 있지 않겠느냐? 그렇다면 당연히 그들에 대한 추격도 매서워질 것이고…….”

“뭐, 그렇게 생각할 수도 있지만 일단 노륙지를 혼란에 빠뜨렸다는 것 자체가 그들이 이곳에서 벗어나는 데 유리하지 않겠어요? 당장 우리만 해도 저렇게 황금에 미쳐 날뛰는 작자들 때문에 그들의 흔적을 찾아 추적하는 데 어려움을 겪고 있잖아요.”

“하긴 이 노륙지는 그야말로 시장 바닥으로 변해 버렸으니 말이야.”

대웅산이 추산의 말에 맞장구를 쳤다.

“어쨌든 그런 의도가 아니라면 결국 그들이 원하는 바는 하나가 남죠.”

“그게 뭐지?”

대웅산이 얼른 물었다.

“그건 바로 벽산철가를 곤경에 빠뜨리려는 것이죠. 그들이 탈취한 선박이 알려진 것처럼 철 운반선이 아닌 황금선이라는 사실이 강호에 퍼져 나가면 아마도 강호의 강자들이 벽산철가를 주시할 수밖에 없을 거예요. 아무리 벽산철가의 재력이 대단하다지만 한 척의 배에 그득 담긴 황금은 역시 간단한 문제가 아니죠. 그 막대한 황금의 출처에서부터 사용처까지, 아마 모든 것이 관심의 대상이 되겠죠. 배 한 척에 가득 실린 황금은 강호의 판도에 큰 변화를 일으킬 수 있는 재물이 분명하니까요. 아마… 천하사패도 이 일에서 관심을 거두기는 쉽지 않을걸요?"

추산의 말에 고검이 고개를 끄덕였다.

"왠지 첫 번째의 이유보다는 지금 말한 두 번째 이유가 마음에 와 닿는구나."

"사실은 저도 그래요. 그 괴고수들을 보건대 황금에 눈이 어두워 이런 큰일을 저질렀을 사람들 같지는 않아 보였거든요? 처음부터 이번 일에서는 단순한 황금 쟁탈전이 아닌 잘 짜여진 음모의 기운이 느껴졌으니까요."

"사람의 육감이란 의외로 정확한 것이지."

추산의 말을 듣고 있던 만불통이 불쑥 입을 열었다. 그리고 그즈음 무불장의 고수들 발끝에 물결이 찰랑이고 있었다.

"결국 또 늪지네요?"

추산이 맥이 풀린 목소리로 말했다.

"괴고수들은 어디로 사라진 걸까? 장원에 있던 고수들뿐 아니라 그 밖에 숨어 있던 자들까지 모두 추격에 나섰는데 그들을 발견한 세력이 한곳도 없다니 이상하군. 그들의 수하로 보이는 늑대탈을 쓴 괴인들은 오히려 도처에서 발견되고 말이야."

대웅산이 고개를 갸웃거렸다.

"아마도 늑대탈의 수하들을 움직여 강호의 고수들을 혼란에 빠뜨리고 그사이 노륙지를 벗어나지 않았겠어요?"

"노륙지를 벗어났을 거라고?"

"그렇지 않다면 이렇게 많은 고수들이 그들의 뒤를 추격했는데 코빼기도 보이지 않을 리 없잖아요?"

"그들이 어떻게 노륙지를 벗어났을까?"

"그야 물론 수로를 따라 배를 타고 이동했겠죠."

"수로를 따라서? 하지만 태호에서 노륙지로 들어오는 수로의 입구는 벽산철가의 선박들이 진을 치고 있을 텐데."

"지금까지 그들의 행보를 보면 그에 대한 대비도 이미 해두었을 거예요."

"그럼 이제 우린 어떡하죠? 우리가 타고 온 배가 있는 곳과는 상당히 거리가 먼 것 같은데……."

대웅산이 난감한 표정을 지으며 고검을 바라봤다. 그들이 자신들이 두고 온 배가 있는 곳으로 이동하자면 적어도 하루 낮은 더 이동해야 할 터였다.

"배가 그대로 남아 있다고 장담할 수도 없는 상황이죠."

추산이 고개를 저었다. 추산의 말대로 지금 이 노륙지에는 수많은 강호고수들이 득실대고 있으니 그들이 타고 들어온 배가 그대로 남아 있다는 보장이 없었다.

"제길! 이 노륙지를 벗어나려면 뗏목이라도 만들어야 할 판이군."

대웅산이 투덜대자 뒤에 서 있던 진감이 앞으로 나서며 입을 열었다.

"배라면 저희들이 타고 들어온 배가 가까운 곳에 있소이다만……."

그러자 무불장 고수들의 시선이 진감에게로 향했다.

"국주께서 하선하신 곳이 이 근처입니까?"

고검이 묻자 진감이 고개를 끄덕였다.

"이 노륙지의 지형은 항상 안개에 싸여 있어 그 방향을 구분하기가 쉽지는 않소이다만, 마침 우리가 배에서 내린 곳 근처에 기이하게 생긴 노송이 있어 지형을 기억하고 있었소이다. 그리고 그 노송이 바로 저기에 있군요."

진감이 손을 들어 어스름한 안개에 밑동을 드러내고 있는 십여 장 밖의 노송을 가리켰다. 무불장의 고수들이 진감이 가리킨 방향으로 시선을 돌리자 과연 기이한 굴곡을 가진 노송이 사람들의 눈에 들어왔다.

"오, 정말 신기하게 생겼네."

대웅산이 노송의 생김새에 감탄사를 흘려냈다.

"저 노송에서 서쪽으로 삼십여 장 떨어진 곳에서 하선을 했소이다."

"하지만 금오표국의 배라고 지금까지 남아 있을까요?"

추산이 묻자 진감이 고개를 저었다.

"아마 남아 있을 거요, 추 소협. 사람들의 시선에 띄지 않게 위장을 해두었으니 말이오."

"일단 배가 있다는 곳으로 이동하도록 하겠습니다. 어차피 우리가 하선했던 곳과는 거리가 멀고 또 우린 배를 그냥 놓아두고 왔으니 누군가 타고 떠났던지 아니면 흉수들이 파선을 했을 가능성이 큽니다. 지금으로선 진 국주께서 숨겨놓으신 배가 무사하길 바라야겠군요."

고검이 일행의 행보를 결정하자 기륭이 앞으로 나섰다.

"배가 있는 곳까지는 제가 안내하지요."

말을 던져 낸 기륭이 가볍게 신형을 날려 기이한 노송이 있는 방향으로 움직이기 시작했다. 안개 자욱한 나무들 사이를 이동한 기륭은 노송으로부터 서쪽으로 삼십여 장 떨어진 곳에서 걸음을 멈췄다. 기륭이 걸음을 멈춘 곳에는 또 다른 수로가 육지와 맞닿아 있었는데 주변에는 무성한 수초들이 사람의 머리 키보다도 높게 자라 있었다.

"흠, 과연 배를 숨기기에 안성맞춤인 곳이네요."

추산이 자신의 머리 위로 자라 있는 마른 갈대숲을 보며 고개를 끄덕였다.

앞서서 길을 열었던 기륭이 잠시 주변을 둘러본 후 수면 위에 떠 있는 몇 개의 갈대숲 중 한곳으로 신형을 날렸다. 단번에 오 장여를 날아 갈대숲에 내려선 기륭이 머리 위로 자라 있는 갈대를 헤치며 얼마간 앞으로 걸어나갔다. 그러더니 다시 훌쩍 허공으로 날아올라 그가 내려섰던 갈대숲과 일 장의 거리를 두고 떨어져 있는 또 다른 갈대숲에 내려서는 것이었다.

그런데 다음 순간 기이한 일이 벌어졌다. 또 하나의 갈대숲에 내려선 기륭이 갈대 사이에서 긴 장대를 들어 올리더니 그 장대를 물속으로 집어넣고 천천히 물속의 땅을 미는 시늉을 하는 것이었다.

"도대체 뭘 하는 거야?"

대웅산이 기륭의 행동을 이해할 수 없다는 듯 고개를 갸웃거렸다. 하지만 대웅산의 의문은 금세 풀렸다. 기륭이 서 있던 물 위의 갈대숲이 그가 장대로 수면 아래 땅을 밀어낼 때마다 조금씩 움직이기 시작하더니 이내 속도를 높여 일행이 서 있는 물가로 다가오기 시작했던 것이다.

"어? 설마 저게……?"

대웅산이 탄성을 지르자 진감이 고개를 끄덕였다.

"저게 바로 우리가 타고 들어온 소선이외다. 크기가 작아 조금 불편할지도 모르겠소이다."

"정말 뛰어난 위장술이에요. 누가 저걸 배로 보겠어요. 그냥 노륙지를 뒤덮고 있는 갈대숲 중 하나라고 생각하지."

추산이 다가오는 갈대숲을 보며 혀를 내둘렀다.

"처음부터 저런 위장을 하고 들어올 생각은 아니었소이다. 그런데 처음 이 노륙지에 왔을 때 채 배에서 내려보지도 못하고 물속에 숨어 있던 괴물 같은 고수에게 세 명의 아우들을 잃고 나니 달리 준비를 해야겠다는 것을 깨달았소이다. 그래서 두 번째 노륙지로 들어올 때는 철저하게 배를 위장하고 노륙지의 수로를 이동했소이다. 그것도 아주 느리게 말이오. 철저한 위장 덕분인지 두 번째로 이곳에 왔을 때는 노륙지의 수로를 따라 이곳에 도착할 때까지 괴고수의 공격을 받지 않았소이다. 그리고 이곳에서 하선을 한 이후에도 철저하게 주변의 지형을 이용해 몸을 숨기면서 괴고수들이 지키고 있던 장원까지 전진했던 것이오. 그렇게 조심을 하며 전진을 하다 보니 노륙지의 입구에서 장원까지 도착하는 데 걸린 시간이 열흘이 넘게 걸리더이다."

진감의 말이 끝나자 추산의 얼굴에 감탄과 의혹의 빛이 동시에 떠올랐다.

'다른 사람들이면 삼사 일이면 족한 거리를 열흘을 걸려 은밀하게 이동했다니 이제 보니 이 금오표국의 국주와 표두들은 대단한 인내심을 지닌 사람들이었구나. 그런데 보통의 무인이라면 아무리 준비를 잘했더라도 노륙지의 그 괴고수들의 눈을 피하기는 어려웠을 것인데? 그들은 보통 고수들이 아니었단 말씀이야. 그런데 그들의 시선을 피해 장원까지 접근했단 말이지. 으음… 이건 보통 은잠술이 아닌걸? 금오표국의 국주와 표두들이 그런 대단한 은잠술을 익히고 있었다니 놀라운 일이야. 도대체 그들은 그런 은잠술을 어떻게 익힌 것이지? 가만, 그러고 보니 조 노사도 은잠술에 능할 뿐 아니라 살법의 달인인데…….'

추산이 눈빛을 반짝이며 조오현과 진감을 번갈아 바라보았다. 순간 그의 머릿속에 그들의 과거에 대한 한 가지 가정이 스치고 지나갔다.

'에이, 그럴 리 없을 거야. 설마… 그들이 과거 살수행을 하던 사람들이었을라구. 조 노사야 그렇다고 쳐도 저 진 국주라는 사람은 절대 살수하고는 어울리는 사람이 아니야.'

추산이 자신의 머릿속에 일어난 생각을 스스로 부인하며 고개를 저었다. 그리고 그때 기륭이 몰아온 갈대숲이 일행의 바로 앞에까지 와 닿았다.

"그리 크지는 않군요."

다가온 갈대숲을 보며 미심이 말했다.

"다섯 명 정도가 여유있게 탈 수 있는 배죠."

기륭이 고개를 끄덕였다. 일행의 눈앞에 다가오자 갈대 사이사이로 배의 형태가 드러나 보였다.

"흐흠, 정원이 다섯이라. 우리가 여덟인데 모두 탈 수 있으려나 모르겠군."

만불통이 갈대숲에 가려진 배를 보며 중얼거렸다.

"조금 좁기는 하겠지만 모두 탈 수 있을 겁니다."

진감이 만불통을 보며 말했다.

"비좁은 정도의 불편이야 감수해야지. 지금 상황에서는 배를 타고 이 노륙지를 벗어날 수 있는 것만으로도 감지덕지 아니겠소이까?"

"그야 그렇지요. 배가 없다면 여러 날 고생을 해야 할 테니까요."

대웅산이 만불통의 말에 맞장구를 쳤다.

"자, 모두 배에 오르도록 하지요. 흉수들이 이미 이 노륙지를 벗어나고 있다면 지체할 시간이 없습니다."

고검의 말에 일행이 훌쩍 몸을 날려 갈대로 위장한 배 위에 오르기 시작했다. 여덟 명의 일행이 모두 배에 오르자 예상대로 조금 비좁기는 했지만 그렇다고 배가 뒤집어질 정도는 아니었다. 배에 오른 일행이 각자 자리를 잡고 앉자 배는 다시 하나의 갈대숲으로 변했다.

기륭은 일행이 앉기를 기다렸다가 기다란 장대를 이용해 뭍에서 배를 밀어냈다. 그리고 배가 여유있게 떠 있을 만한 수심에 다다르자 장대를 물속에 던져 버리고는 배의 후미에 매달린 외노를 젓기 시작했다.

노륙지의 수로들은 거미줄처럼 엉켜 있다. 하지만 결국 그 수로들이 이르는 곳은 하나였다. 너른 태호로 이어진 노륙지의 입구가 바로 그곳이었다. 동, 서, 남, 세 방향으로 나 있는 거대한 강줄기들은 태호와 노륙지를 이어주는 관문과도 같은 곳이었다.

무불장의 고수들은 갈대숲으로 위장한 금오표국의 소선 안에서 옹기종기 모여 앉아 점점 넓어지는 수로를 바라보고 있었다. 노륙지의 수로가 넓어질수록 숲이 사라지고 갈대숲의 군락지가 수면을 가득 메우기 시작했다. 덕분에 무불장 고수들이 타고 있는 배는 더더욱 사람들의 눈에 띌 염려가 적어졌다. 그리고 어느 순간부터 노륙지 전체를 휩싸고 있던 안개가 서서히 엷어지기 시작했다.

“마치 지옥에서 벗어나는 것 같네요.”

추산이 고개를 돌려 안개에 휩싸인 노륙지를 바라보며 말했다.

“그래도 그나마 다행이야. 들어갈 때처럼 괴고수들의 기습을 받지 않았으니 말이야.”

대웅산이 중얼거렸다.

“아직 노륙지의 수로를 벗어나려면 반나절을 더 가야 하니 안심할 수는 없는 일일세.”

고검이 대웅산의 말에 경고하듯 말했다.

“설마 제놈들도 이런 판국에 기습을 하고 있겠습니까? 지금 이 노륙지의 수로는 황금을 찾는 강호고수들로 뒤덮여 가고 있을 텐데요.”

“방심은 언제나 금물이야. 그간 그들의 행보를 보았을 때 또 어떤 함정을 펼쳐 놓았을지 모르는 일이네.”

“놈들이 제법 특이한 자들이긴 하죠. 하지만 어쨌든 이제 머지않아 이 노륙지와 태호 전체가 무림인들로 들끓을 테니 놈들도 함부로 날뛸 수는 없을 겁니다."

고검은 비록 대웅산에게 경고를 하긴 했지만 그 역시 지금 이 상황에서 노륙지의 괴고수들이 공격할 거라고는 생각지 않았다.

더군다나 예상대로 만약 그들의 목적이 벽산철가를 곤경에 빠뜨리는 데 있다면 그들은 목적을 달성한 것이나 마찬가지였다. 이미 이 노륙지에 들어 있는 강호의 제 세력들은 벽산철가를 주시하고 있을 터였다. 한 척의 배에 가득 실린 황금, 그것이 무림과 연결될 때의 파괴력을 간과할 무림 세력은 없을 것이므로.

수로가 넓어지고 물이 많아지자 물빛도 서서히 푸른색을 띠기 시작했다. 아마도 지천으로 펼쳐진 갈대숲이 노륙지 안쪽의 탁한 물들을 정화해서 밖으로 흘려보내는 모양이었다. 추산은 맑아지는 물빛을 흥미로운 표정으로 바라보고 있었다.

배로 하는 이동이란 이상해서 그리 빨리 움직이는 것 같지 않다가도 불현듯 고개를 들어 주변을 살피면 어느새 주위의 풍경이 변해 있곤 한다. 한동안 물빛의 변화에 시선을 주고 있던 추산이 고개를 들었을 때도 마찬가지였다. 어느새 배는 사방을 메우고 있던 갈대숲을 벗어나고 있었다. 그러자 갈대로 위장한 배는 마치 하나의 작은 섬이 된 듯 물 위에 둥둥 떠 있었다.

"이제 거의 벗어난 건가요?"

추산이 고검을 보며 묻자 고검이 고개를 끄덕였다.

"이제부터는 그저 물길에 배를 맡겨두면 자연스럽게 노륙지의 입구로 향하게 될 게다."

"노륙지를 벗어날 건가요?"

그러자 고검이 추산을 바라봤다.

"무슨 의미냐?"

"그러니까 이번 청부는 이렇게 끝이 나는 건가 해서요. 노륙지를 벗어나면 금오표국으로 돌아갈 건가요?"

추산의 물음에 무불장의 고수뿐 아니라 금오표국의 두 고수와 만불통 역시 고검에게 시선을 주었다. 무불장이 금오표국주의 아들 진천으로부터 받은 청부의 내용을 고려하면 가장 우선되는 것이 표국주 진감과 두 표두 기륭과 마삼을 구하는 것이었고, 두 번째는 잃어버린 선박을 찾는 것, 그리고 세 번째가 흉수들을 밝혀내고 죽은 표두들에 대한 복수를 하는 것이라고 할 수 있었다. 전체적인 청부의 내용을 보자면 지금 무불장은 정확히 청부 계약 중 삼분지 일, 그러니까 진감과 기륭의 생명을 구하는 것을 완료했을 뿐이었다. 그러니 진천으로부터 받은 청부는 아직 끝나지 않았다고 할 수 있었다.

하지만 그렇다고 나머지 삼분지 이의 청부, 그러니까 탈취당한 선박을 회수하는 것과 흉수들을 제압하는 일을 계속 진행해 청부를 완료해야 하냐고 묻는다면 그것은 지금 상황에서 답하기 어려운 문제였다. 왜냐하면 처음 생각했던 것과는 달리 이번 사건은 단순히 몇몇 절정고수로 구성된 수적 떼가 벽산철가의 철 운반선단을 공격한 것 이상의 의미가 있다는 것이 밝혀진 상황이기 때문이었다.

탈취당한 배에 실린 것은 철 덩어리가 아니라 한 성을 살 수도 있는 황금 덩어리들이었고, 벽산철가의 선단을 공격한 흉수들의 의도 또한 단순히 황금에만 머물러 있는 것은 아닌 것이 분명했다. 그리고 그보다 더 중요한 것은 이제 이 사건은 벽산철가와 몇몇 세력만의 사건이 아니라 강호 전체의 사건으로 변해가고 있었던 것이다.

"청부는 아직 끝나지 않았다."

고검의 입에서 담담한 목소리가 흘러나왔다.

"그럼……?"

추산이 고검에게 되물을 때 그들의 이야기를 듣고 있던 진감이 조심스럽게 두 사람의 대화에 끼어들었다.

"외람되지만 잠시 제 생각을 말해도 되겠습니까?"

그러자 고검이 진감에게 시선을 주며 가볍게 고개를 끄덕였다.

"국주께서는 이번 청부 건의 청부자시니 하실 말씀이 있으시면 당연히 들어야겠지요."

"다른 것이 아니라 제 아들 놈, 그러니까 천이와 어떤 약속을 하셨는지는 모르겠지만 무불장의 고수 분들께서는 이미 저희 금오표국에 큰 은혜를 베풀었다고 할 수 있습니다. 우리 두 사람의 목숨을 구해주셨을 뿐 아니라, 우리가 운반하던 것이 철이 아니라 황금이었음을 밝혀주셨지요. 이제 이 노륙지, 아니, 노륙지를 벗어나 태호 전체에 황금을 쫓는 자들로 인해 혈풍이 불어닥칠 겁니다. 그러니 이 와중에 어찌 염치없이 무불장의 대협들이 계속 저희 금오표국의 일을 돕기를 부탁드릴 수 있겠습니까. 부디 무불장의 고수 분들께서는 더 이상 본 표국의 일로 해서 위험을 감수하지 마시기 바랍니다."

고검과 추산은 진감의 진심을 읽을 수 있었다. 그의 표정과 말에서는 한 올의 가식도 느껴지지 않았다.

'역시 도리를 아는 사람이라니까. 정말 표국주로 머물기 아까운 사람이야.'

추산이 진감을 보며 새삼스레 그의 인물됨에 감탄하고 있을 때 고검이 진감에게 물었다.

"만약 본 장이 이대로 이번 일에서 손을 뗀다면 국주께서는 앞으로 어찌하실 생각입니까?"

그러자 진감이 잠시 생각에 잠겼다가 입을 열었다.

"두 가지 일을 해야겠지요. 먼저 벽산철가와의 관계를 정확하게 매듭지을 필요가 있습니다. 그들에게 본 표국의 배에 실렸던 물건이 철이 아니라 황금이었던 사실과 그로 인해 암중의 고수들에게 공격당한 일, 그 결과 본 표국이 재기가 불능할 정도의 치명적인 타격을 입은 일에 대한 보상을 요구할 생각입니다."

"그들이 순순히 금오표국에 배상을 해줄까요?"

"글쎄요. 그건 두고 봐야 알겠지요."

"다른 한 가지 일은 무엇입니까?"

그러자 진감이 살기 어린 눈빛을 흘려냈다.

"만약 벽산철가에서 제대로 된 사과를 하고 그에 따른 배상을 한다면 표국에 남아 있는 식솔들의 생활은 걱정하지 않아도 될 겁니다. 그렇게만 된다면 나와 아우는 마음 놓고 먼저 죽어간 아우들의 복수에 뛰어들 수 있을 겁니다. 그 일을 매듭짓지 않고는 우린 결코 살아 있다고 할 수 없을 테니 말입니다. 비록 그 일이 우리의 목숨을 걸어야 하는 일일지라도 말입니다."

진감의 말에서는 비장함이 묻어났다. 사실 진감이 언급한 일들, 그러니까 벽산철가로부터 합당한 사과와 보상을 받아내는 일이나 흉수들에게 복수를 하는 일이나 살아 있는 두 명의 금오표국 고수에게는 벅찬 일임이 분명했다. 아니, 벅찬 일이 아니라 거의 불가능한 일이라고 해도 좋을 것이다. 하지만 금오표국주 진감은 일의 어려움을 두려워해 시작도 해보지 않는 소인배가 아니었다.

"본 장은 지금껏 중도에서 청부를 거둔 적이 없지요. 물론 청부자가 청부의 종결을 선언하면 그때는 손을 떼겠지만 아직 일은 진행 중이고 또한 청부자인 진천 소협이 청부의 종결을 선언하지 않았으므로 무불장의 청부는 계속됩니다."

고검이 침묵을 깨고 선언하듯 말했다. 그러자 무불장의 고수들이 저마다 고개를 끄덕였다.

"굳이 무불장에서 위험을 감수하실 필요는……."

진감이 고검을 보며 미안한 기색으로 말했지만 고검은 고개를 저었다.

"본 장에 들어오는 청부치고 위험하지 않은 것이 없지요. 또한 위험하다고 몸을 뺀다면 어찌 본 장이 천하제일청부업체라는 명성을 유지할 수 있겠습니까?"

그러자 만불통이 끼어들었다.

"옳거니, 고 장주의 말이 맞아. 아무리 일이 어려워도 절대 중도에 청부를 그만두지 않는 것이 강호 황금충의 자존심이지. 나처럼 청부자에게 속은 경우를 빼고 말씀이야. 그리고… 굳이 청부 일이 아니더라도 솔직히 이번 사건이 어떻게 종결되는지 궁금하기도 하고……."

"그건 그래요. 그 많은 황금이 과연 누구 손에 들어가게 될지 정말 궁금하단 말이죠."

추산이 만불통의 말을 거들었다.

"하하, 이렇게 되면 노륙지를 벗어나 금오표국으로 돌아갈 일은 없겠군. 그럼 장주 지금부터는 어찌 움직이실 생각입니까?"

대웅산이 고검을 보며 물었다. 어느새 광활하게 펼쳐진 갈대숲도 그 끝이 보이고 있었다. 갈대숲을 벗어나면 그곳부터는 노륙지와 태호의 경계, 즉 노륙지의 출입구랄 수 있는 수역이 시작된다.

"일단 노륙지의 입구에서 돌아가는 정세를 보고 다음 행보를 결정해야겠지. 그리고 갈대숲을 벗어나는 순간 배의 위장은 거둬도 될 듯합니다."

"어차피 노륙지로 은밀하게 진입하기 위해 준비한 위장이었으니 노륙지를 벗어나서까지 갈대섬으로 위장할 필요는 없겠지요. 오히려 태호로 나가서도 갈대로 위장하고 있으면 그게 더 이상할 겁니다."

고검의 말에 진감이 고개를 끄덕이며 대답했다.

일행을 태운 배가 일단 갈대숲으로 이루어진 노륙지 초입의 거미줄 같은 수로를 벗어나자 배는 빠르게 하류로 흘러가기 시작했다. 물의 흐름을 막던 수초들이 사라졌기 때문이었다.

고검의 말처럼 일행은 수초 지대를 벗어나자 재빨리 배를 가리고 있던 갈대들을 제거했다. 갈대들을 제거하자 좁았던 배에 조금 여유가 생겼다. 일행은 배의 이쪽저쪽에 편안하게 걸터앉아 멀어지는 노륙지를 감회 어린 시선으로 바라보고 있었다. 그리고 그렇게 얼마간 물길을 따라 흘러내려 가자 일행의 눈에 노륙지의 입구가 눈에 들어왔다.

"어, 배들이 많은데요?"

노륙지의 입구가 보일 때쯤, 지루했는지 몸을 일으키던 추산이 손으로 햇빛을 가리며 말했다. 그러자 일행이 저마다 추산이 바라보는 방향으로 시선을 주었다. 과연 추산의 말처럼 적지 않는 숫자의 선박들이 노륙지 입구에 떠 있는 것이 눈에 들어왔다.

"저기 가장 앞쪽에 떠 있는 세 척의 배는 들어갈 때 보았던 벽산철가의 선박인 듯하고… 가만있자. 어이쿠야, 뭔 놈의 배가 저렇게 많지?"

노륙지 입구에 떠 있는 배의 숫자를 헤아려 보려던 대웅산이 두 손을 들며 소리쳤다.

"그러게 말이에요. 벽산철가의 배 뒤쪽으로 크고 작은 배들이 수없이 떠 있잖아요. 그리고… 어? 지금 저 멀리 태호 쪽에서 노륙지로 다가오는 배들도 적지 않은걸요. 모두 합치면 적어도 백여 척은 되겠어요."

추산이 여전히 한 손으로 햇빛을 가리며 노륙지의 입구와 그 너머 태호로 이어지는 물길을 보며 말했다. 그러자 미심이 어두운 얼굴로 입을 열었다.

"이미 강호에 소문이 퍼진 모양이군요."

"소문이라뇨?"

추산이 미심을 돌아봤다.

"황금선에 대한 소문 말이에요."

그러자 추산이 놀란 표정을 지으며 미심에게 되물었다.

"아니, 그 소문이 벌써 강호에 퍼졌단 말인가요? 겨우 이틀밖에 지나지 않았는데… 더군다나 아마도 우리가 가장 먼저 노륙지를 나온 사람들인 것 같은데……."

"강호의 소문은 바람보다 빠르지요. 굳이 사람의 입을 통하지 않고도 노륙지 안에서 벌어진 일이 강호에 퍼질 수 있는 방법은 많지요. 지금 노륙지로 몰려드는 배들은 아마도 그 소문을 듣고 황금을 쫓기 위해 몰려드는 배들일 거예요."

"허! 그 말이 사실이라면 정말 소문이란 대단한 거군요. 어느새 강호에 소문이 퍼져 강호의 고수들이 노륙지로 몰려들고 있다니, 이렇게 되면 그 황금선을 탈취한 자들이 이 노륙지를 벗어나기는 쉽지 않겠는데요."

"그러게 말이야. 저렇게 많은 사람들의 시선을 피해 어떻게 이곳을 벗어나겠어."

대웅산이 추산의 말에 맞장구를 치는 사이 무불장의 고수들을 태운 소선이 노륙지 입구에 늘어선 배들 중 가장 큰 배 중 한 척의 곁에 다다랐다. 그러자 배 위에서 제법 위엄을 갖춘 목소리가 흘러나왔다.

"잠깐 배를 멈추시오."

배는 벽산철가의 선박이었다. 처음 노륙지로 들어갈 때 벽산철가의 배를 본 적이 있으므로 무불장의 고수들도 앞에 떠 있는 배가 벽산철가의 것임을 알고 있었다.

"무슨 일이우?"

대웅산이 벽산철가의 배를 올려다보며 퉁명스럽게 물었다.

"당신들은 어디서 오시는 길이오?"

여전히 상대를 위압하는 위엄이 느껴지는 말투였다. 그러자 대웅산이 볼을 씰룩이며 대답했다.

"보면 모르시오? 이 안쪽으로 들어가면 노륙지밖에 없는데 어디서 나오는 길이겠수, 노륙지에서 나오는 길이지."

대웅산의 응대가 곱지 않자 벽산철가의 선박 위에서 소선을 향해 말을 걸어오던 사내의 안색이 차갑게 변했다. 작은 소선에 몸을 싣고 있는 행색을 보아 보잘것없는 무리임이 분명해 보이는 상대가 가당찮게 대벽산철가 고수의 질문을 너무 무례하게 받아내고 있다고 생각한 모양이었다.

"이 배는 벽산철가의 배이고, 난 벽산철가 용호당 소속 기철이라 하오."

배 위에서 말을 건네던 중년 사내가 노기가 스며 있는 목소리로 자신의 신분을 밝혔다. 벽산철가 용호당은 십이 총관 중 무총관들이 이끄는 무력 조직이다. 비록 강호제일의 재력을 다투는 상가(商家)인 벽산철가지만 벽산철가 무총관들이 이끄는 용호당의 전력은 웬만한 중소 무림문파보다 강했다. 총 이백 명의 고수들로 이루어진 벽산철가 용호당은 천하사패가 아니라면 그 어떤 세력과도 자웅을 겨룰 수 있을 것이란 소문이 파다한 조직이었다. 하지만 자신의 신분을 밝혔음에도 상대의 반응은 그리 녹록하지 않았다.

"배 위에 달린 깃발은 멋으로 달고 다니는 게 아니잖소? 이미 깃발을 보고 벽산철가의 배인 줄 알고 있었수."

대웅산이 손을 들어 사내의 머리 위에서 펄럭이고 있는 벽산이란 글씨를 새겨 넣은 깃발을 가리켰다. 그러자 사내의 얼굴이 벌레 씹은 것처럼 찌푸려졌다. 도저히 벽산철가의 권위를 인정하려 하지 않는 상대를 만난 것이다.

"지금 본 가(本家)에서는 이 노륙지를 출입하는 강호동도들의 신분을 모두 확인하고 있소. 그러니 그대들도 자신의 신분을 밝혀주시오."

사내가 냉막한 목소리로 소선에 탄 무불장의 고수들을 내려다보며 말했다.

"아니, 이 노륙지가 벽산철가의 것이라도 되오? 무슨 권리로 벽산철가에서 노륙지를 출입하는 사람들의 신분을 확인하겠다는 거요?"

대웅산이 빈정거리며 물었다.

"지금 이곳 사정을 몰라서 하는 소리요?"

배 위 사내의 눈썹이 한차례 꿈틀거렸다. 그리고 그의 눈에서 차가운 안광이 쏟아졌다.

"뭐, 대충 알고는 있소만……."

대웅산의 응대가 여전히 심드렁하다.

"그렇다면 어서 신분을 밝히시오."

대웅산이 고개를 돌려 고검을 바라봤다. 고검이 대웅산에게 한차례 고개를 끄덕였다. 그러자 대웅산이 어깨를 한번 추켜올리고는 여전히 심드렁한 목소리로 입을 열었다.

"뭐, 우리 신분을 밝히지 못할 이유도 없소. 우린 무불장의 사람들이오."

순간 배 위 사내의 눈에 한차례 기광이 스치고 지나갔다. 그도 아마 무불장의 고수들이 노륙지 안으로 진입했다는 사실을 알고 있었던 모양이었다.

"이제 보니 무불장의 고수 분들이셨구려. 미리 말씀해 주셨으면 괜한 실랑이를 하지 않았을 것을……."

사내의 목소리가 금세 부드러워졌다. 아마 사내도 무불장의 명성을 익히 들어 알고 있는 모양이었다.

"강호의 황금충이 뭐 자랑할 게 있다고 만나는 사람마다 이름을 밝히겠소이까? 그나저나 그럼 우린 이만 지나가겠소이다."

대웅산이 사내를 보며 말하자 사내가 고개를 끄덕였다.

"그렇게 하시구려. 그런데 무불장에서는 이제 이 노륙지를 떠나는 것이오?"

"글쎄올시다. 이곳에서 벌어지는 일이 하도 재미있어서 이대로 떠나기는 서운할 것 같소이다. 후후후, 적어도 보물의 행방은 알고 떠나야 되지 않겠소?"

대웅산이 의미심장한 미소를 지으며 말하자 사내의 안색이 다시금 차갑게 굳어졌다.

"본 가(本家)의 물건은 본 가(本家)에서 회수할 테니 관심을 갖지 마시구려. 그리고 당신들은 가급적 빨리 이 노륙지를 벗어나는 게 좋을 게요. 지금 이곳에는 남련과 동궁을 비롯해 강호의 고수들이 모두 몰려들고 있으니 자칫 큰 혈풍이 일어날 수도 있소."

"하하하, 비록 우리가 황금충에 지나지 않지만 자기 몸 하나 건사할 무공은 지니고 있다오. 그러니 대협이야말로 본 장을 걱정하지 마시구려. 그럼……!"

이미 무불장 고수들이 타고 있는 배는 벽산철가의 선박 끝 부분에 와 있었다. 대웅산이 히죽 미소를 지으며 배 위 사내에게 가볍게 고개를 까닥여 보였다. 그런 대웅산을 배 위의 사내는 못마땅한 시선으로 바라보고 있었다.

그런데 그렇게 두 배의 사이가 조금씩 벌어지려는 순간 갑자기 사내의 뒤쪽에 한 명의 노인이 모습을 드러내더니 이내 멀어지는 소선을 향해 다급한 목소리를 흘려냈다.

"잠시만 배를 멈추시오."

그러자 대웅산과 대화를 나누던 사내가 급히 신형을 돌려 새로 나타난 노인을 보더니 이내 허리를 굽히며 두세 걸음 뒤로 물러났다. 아마도 노인의 신분이 사내보다 훨씬 높은 모양이었다.

노인의 말소리에 기륭이 노 젓기를 멈췄다. 소선에 타고 있던 일행의 시선이 일제히 노인에게로 향했다.

"또 무슨 일이우?"

여전히 심드렁한 목소리로 대웅산이 노인에게 물었다. 그러나 노인은 대웅산의 질문에는 대답하지 않고 만불통과 진감 그리고 기륭을 한차례씩 훑어보는 것이었다. 그리곤 잠시 후 조금 의외라는 듯한 목소리로 입을 열었다.

"멀리서 들으니 무불장의 고수 분들이라더니 이제 보니 무불장의 형제들만 타고 있는 것은 아니었구려. 만 노사, 벽산철가의 사도위입니다. 지난번 본 가(本家)에서 뵌 적이 있지요. 그리고… 두 분, 무사하셨구려."

노인이 만불통과 진감 그리고 기륭에게 아는 척을 했다. 노인이 등장해 소선을 세웠을 때부터 진감과 기륭의 얼굴은 이미 차갑게 굳어져 있었다. 노인이야말로 금오표국이 이번 사건에 휘말리게 된 결정적인 역할을 했던 벽산철가의 재총관 사도위였던 것이다.

"오랜만에 뵙는구려."

진감이 차가운 목소리로 사도위의 인사에 응대했다. 상대의 말투에서 느껴지는 적의를 느꼈음인지 사도위가 슬쩍 진감의 시선을 회피하며 만불통을 바라봤다.

"그런데 만 노사께서는 저희 무총관들과 함께 계신 줄 알았는데 어떻게 무불장의 고수들과 함께 있는 것인지요?"

그러자 만불통의 눈에서 한차례 한광이 흘러나왔다. 그 눈빛은 너무도 차고 날카로워 대벽산철가를 대표하는 장사꾼 중의 장사꾼인 사도위조차도 흠칫하며 한 걸음 뒤로 물러서는 것이었다.

"지금 사 총관은 이 늙은이를 놀리는 것이오?"

만불통의 입에서 노기 섞인 음성이 흘러나왔다.

"제가 어찌 강호의 고인이신 만 노사께 그런 무례를 저지르겠습니까?"

사도위가 얼른 본색을 회복하고는 간곡한 음성으로 대답했다. 그의 모습에서는 사람의 마음을 휘어잡을 수 있는 진지함이 묻어 나왔다.

'흥, 정말 제대로 된 장사꾼이군. 속으로는 벌써 수만 가지 계산을 하고 있으면서도 겉으로 드러나는 모습은 전혀 가식이 없어 보이는구나. 아아, 이 추산이 제대로 된 상인이 되려면 저자의 저런 처세술을 잘 배워둬야 할 것이다.'

추산은 상인으로서 자신의 본심을 숨기는 사도위의 능력에 감탄사를 흘려냈다. 하지만 그런 사도위의 모습에 감탄하는 사람은 오직 대상인의 꿈을 꾸고 있는 추산뿐이었다. 이곳에 모인 사람들은 모두 강호의 무인들로서 노련한 상인의 처세를 달가워할 리 없었다. 특히나 만불통 같은 노강호인은 노련한 상인의 표정 뒤에 숨은 진심을 읽어낼 만한 능력을 갖추고 있게 마련이었다. 사도위의 대답에 만불통의 입가에 한줄기 냉소가 지어졌다.

"사 총관이 날 놀리려 한 것이 아니라면 이미 강호에 황금선에 대한 소문이 파다하게 퍼졌을 텐데 내가 여전히 벽산철가의 고수들과 함께 있어야 하지 않느냐는 말을 어찌할 수 있소? 아니면, 이 만불통 정도의 인물은 대벽산철가가 청부의 내용을 숨겨도 군소리없이 벽산철가의 일을 도와야 한다고 생각하는 것이오?"

만불통의 날카로운 추궁에도 사도위의 표정은 바뀌지 않았다. 그는 여전히 공손한 표정으로 짐짓 난감한 표정을 지으며 대답했다.

"그럴 리가 있겠습니까? 만 노사께서는 청부업계의 최고 어른이신데 어찌 어르신의 행보에 한낱 장사꾼인 제가 이의를 제기할 수 있겠습니까? 또한, 이 총관이 어르신께 이 일의 전말을 이야기하지 못한 것은 비록 여러 가지 사정이 있으나 확실히 잘못한 일이라고 할 수 있지요. 단지 제가 그런 말씀을 드린 것은 노륙지를 벗어나실 때까지는 본 벽산철가와 행동을 함께하시고 나중에 이 일의 잘잘못을 거론하실 줄 알았기 때문입니다. 그리고 또 설혹 벽산철가의 일에서 손을 떼셨다 하더라도 무불장의 고수 분들과 함께 계신 것이 조금 의외라서……."

"그렇소? 하지만 그게 뭐가 이상하단 말이오? 본시 과부 사정은 홀아비가 안다고, 이 나이에 대벽산철가로부터 적지 않은 수모를 당한 것 같아 마음이 울적하던 차에 같은 청부 일을 하는 무불장의 고수들과 동행을 하게 된 것인데 말이오. 무불장의 청부사들은 이 늙은이의 신세 한탄 정도는 들어줄 수 있는 인물들이라오."

만불통의 말에 사도위가 짐짓 정색을 하며 고개를 끄덕였다.

"어르신의 말씀을 듣고 보니 일견 이해가 가기도 하는군요. 어쨌든 만 노사께 본 가(本家)의 사정을 충분히 설명치 못한 점이 사도위가 다시 한 번 사과드립니다. 그런데 이제 무불장의 고수 분들께서는 어디로 가실 생각이시외까? 들리는 소문에 의하면 금오표국의 청부를 받았다고 하던데……?"

그러자 고검이 무표정한 얼굴로 입을 열었다.

"아직 청부가 끝나지 않았으니 이 근처에 머물 생각이오."

그러자 사도위가 고개를 갸웃거렸다.

"청부가 끝나지 않았다라… 금오표국의 국주님과 기 대협을 구하는 게 청부의 목적이 아니었나 보구려."

"제삼자에게 접수한 청부 내용을 말하지 않는 것이 청부업계의 불문율임을 사 총관께서도 모르지는 않으실 것이오."

그러자 사도위의 눈빛이 반짝였다. 그의 눈이 고검의 속을 들여다보려는 듯이 날카롭게 빛나며 재차 입을 열었다.

"혹, 본 가(本家)의 물건을 쫓을 생각이시오?"

'흥, 저 늙은이가 왜 말귀를 못 알아들어. 사형이 청부 내용을 말하지 않겠다고 하지 않았는가 말이야.'

사도위의 깊은 심기에 얼마간 감탄했던 추산도 뱀처럼 날카로운 눈빛을 내보이며 계속되는 사도위의 질문에 내심 짜증이 솟구쳤다.

"사람을 쫓다 보면 물건을 발견할 수도 있겠지요. 자, 그럼 이만 우린 가보겠소이다. 가시지요, 기 대협!"

고검이 더 이상 사도위와 대화를 나누지 않겠다는 의사를 내비치며 기륭에게 노 젓기를 재촉했다. 그러자 기륭이 사도위에게 노기 서린 시선을 한차례 쏘아 보내고는 이내 노를 젓기 시작했다.

"노륙지와 태호의 바람이 심상치 않으니 부디 몸조심들 하시기 바랍니다."

사도위가 끝까지 얼굴에 미소를 지으며 배 위에서 허리를 숙여 보였다. 그러자 입을 굳게 닫고 있던 진감이 마주 대답했다.

"이번 일이 끝나면 벽산철가를 한번 방문토록 하겠소이다. 본 금오표국과 벽산철가 사이에는 해결해야 할 문제가 있을 것 같으니 말이오."

그러자 사도위의 입가에 빙긋 미소가 그려졌다.

"벽산철가의 문은 항상 열려 있소이다. 언제든지 찾아오시구려."

사도위의 대답에는 금오표국 정도는 안중에도 없다는 자신감이 서려 있었다. 그때 잠자코 돌아가는 상황을 지켜보고 있던 조오현이 불쑥 고개를 들어 사도위의 얼굴을 바라봤다. 마침 사도위도 멀어지는 금오표국의 소선에서 시선을 떼고 있지 않았으므로 두 사람의 시선이 허공에서 맹렬하게 부딪쳤다. 순간 사도위가 흠칫 몸을 떨었다. 조오현의 눈에서 흘러나오는 한줄기 살기를 본능적으로 깨달았기 때문이었다.

조오현은 금오표국의 소선이 벽산철가의 배와 멀어져 사도위의 얼굴이 보이지 않을 때까지 같은 자세로 사도위를 응시하고 있었다. 그렇게 크고 작은 두 배가 완전히 다른 물길을 타기 시작했을 때 사도위가 중얼거렸다.

"무불장의 황금충이 분명한 것 같은데… 내게 무슨 원한이라도 있는 건가? 그 싸늘한 눈초리에 담긴 것은 분명 살기였다. 그것도 이 사도위 생전 처음 접해보는 무서운 살기였어……."

第五章

숨는 법은 누구나 같다

孤劍秋山

벽산철가의 세 척 대선(大船)을 선두에 두고 백여 척에 이르는 크고 작은 선박들이 노륙지 입구를 철통같이 막아서고 있었다. 개중에는 천하사패 중 강남무림을 대표하는 동궁과 남련의 고수들이 타고 있는 배도 있었고, 황금을 쫓아 노륙지로 찾아든 뜨내기 유랑 검객들이 어부들에게서 빌린 초라한 나룻배도 있었다.

하지만 어쨌든 그렇게 다양한 배경을 가진 자들이 모여 만든 대선단의 방어막은 노륙지를 완전히 태호와 고립시키고 있었다. 과장해서 말한다면 노륙지 안쪽에서 물길을 따라 태호로 나가려는 존재가 있다면 개미 한 마리라도 무림인들의 눈을 벗어나기 힘들 만큼 촘촘한 경계선이 자연스럽게 형성되었던 것이다. 그리고 그 백여 척의 배 중 한 척에 무불장의 고수들과 금오표국의 두 고수가 몸을 싣고 있었다.

"황금의 힘이 무섭긴 무섭네요."

석양이 지고 있었다. 추산이 고검과 함께 작은 소선의 뱃전에 서서 노륙지에 지는 석양을 바라보고 있다가 불쑥 입을 열었다. 추산의 시선이 그들이 타고 있는 배 좌우로 길게 줄지어 늘어선 크고 작은 배들에게로 향했다.

"황금은 귀신도 움직인다지 않느냐?"

고검이 담담한 목소리로 대답했다.

"덕분에 이 노륙지는 완전히 천라지망이 펼쳐진 것과 같은 형국이 되어버렸어요. 누군가 배를 타고 이곳을 벗어나는 것은 불가능한 일이 된 것이지요."

"아마도 내일 아침이 되면 좀 더 많은 배들이 이곳에 도착할 것이다."

"그래서 전 이해가 되지 않아요."

추산의 말에 고검이 추산을 바라봤다.

"뭐가 말이냐?"

"그 황금선을 탈취한 노륙지의 괴인들 말이에요. 설마 이런 결과를 예상하지 못한 것을 아닐 텐데 어째서 벽산철가의 배에 실렸던 것이 철이 아닌 황금이었음을 일부러 강호에 흘러나가게 만든 걸까요?"

"정말 일부러 그 사실을 강호에 알린 것일까? 그들은 황금이 든 목함을 지키기 위해 몇몇 동료를 희생하지 않았느냐? 만약 일부러 그 배가 황금선임을 강호에 알리려 했다면 굳이 그런 희생을 만들 필요가 없지 않았을까?"

“하지만 만약 황금을 지키려 했다면 그런 식으로 황금을 운반할 리는 없었겠지요. 늑대탈을 쓴 괴인들이 여러 무리로 나뉘어 하나씩의 목함을 가지고 노륙지 곳곳으로 움직였다는 것은 결국 강호인들에게 황금이 든 목함을 일부러 노출하려는 의도라고밖에는 해석할 수 없어요. 그리고 노륙지의 괴인들 중 수뇌라고 할 수 있는 그 괴고수들의 행동으로 봤을 때 수하들의 희생쯤은 대수롭지 않게 생각하는 사람들일 것 같고요. 또한 그냥 소문을 내는 것보다 피를 보며 목함을 획득하고 그 속에서 황금을 발견하는 것이 상황을 좀 더 극적으로 만들 수 있는 것 아니겠어요? 덕분에 소문은 삽시간에 퍼졌고, 이곳에는 이미 수백 명의 강호인들이 몰려와 있잖아요.”

추산의 말에 고검도 고개를 끄덕였다. 하긴 비록 의문을 달기는 했지만 고검 역시 흉수들이 일부러 황금이 든 목함을 강호고수들 손에 들어가게 했다는 결론을 내리고 있는 상태이기도 했다.

“그래서 전 의아한 거예요. 도대체 이렇게 많은 강호인들이 몰려들 줄 뻔히 알면서 왜 황금이 든 목함을 노륙지에서 노출시켰을까요? 물론 그로 인해 벽산철가는 제법 곤란한 처지에 처하게 되었지만… 그들도 스스로의 퇴로를 막아버린 결과가 된 것이잖아요.”

“둘 중 하나겠지. 황금을 노리고 몰려든 강호인들을 모조리 상대할 수 있는 자신이 있든지 아니면 강호고수들의 눈을 피해 노륙지를 벗어날 준비를 해놓았던지…….”

“아무래도 그렇겠죠?”

"그런 준비 없이 어떻게 이런 일을 벌일 수 있겠느냐?"

"아아, 도대체 그들이 준비한 방법이란 뭘까요?"

"글쎄. 이 사형도 그것까지는 생각지 못하겠구나. 사제는 이 사형보다 총명하니 한번 잘 생각해 보거라. 그들이 어떤 준비를 했을지 말이다."

그러자 추산이 두 손을 들어 올렸다.

"저라고 뭐 뾰족한 수가 있겠어요?"

"아니면 기다릴밖에, 그들이 준비한 것을 내어놓을 때까지……."

고검이 담담한 목소리로 대답했다.

"후, 사형은 역시 침착하시군요. 기다릴 줄 안다는 것은 정말 대단한 능력이에요. 전 사형과 같은 인내심이 없어요."

"후후, 대신 사제는 기민한 머리를 가지고 있지 않느냐? 인내심과 기민함 그 두 가지는 모두 일장일단이 있는 법이란다."

두 사람이 대화를 나누는 사이 어느새 석양이 토해놓았던 핏빛 노을도 사라지고 사위에 어둠이 깔리기 시작했다.

시간이 흘러갔다. 무불장의 고수들이 소선에 몸을 싣고 노륙지 입구에 머문 지 이틀, 그사이 천하의 무림인 중 강남을 기반으로 활동하고 있는 고수들의 태반은 태호로 몰려온 듯했다.

그래서 이제는 노륙지가 금단의 땅이었다는 사실조차도 떠올리기 힘들 정도로 노륙지를 둘러싼 늪지에는 온통 강호고수들로 가득 차 있었다. 그러나 그 와중에도 노륙지의 북쪽 장원에서 사라진 괴고수들의 행방은 어디서도 발견되지 않았다.

기다림은 사람을 조급하게 만든다. 더군다나 그들의 눈앞에 배 한 척에 가득 실린 황금이 존재한다면 더더욱. 이틀이 지나자 노륙지에 몰려든 세력 중 강한 전력을 보유한 자들이나 혹은 개중 스스로의 무공을 자신하는 자들 중 일부가 다시금 괴고수들을 찾아 노륙지 안으로 진입했다. 밖으로 나간 흔적을 찾을 수 없으니 분명 노륙지 안쪽 어딘가에 몸을 숨기고 있을 것이란 판단 때문이었다.

그런데 그렇게 제법 많은 사람들이 다시금 노륙지 안으로 진입한 후 또 하루가 지났지만 안으로 들어간 고수들에게선 어떤 소식도 전해지지 않았다. 그러자 강호고수들 사이에 한가닥 의심이 일기 시작했다. 그것은 이미 괴고수들이 황금을 빼돌리고 노륙지를 벗어났을 것이란 의심이었다.

노륙지에 몰려 있는 강호고수들의 숫자나 세력으로 보아 그것이 거의 불가능한 일임에도 불구하고 시간이 흘러도 괴고수들이 모습을 드러내지 않자 사람들은 그들이 노륙지를 벗어났을 가능성을 조심스럽게 생각해 보기 시작했던 것이다.

하지만 그렇다고 제 세력들이 노륙지의 수로를 봉쇄한 선박들을 되돌리지는 않았다. 괴고수들이 노륙지를 벗어났을 가능성이 거론되고는 있었지만 그렇다고 해도 아직까지는 그들이 노륙지 어딘가에 숨어 탈출의 기회를 엿보고 있을 것이란 판단이 대세를 이루고 있었기 때문이다. 대신 벽산철가와 남련 그리고 동궁의 배로 생각되어지는 선박에서 하루 전부터 반 시진 간격으로 끊임없이 전서가 날아오르고 또한 날아내렸다.

"그들도 그 괴고수들이 노륙지를 벗어났을 가능성을 전혀 고려하지 않는 것은 아닌 모양이네요."

또다시 하늘로 날아오르는 전서구들을 보며 추산이 입을 열었다.

"그렇게 말이야. 어제부터 부지런히 전서를 날리는구만……."

대웅산이 추산의 말을 받았다.

"이곳뿐 아니라 강남 전체가 시끄럽겠군요."

"그렇겠지. 자그마치 한 척의 배에 그득 실린 황금이야. 아마 조금만 시일이 지나면 북쪽 이패의 고수들도 움직일걸."

"하지만 이곳은 누가 뭐래도 동궁과 남련의 안방이잖아요."

"물론 그렇지. 하지만 은밀히 고수들을 움직이는 것은 어느 때 어느 지역에서라도 가능한 천하사패지."

"자칫하면 강호에 큰 분란이 일어날 수도 있겠군요."

그러자 대웅산이 고개를 끄덕였다.

"그럴 수도 있지. 자칫하면 천하사패가 충돌할 수도 있어. 그리되면 그야말로 강호는 일대 혼란에 빠져들게 될 거야."

순간 추산의 눈이 반짝였다.

"가만, 그러고 보면 흉수들은 어쩌면 그걸 노린 걸지도 모르겠네요."

추산의 목소리가 평소보다 컸기에 배 안에 타고 있던 사람들의 시선이 추산에게로 향했다.

"뭘 노린다는 말이야?"

"그들은 어쩌면 우리가 생각했던 것보다 더 큰 그림을 그리고 있는지도 모르겠어요."

"더 큰 그림이라니?"

"예를 들면 천하사패의 충돌 같은 거요."

순간 소선(小船) 안의 분위기가 싸늘하게 식었다.

"지금 본심으로 하는 말이야?"

대웅산이 정색을 하며 추산에게 물었다. 그러자 추산이 다른 사람들의 심각한 분위기와는 다르게 히죽 미소를 지어냈다.

"아, 뭐 그렇게들 심각하게 받아들이세요. 그냥 그럴 수도 있다는 말인데……."

추산이 자신의 말에 차갑게 식은 분위기를 바꾸려는 듯 장난스레 말을 했지만 배 안의 분위기는 쉽게 변하지 않았다.

"아니, 추 소협의 말이 어쩌면 맞을 수도 있어요."

더군다나 미심까지 추산을 거들었다. 미심은 무불장 최고의 정보통이다. 그래서 강호 정세에 대한 그녀의 한마디 한마디는 다른 사람들의 말보다 훨씬 큰 의미를 지니고 있었다.

"하지만 그들이 뭐 때문에 사패를 충돌시키겠어요."

추산이 오히려 자신이 던져 놓은 문제에 의문을 달았다.

"모르죠. 사패의 충돌이 만들어내는 강호의 소용돌이 속에서 뭔가를 꾸미려는 자들일지도요."

"더군다나 사패의 시대에 도전하려는 자들이 없는 것이 아니고……."

고검도 무거운 음성으로 미심의 말을 거들었다. 추산은 고검이 말하는 곳이 어딘지 이내 짐작했다.

'하긴, 암옥 같은 곳이라면 이런 일을 꾸밀 수도 있겠지. 더군다나 암제 마극의 귀계가 뛰어나니 이런 장난을 칠 수도 있겠

지. 하지만…….'

추산이 내심 암제 마극을 떠올리고 있다가 이내 고개를 저었다.

"하지만 역시 아직은 그저 미미한 가능성일 뿐인 이야기예요. 사실 그런 이유 말고 오로지 한 척의 배에 가득 실린 황금만으로도 충분히 이유가 되는 일이니까요. 그리고… 그 황금의 가치가 아무리 중하다고 해도 설마 사패가 전면전이야 벌이겠어요?"

"그렇긴 해. 황금선은 물론 대단한 물건이지만 사패가 존망을 걸 만한 재물은 아니지… 어쨌든 이런 모든 의문은 놈들을 잡아야 해결이 될 텐데 도대체 이놈들은 어디에 있는 걸까?"

대웅산이 답답하다는 듯 어둑해지는 주변을 둘러보며 말했다. 그러자 배 안의 사람들도 무거운 마음을 떨쳐 버리려는 듯 광활하게 펼쳐진 수면에 시선을 주었다. 길게 이어진 수평선 한쪽으로는 노륙지로 향하는 수로가 이어져 있었고, 노륙지의 입구 수십 리를 가득 메운 갈대숲이 끝없이 펼쳐져 있었다. 그 갈대숲에서 해가 지고 바람이 불기 시작하자 아삭거리는 마찰음들이 끊임없이 들려오고 있었다.

'하, 풍경 하나는 좋구나. 사람들이 절대오지라고 말하기는 하지만 그래도 이렇게 바라보는 노륙지의 풍경은 제법 운치가 있군. 더군다나 이 갈댓잎사귀들 부딪치는 소리도 제법 사람의 마음을 울리는걸!'

추산은 어둠이 찾아드는 노륙지의 갈대숲을 보며 잠시 감상에 감겼다. 그는 갈대들이 만들어내는 바람 소리에 몸을 맡기려는 듯 지그시 눈을 감았다.

'가만, 갈대?'

그런데 다음 순간 추산의 머릿속에 불현듯 한 가지 생각이 불쑥 떠올랐다.

'갈대! 갈대라… 하긴, 우리가 한 일을 그들이라고 하지 못하리란 법이 없지. 더군다나 그들이 이 노륙지에서 오랫동안 살아왔던 자들이고, 이번 일을 면밀히 준비했다면 당연히 이 광활한 갈대숲을 이용하지 않을 리가 만무하다. 아, 난 왜 그 생각을 이제야 했을까? 멍청하긴!'

추산이 눈을 번쩍 뜨며 자신의 손으로 자신의 머리를 한 대 후려갈겼다. 곁에 있던 대웅산이 추산의 행동을 보고는 물었다.

"왜, 뭐 잘 안 풀리는 문제라도 있어?"

그러자 추산이 대웅산과 그 옆에 나란히 서 있는 고검을 보며 말했다.

"어쩌면 그들이 있는 곳을 알 것도 같아요."

"뭐? 그들이 있는 곳을 알 것 같다고?"

대웅산이 화들짝 놀라며 추산을 바라봤다. 고검과 다른 무불장의 고수들 역시 추산에게로 급히 시선을 돌렸다. 사람들의 시선을 받은 추산이 천천히 고개를 끄덕였다.

"사제의 생각은 무엇이냐?"

고검이 정색을 하며 물었다. 그러자 추산이 천천히 손을 들어 서서히 어둠에 휩싸이고 있는 갈대숲을 가리켰다.

"왜, 거기 뭐가 있어?"

대웅산이 추산의 의도를 모른 채 되물었다. 그러자 추산이 의미심장한 표정으로 대답했다.

"누군가의 시선으로부터 몸을 숨기고자 하는 사람이 있다면 사실 그 방법은 대부분 비슷하죠. 바로 지형지물을 이용하는 것 말이에요. 전, 우리가 노륙지에서 이곳으로 나온 방법, 아니, 여기 계신 금오표국의 두 분께서 배를 숨겨두셨던 방법을 떠올렸어요. 우린 당시 이 작은 배를 하나의 갈대숲으로 보이게 한 위장술에 감탄했었지요. 그런데 그렇다면 그들 또한 그렇게 할 수 있지 않을까요? 노륙지의 숲은 온통 강호고수들 천지고 태호로 나가는 물길은 여기 수백 척의 배들이 막아서고 있지요. 그렇다면 그들이 있을 곳이 어디겠어요?"

추산이 자신을 응시하고 있는 사람들을 둘러보며 물었다. 그리곤 이내 사람들의 대답을 기다리지 않고 바로 입을 열었다.

"그들이 있을 곳은 바로 숲과 이곳의 사이, 수십 리에 걸쳐 사람의 키보다 높게 자란 갈대숲이 아니겠어요? 그리고 물 위에 떠 있는 갈대숲에 숨어 있자면 자연히 금오표국의 두 분께서 배를 위장해 놓았던 바로 그 방법을 쓰지 않을까요?"

추산의 추론은 지극히 단순한 것이었다. 하지만 그 단순한 추론은 지금까지 노륙지 괴인들의 행방을 추측한 것 중 가장 가능성이 높은 추측이었다.

"그렇군, 정말 그래. 그들은 숫자가 그리 많지 않으니 이런 작은 배에 몸을 싣고 배를 갈대로 위장한 후 저 광활한 갈대숲에 숨어 있으면 누구라도 발견하기가 쉽지 않을 거야. 그리고 그들은 기다리는 거지. 황금을 노리고 몰려든 강호고수들이 제풀에 지쳐 이 노륙지를 떠날 때까지 말이야."

대웅산이 연신 고개를 끄덕이며 말했다. 배 안의 고수들도 저마다 고개를 끄덕이고 있었다.

"그런데 왜 지금까지 사람들은 그 생각을 못했을까? 생각해 보면 무척 단순한 문젠데……?"

대웅산이 고개를 갸웃거렸다. 그러자 만불통이 입을 열었다.

"가끔 사람들은 가장 단순한 것을 놓칠 때가 많지. 그건 상대가 강하면 강할수록 더 그런데, 지금도 바로 그런 경우라고 할 수 있다네. 벽산철가의 황금선을 탈취한 노륙지의 괴인들이 지금까지 보여준 괴이한 행동과 가공할 무공들에 익숙해진 강호인들은 그들이 그런 단순한 방법으로 몸을 숨기고 있을 거라고는 미처 생각지 못했던 것이지. 특히나 그들은 무척 다급하게 강호고수들에게 쫓기고 있었으니까. 하지만 돌이켜 보면 그들의 행동은 지금껏 모두 철저한 계산하에 이루어지고 있었네. 즉, 이미 그들은 장원을 버리고 몸을 숨길 것까지도 계산에 넣고 있었다는 말이지. 그렇다면 당연히 갈대숲으로 위장된 배를 미리 준비했을 수도 있을 것이네. 그것도 여기 금오표국의 두 분께서 준비한 것보다 훨씬 치밀하고 정교하게 말일세."

"한마디로 등하불명(燈下不明)이로군요."

"그렇지. 등잔 밑이 어두웠던 거지."

만불통이 고개를 끄덕였다. 사람들의 시선이 어느 순간부터 어둠에 휩싸이는 수십 리 갈대밭에 고정되어 있었다.

"이젠 어쩌죠?"

추산이 자신이 풀어놓은 답을 놓고 고민하듯 물었다. 물론 그 대상은 고검이었다.

"이 넓은 갈대의 숲에 완벽하게 위장된 배에 숨어 있다면 몇몇 사람만으로는 도저히 그들을 발견할 수 없을 것이다. 특히 밤에는 그들이 타고 있는 배도 움직일 테니까."

"그럼……?"

"여기 모인 모든 강호고수들이 배를 움직여 갈대숲을 하나하나 탐색하는 것 말고는 다른 방법이 없겠지."

"사람들이 제 말을 믿을까요?"

추산의 물음에 굳어 있던 고검의 입가에 살짝 미소가 감돌았다.

"물론 네 추측이 확실한 것은 아니다. 하지만 아마도 이곳에 모인 강호무인들은 네 말에 동조할 것이다. 왜냐하면 그들은 이미 지난 며칠간 기다릴 만큼 기다렸고, 서서히 인내심에 바닥을 드러내고 있는 상황이니까. 더군다나 황금이 그들 앞에 있다. 그러니 아무리 갈대숲이 넓어도 어찌 그들이 갈대숲 뒤지는 것을 마다하겠느냐? 단지, 문제는 누가 이 일을 주도하느냐는 것이겠지. 마구잡이로 모든 강호인들이 저 갈대숲으로 몰려들면 십중팔구 큰 혼란이 일어날 것이고 그렇다면 그 혼란을 틈타 흉수들이 어떻게 행동할지 예측하기 어려우니 말이다."

"이곳에 모인 무림의 세력 중 오직 세 곳만이 이 일을 주도적으로 이끌 수 있을 거예요."

"그렇겠지. 벽산철가는 황금선의 주인이니 당연히 그 자격이 있고, 남련과 동궁은 천하사패의 주인들이니 당연히 그 자격이 있겠지."

"다행히 노륙지의 수로는 동, 남, 서 세 방향으로 이어져 있으니 각자 하나씩 맡으면 되겠네요."

"그들이 이 일에 동의한다면 그게 좋겠지. 하지만 먼저 누군가에게 이 이야기를 전해야 할 텐데……."

고검이 어두워진 주변을 돌아보며 말할 때 마침 그 고민을 해결해 줄 인물이 나타났다.

"장주, 저기 배 한 척이 우리 쪽으로 오고 있수. 아무래도 남련의 배 같은데요?"

대웅산이 손을 들어 무불장 고수들이 타고 있는 소선을 향해 다가오는 선박을 가리켰다. 고검과 추산이 대웅산의 말에 시선을 돌려 다가오는 배를 바라봤다. 대웅산의 말처럼 다가오는 배의 모양이 두 사람의 눈에 익숙했다. 처음 노륙지에 진입해 들어갔을 때 보았던 남련 풍운당의 고수들이 타고 있던 배와 흡사한 모양이었던 것이다.

수면에 비친 달빛에 의해 주변이 사물을 식별할 정도로 밝아졌을 때 남련의 배가 무불장의 고수들이 타고 있던 소선 바로 앞까지 다가왔다. 그리고 예상대로 배 위에는 고검과 추산의 눈에 익숙한 인물이 타고 있었다.

"이곳에들 계셨구려. 노륙지의 장원에서 헤어진 후 어디에들 계시나 궁금했었소이다."

남련 풍운당주 이곤이었다.

"마침 금오표국에서 준비해 놓은 배가 있어 다른 사람들보다 조금 일찍 노륙지를 벗어났습니다. 그런데 당주께서는 지금껏 노륙지에 머무셨습니까? 무슨 소득이 있으셨는지요?"

고검이 묻자 이곤이 어두운 안색을 하며 고개를 저었다.

"지난 삼 일간 노륙지를 헤매 다녔는데 소득은커녕 놈들의 그림자도 볼 수 없더구려. 참으로 기이한 일이오. 노륙지의 수로는 이렇게 수백 척의 배들로 가로막혀 있고, 노륙지 안쪽의 숲은 지금껏 강호고수들에 의해 샅샅이 뒤져졌지만 늑대탈을 쓰고 황금이 든 목함을 나르던 자들 말고 정작 흉수들의 우두머리들은 그 종적을 찾을 수 없으니 말이오."

이곤이 슬쩍 고검의 눈치를 살피며 대답했다. 혹여 무불장에서 흉수들에 대해 어떤 단서를 잡은 것이 있는지 알아보려는 기색이 분명했다.

'후후! 그 기대를 곧 충족시켜 주리다, 풍운당주 나리…….'

추산이 한줄기 미소를 입가에 머금을 때 고검이 입을 열었다.

"그렇지 않아도 당주를 만나면 흉수들의 종적에 대해 드릴 말씀이 있었습니다."

고검의 말에 순간 이곤의 눈빛이 번쩍였다.

"무불장에서 어떤 단서를 찾은 것이오?"

이곤의 말에 역력한 기대감이 서려 나왔다.

"글쎄요. 증거가 있는 단서라고는 할 수 없으나……."

고검이 말꼬리를 끌다가 잠시 후 추산이 추측한 대로 노륙지의 흉수들이 갈대로 배를 위장해 노륙지의 갈대숲 사이에 숨어 있을 가능성이 농후하다는 이야기를 제법 상세하게 이곤에게 전달했다.

이곤은 처음에는 기대와 달리 하나의 추론에 불과한 고검의 말에 잠시 실망스런 기색을 보이다가 고검이 그렇게 추측한 이유를 하나씩 꺼내들자 이내 표정이 변했다. 그리하여 고검의 말이 끝나갈 즈음에는 이곤의 얼굴에 어떤 확신 같은 것이 자리

잡기 시작했다.

"해서 제 생각에는 남련과 동궁 그리고 벽산철가에서 이곳에 몰려든 강호고수들을 이끌고 노륙지의 갈대숲을 하나하나 탐색하는 것이 좋을 것 같습니다만……. 어느 한곳에서 감당하기에는 노륙지의 갈대 습지가 너무 광대하니까요."

고검의 말이 끝나자 이곤이 즉시 고개를 끄덕였다.

"역시 무불장은 강호의 수많은 난제들을 풀어왔다더니 사태를 보는 눈이 정확하시구려. 비록 이곳에 수많은 강호인들이 몰려 있다고 하지만 고 장주께서 말씀한 그 단순한 이치를 깨닫고 있는 사람이 아무도 없었으니 참으로 부끄러운 일이외다."

"그렇다고 제 말이 확실한 것은 아닙니다. 단지 가능성을 말씀드렸을 뿐이지요."

고검은 이 일에 대해 어느 정도 확신을 가지고 있었지만 짐짓 한 걸음 뒤로 물러났다. 그러자 이곤이 고개를 저었다.

"아니올시다. 고 장주의 말을 듣고 생각해 보니 그들이 갈대숲에 숨어서 노륙지에 몰려든 강호고수들이 제풀에 지쳐 떠나기를 기다리고 있을 것이란 판단은 거의 정확한 것 같소이다. 음… 문제는 어떻게 저 갈대숲을 조사하느냐는 것인데……."

이곤이 말꼬리를 흐렸다.

"아마도 이곳에 모인 모든 강호동도들이 나서야 할 겁니다. 물론 남련과 동궁 그리고 벽산철가에서 중심이 되어 일을 추진해 나가면 더욱 수월하겠지요. 아시다시피 노륙지 내부로 들어가는 수로는 동, 서, 남 세 방향으로 이루어져 있으니 남련과 동궁, 벽산철가에서 각기 하나씩의 방향을 맡아 강호고수들을 움직여 나간다면 곧 그들을 발견할 수 있지 않겠습니까?"

고검의 말에 이곤이 천천히 고개를 끄덕였다. 하지만 그의 얼굴에는 뭔가 아쉬움 같은 것이 스치고 지나갔다.

'원, 욕심 많은 늙은이 같으니라구. 이 넓은 노륙지의 갈대숲을 조사하자면 모든 사람들이 힘을 모아야 하는 것은 당연한 일인데 혹시라도 자신들이 아닌 다른 자들이 황금선과 괴고수들을 먼저 발견할까 봐 그걸 걱정하는 건가? 하지만 지금으로선 당신도 어쩔 수 없이 사형이 제안한 방법을 선택할 수밖에 없을 것이오.'

추산이 이곤의 내심을 짐작하고 희미한 미소를 지었다. 그리고 추산의 예상대로 이곤이 이내 표정을 바꾸며 입을 열었다.

"무불장주의 말이 모두 맞소이다. 그럼 이제 동궁과 벽산철가의 고수들을 만나봐야 할 터인데, 함께 가시겠소?"

"그렇게 하지요."

"알겠소이다. 하면 가십시다. 배를 돌려라. 벽산철가의 황 총관이 머무는 곳으로 이동한다."

이곤의 입에서 명이 떨어지자 그가 타고 있던 배가 서서히 방향을 틀기 시작했다.

배와 배 사이를 몇 척의 소선이 빠르게 이동했다. 그렇게 한 시진 정도의 시간이 흐른 늦은 밤 노륙지에 몰려든 강호고수들 중 이름있는 세력의 우두머리들과 명망있는 고수들은 모두 벽산철가의 대선(大船)으로 건너왔다.

벽산철가의 선박은 노륙지에 몰려온 선박 중 가장 크기가 커서 근 오십여 명에 이르는 강호고수들을 태우고도 제법 여유가 있었다. 벽산철가의 배에 오른 강호고수들은 누가 시키지 않아도 자신의 신분에 맞게 제각기 자리를 잡았다. 배의 중앙에는 자연스럽게 가장 강력한 세력을 자랑하는 남련과 동궁 그리고 이 사단의 직접적인 당사자인 벽산철가의 수뇌들이 자리를 잡았다.

"그는 보이지 않는군요."

배의 중심부에서 조금 떨어진 곳에 자리를 잡고 앉아 있던 추산이 곁에 있는 고검에게 속삭이듯 말했다. 벽산철가의 배에 오른 무불장의 고수는 고검과 추산뿐이었다. 다만 만불통이 배 위에서 진행될 일에 호기심이 이는지 두 사람과 동행했다. 금오표국의 진감과 기룡 두 사람은 벽산철가의 인물들을 마주하기 싫은지 배에 오르지 않겠다고 했고, 나머지 무불장의 고수들은 벽산철가의 배가 넓기는 하지만 모조리 배에 오르는 것은 눈치 보이는 일이라며 뒤에 남았던 것이다.

"누굴 말하는 것이냐?"

"그 동궁십이선 중 한 명이라는 상당군 말이에요."

그러자 곁에 있던 만불통이 추산의 말을 받았다.

"상당군은 이런 번잡한 곳에 올 사람이 아닐세. 대신 그에 못지않은 인물이 오지 않았는가?"

그러자 추산이 고개를 끄덕였다.

"저 사람은 나도 조금 알지요."

추산이 배의 중앙에 위치한 일단의 무림인 중 한 명을 바라보며 말했다.

"호? 자네가 그를 안다고?"

만불통이 의외라는 듯 추산에게 물었다.

"사실 그를 만난 지는 그리 오래되지도 않았어요. 이번 일이 있기 전 전 등주 칠웅문에서 하나의 청부를 수행했었는데 그곳에서 그를 만났지요."

"등주 칠웅문? 기억에 없는 문파군."

"뭐, 잘 모르실 수도 있을 거예요. 어르신께선 줄곧 이 남경에 은거하고 계셨으니까요. 더군다나 등주 칠웅문은 개파한 지 그리 오래된 문파도 아닐뿐더러 막 강호의 강자로 도약하려는 순간 좌절하고 만 곳이니까요."

"그런 곳에 왜 저 대단한 동궁의 현각주 손통백이 모습을 드러낸 것이지?"

만불통이 고개를 갸웃거렸다.

"좌초하기 전 칠웅문은 적어도 천하사패의 관심을 받을 만한 곳이었으니까요."

"그런가? 역시 내가 강호를 오래 떠나 있었나 보구만. 한창 청부 일을 할 때라면 천하사패가 관심을 가지는 문파라면 모를 리 없었을 텐데."

그러자 고검이 담담히 웃으며 말했다.

"등주 칠웅문이 개파한 것은 어르신께서 칩거에 들어가신 이후의 일입니다."

"그렇군. 어쨌든 동궁 현각주 손통백이라면 상당군에 비해 결코 뒤떨어지는 인물이 아닐세."

만불통의 말에 고검과 추산도 고개를 끄덕였다. 비록 그가 직접 손을 쓰는 것을 본 적은 없지만 강호에 은밀히 떠도는 소문은 두 사람도 듣고 있었다. 동궁 현각주 손통백이 한번 움직이면 천하의 어떤 난제라도 풀어낸다던가.

"이제 이야기를 시작하는 모양이군."

만불통이 배의 중앙으로 시선을 주며 말했다. 고검과 추산 역시 급히 배의 중앙으로 시선을 주었다. 그러자 과연 배의 중앙에 모여 있는 삼파의 고수들, 동궁 현각주 손통백과 남련의 풍운당주 이곤 그리고 벽산철가의 무총관 황패가 서로 인사를 마치고 심각한 표정으로 이야기를 나누기 시작했다.

고검과 추산은 그들로부터 제법 멀리 떨어져 있었지만 충분히 세 사람의 대화를 들을 수 있었다. 처음 입을 연 것은 당연히 이번 모임을 주선한 이곤이었다. 이곤은 고검으로부터 전해 들은 이야기를 가감없이 나머지 두 사람에게 전했다. 이곤의 이야기를 듣고 있던 손통백과 황패 두 사람이 간혹 고개를 돌려 고검과 추산을 바라보기도 했다. 그렇게 이곤의 이야기가 모두 끝나가면서 두 사람은 어느새 추산이 추론해 낸 결론에 대해 동의하는 듯 묵묵히 고개를 끄덕이고 있었다.

"그래서 난 이곳 노륙지에 모인 강호고수들이 모두 힘을 합쳐 흉수들이 숨어 있을 것이 분명한 저 노륙지의 갈대숲을 조사해 보자는 제안을 하려고 여러 동도들을 뵙자고 한 것이외다."

이곤이 배 안에 타고 있는 모든 사람들이 들을 수 있을 만큼 큰 목소리로 자신의 의견을 말하는 것으로 이야기를 마쳤다. 이곤의 이야기가 끝나자 배의 이곳저곳에서 웅성거리는 소리가 일어났다. 아마도 저마다 자신들의 의견을 곁에 사람과 주고받는 모양이었다. 그렇게 얼마간 소란스런 순간이 지나가자 황패가 무겁게 입을 열었다.

"본 벽산철가의 일에 이렇게 많은 강호동도들이 도움을 주시고자 오셨으니 이 황모가 벽산철가를 대신해 우선 감사의 말씀을 드립니다. 그리고 또한 지금 남련의 풍운당주께서 말씀하신 내용에 전적으로 공감하는 바입니다. 등잔 밑이 어둡다고, 미처 그들이 저 광활한 갈대숲에 몸을 숨기고 지구전을 펼칠 것이라고는 생각지 못했소이다. 하지만 이제라도 저들의 귀계를 알아채게 되었으니 다행이라고 할 수 있지요."

황패가 말을 잠시 끊고 고검을 바라보며 가볍게 고개를 까딱였다. 아마도 이번 일의 단서를 제공한 무불장에 대한 감사의 표시인 듯 보였다. 고검이 황패의 인사에 역시 가볍게 고개를 끄덕이는 것으로 대응했다. 그러자 황패가 끊어졌던 말을 계속해서 이어나갔다.

"그리고 그들이 우리들의 예상대로 저 갈대숲 어딘가에 숨어있다면 역시 우리 벽산철가의 힘만으로는 잃어버린 물건과 흉수들을 찾아내 제압하는 것은 무리겠지요. 해서 이 황패는 벽산철가를 대표해 다시 한 번 강호동도들께서 본 가의 선박을 탈취한 자들을 추적하는 데 도움을 주실 것을 부탁드리는 바입니다. 일이 잘 풀려 본 가의 물건을 되찾고 본 가를 공격한 흉수들을 제압하게 된다면 이 일에 결정적인 도움을 주신 강호동도들께는 섭섭지 않은 본 가의 보답이 있게 될 것입니다."

황패의 말은 정중하게 배 안에 모인 강호고수들에게 도움을 청하는 모습이었지만 기실 그 속에는 잃어버린 황금선이 벽산철가의 것임을 분명히 하고자 하는 의도가 내포되어 있었다.

즉, 누가 황금선에 실려 있던 황금을 발견하게 되더라도 그것은 벽산철가의 물건이니 벽산철가에 되돌려주어야 하며 그 대신 황금을 찾아준 대가는 따로 하겠다는 의미였던 것이다. 그런 황패의 말을 들으며 추산이 피식 웃음을 흘려냈다.

'아무리 형식적으로 하는 말이지만 눈앞에 황금이 있으면 가지고 달아나지 않을 사람이 얼마나 되겠는가? 더군다나 이곳에 모여든 자들은 하나같이 황금에 눈이 멀어 몰려온 자들이거늘… 하여간 강호의 무인들이란 허례가 지나친 게 흠이야.'

추산은 황패의 행동을 비웃고 있었지만 다른 사람들의 반응은 달랐다.

"어찌 강호동도의 어려움을 모른 척하겠소이까? 황 총관께서는 걱정 마십시오. 반드시 흉수들을 잡고 탈취당한 물건을 회수할 수 있을 겁니다."

누군가 황패의 말에 호응해 호기로운 대답을 내놓자 여기저기서 그에 호응하는 자신에 찬 말들이 쏟아져 나왔다. 그렇게 잠시 또 배 안이 소란해졌다. 그리고 그 소란이 가라앉자 동궁현각주 손통백이 냉정한 목소리로 입을 열었다.

"이번 일을 성공시키려면 무엇보다도 제 세력 간의 협조가 필요할 거외다. 만약 지난번 노륙지의 숲에서처럼 각자 자신들의 의사대로 저들을 추격한다면 오히려 저들에게 도주할 기회를 주게 될 것이오."

그러자 이곤이 얼른 고개를 끄덕였다.

"당연한 일입니다. 지금 이곳에 모인 강호고수들이 수백인데 서로 협조하지 않고 각자 놈들을 찾아 몰려들면 아마도 큰 혼란이 일어날 거외다. 그래서 하는 말인데… 이러면 어떻겠소이까?"

이곤이 은근한 어조로 입을 열자 사람들의 시선이 모두 이곤에게로 모였다.

"풍운당주께 고견이 있으시다면 어서 말씀을 해주시기 바랍니다."

황패가 정중하게 이곤의 의견을 물었다.

"제 생각에는 지금 이곳에 모인 강호고수들을 세 패로 나누는 것이 좋을 것 같소이다. 해서 노륙지로 이어지는 동, 서, 남 세 방향의 수로를 하나씩 맡아 일거에 조사를 시작하면 놈들이 사람들의 이목을 숨기고 다른 곳으로 도주할 수는 없을 거외다."

이곤의 말에 황패와 손통백이 천천히 고개를 끄덕였다.

"음… 지금 상황에서는 그게 가장 좋은 방법인 것 같군요. 한데 무리를 셋으로 나눈다면 어떻게……?"

황패가 한차례 눈빛을 번뜩이며 물었다. 그러자 이곤이 기다렸다는 듯이 입을 열었다.

"두 개의 길은 동궁과 벽산철가에서 고수들의 중심에 서는 것이 좋겠지요. 지금 노륙지에 모인 제 세력 중 구심점 역할을 할 수 있는 곳은 역시 두 곳밖에 없지 않겠소이까. 그리고 나머지 한쪽은 외람되지만 본 련에서 맡기로 하지요. 혹시 제 의견에 반대하시는 분이 있으시오?"

이곤이 배 안에 모인 고수들을 돌아보며 큰 소리로 물었다.

하지만 배 안의 고수들은 제각기 다른 표정을 짓기는 했지만 누구 하나 나서 이곤의 의견에 반론을 제기하지는 않았다.

'이게 바로 현 강호군. 아무리 불만이 있다고 해도 천하사패에서 내린 결정을 대놓고 반대하는 사람은 아무도 없구나. 흐흠, 과연 천하사패의 세상이로구나.'

추산이 이곤의 의견에 좋으나 싫으나 수긍하는 강호고수들을 돌아보며 탄식을 흘려냈다. 강호란 곳은 의과 협 그리고 호방함과 자유로움으로 대변되는 곳인데 천하사패의 시대에서는 그 호방함과 자유로움이라는 강호무림 본래의 특성이 많이 퇴색되어 가고 있는 것이었다.

'하긴 의(義), 협(俠), 호연지기(浩然之氣)와 같은 듣기 좋은 말보다는 기실 힘에 의한 질서와 각자의 욕망이 우선시되는 곳이 강호인지도 모르지.'

추산이 씁쓸한 미소를 짓고 있을 때 황패가 이곤의 말을 받아 입을 열었다.

"풍운당주님의 말에 모두들 이의가 없는 것 같으니 그 말씀대로 진행하는 것으로 하지요. 이곳에 모인 강호고수 분들은 모두 저마다 친분이 있을 터이니 각자 자신의 의사에 따라 세 곳 중 어느 한곳을 선택해 움직이는 것으로 하십시오. 대신 일단 한곳에 속하면 그곳을 통제하는 남련과 동궁 그리고 본 벽산철가의 통제에 잘 따라주셔야 할 겁니다."

황패의 마지막 말은 은은한 진기를 머금고 있어 배 안의 고수들을 겁박하는 느낌마저 들게 만들었다.

"자, 그럼 이제 각자의 배로 돌아가도록 하십시다. 그리고 오늘 밤 각각의 세력에서 갈대숲을 조사할 계획을 세우고 내일 동이 트는 대로 일제히 배들을 움직이도록 합시다."

남련의 이곤이 결론을 내리듯 말하자 장내의 상황은 파장 분위기로 이어졌다.

"자, 그럼 이제 모두들 각자의 배로 돌아가도록 하십시다. 모쪼록 좋은 결과를 기대하겠소이다."

황패가 제법 우렁찬 목소리로 모임의 끝을 알렸다. 그러자 벽산철가의 배에 몰려들었던 강호고수들이 제각기 몸을 날려 벽산철가의 배를 떠나기 시작했다.

고검과 추산은 벽산철가의 배에서 몸을 날려 각자 자신들이 타고 온 작은 배로 옮겨 탄 후 노를 저어 떠나가는 강호고수들을 보며 잠시 그 자리에 서 있었다. 제법 많은 수의 고수들이 모였으므로 한 번에 모든 사람들이 배를 떠나기도 어려웠거니와 두 사람을 향해 다가오는 일단의 인물들을 만나봐야 하기 때문이기도 했다.

"무불장은 어느 곳에 속해 움직이겠소이까?"

고검과 추산 앞으로 다가온 이곤이 고검을 보며 물었다. 그의 뒤에는 벽산철가의 황패와 동궁의 손통백이 서 있었는데 그들도 무불장의 행보가 궁금한지 고검의 대답을 기다리고 있었다.

"그건 일단 배로 돌아가 다른 사람들과 상의를 해봐야 할 것 같군요."

고검이 결정을 뒤로 미뤘다. 그러자 이곤이 재차 입을 열었다.

"가능하면 본 련과 함께 움직이는 것이 어떻겠소이까? 애초에 노륙지에서도 동행을 하였으니 말이오."

이곤의 말에 고검이 살짝 미소를 지으며 대답했다.

"한번 생각해 보지요."

"부디 좋은 소식 기다리겠소이다. 그럼 나도 이제 그만 가봐야겠소."

이곤이 황패와 손통백에게 가볍게 눈인사를 보내고는 훌쩍 몸을 띄워 올리더니 배의 난간을 날아 넘어 자신이 타고 온 작은 소선에 가볍게 내려섰다. 그러자 소선에서 대기하고 있던 두 명의 풍운당 고수가 부지런히 노를 젓기 시작하는 것이었다.

"역시 풍운당주의 무공은 대단하군."

만불통이 한번의 몸놀림으로 배를 떠나는 이곤을 보며 나직이 감탄사를 흘려냈다. 그때 황패가 조심스런 목소리로 만불통에게 말을 걸었다.

"만 노사를 다시 뵈올 줄은 몰랐습니다."

"송 총관에게 일의 전말은 전해 들었소이까?"

만불통이 차가운 표정으로 물었다.

"물론 들었습니다. 늦었지만 거듭 만 노사께 사과의 말씀을 드립니다."

천하의 벽산철가 무총관 중 최고수 황패가 일개 황금충에게 머리를 조아렸다. 진실한 실력으로 보자면 천하제이청부사 만불통은 황패에게서 충분한 사과를 받을 자격이 있는 사람이기는 했다. 하지만 지난번 벽산철가의 재총관 사도위의 행동과 비교하면 황패의 행동은 지나치게 정중했다.

"되었소이다. 일에는 저마다의 사정이 있게 마련 아니겠소?

특히나 이번 일은 벽산철가에서도 비밀을 지켜야 할 필요가 있었던 일이라고 할 수 있으니 내가 어찌 벽산철가에 나쁜 감정을 가질 수 있겠소. 단지 내가 서운한 것은 벽산철가가 아니라 바로 이 총관에 대한 것이올시다. 아, 그와 나는 십 년이 넘게 친분을 이어왔건만……."

그러자 황패가 거듭 고개를 조아렸다.

"이 총관께서도 이 일로 무척 괴로워하셨습니다. 그만 노여움을 푸시기 바랍니다. 그보다도……."

황패가 말꼬리를 흐렸다.

"뭐 달리 할 말이라도 있으시오?"

"물론 남련의 풍운당주께서도 부탁을 하셨지만 저희 벽산철가도 만 노사와 무불장의 고수 분들께서 저희 쪽에 합류해 주시기를 부탁드리겠습니다. 이번에 각자 세 개의 방향을 맡아 지휘하게 된 동궁과 남련 그리고 벽산철가 이 세 개의 세력 중에 가장 약한 전력은 바로 저희 벽산철가지요. 다른 두 곳은 말 그대로 천하사패에 속하는 곳이니까요. 그러니 강호고수 분들의 도움이 가장 필요한 곳도 역시 본 벽산철가라 할 수 있습니다. 해서 만 노사께서 본 가(本家)에 대한 노여움을 푸시고 다시 본 가의 일을 도와주시기를 부탁드립니다."

평소 괄괄한 성정으로 알려진 황패에게서는 보기 힘든 정중함이었다.

'흥, 우리 무불장을 끌어들이려는 수작이지.'

추산은 단번에 황패의 수작을 알아차렸다. 만불통이 움직이면 무불장도 움직일 거라 판단한 황패의 계산된 행동이었던 것이다. 하지만 만불통의 입에서는 황패의 기대에 못 미치는 대답이 흘러나왔다.

"뭐, 이미 말했지만 어차피 일이 이리된 것 내가 벽산철가를 원망하는 것은 아니오. 하지만 이번에 벽산철가와 함께 동행하는 것은 내가 결정할 문제가 아닌 것 같소. 난 지금 무불장의 청부사들과 함께 움직이고 있는데 본시 청부사들이란 어떤 형태로 모이게 되었든 일단 한 무리가 되면 그 무리의 우두머리의 결정에 따라 움직이는 법이라오. 그러니 나의 앞으로의 행보는 역시 무불장주의 결정에 달렸다고 할 수 있소이다."

그러자 황패가 고검에게 눈길을 주며 말했다.

"어떻소이까? 본 가(本家)에 힘을 보태주실 수 있겠소이까?"

그러자 고검 역시 고개를 저었다.

"본래 청부사는 청부자의 의견에 따라 일을 할 수밖에 없는 사람들이지요. 지금 본 무불장은 금오표국의 청부를 수행 중이니 어느 곳에 속해 노륙지의 갈대숲을 조사해 나갈지는 역시 배에 남아 있는 금오표국의 국주와 상의해 봐야 할 것입니다."

순간 황패의 안색이 딱딱하게 굳어졌다. 애써 자신을 낮추고 도움을 청했으나 일은 그의 의도대로 풀리지 않고 있었다. 금오표국의 국주 진감은 분명 황금선의 일로 벽산철가에 적의를 가지고 있을 터, 이미 재총관 사도위로부터 진감의 반응을 전해들은 황패였다. 그런 진감이 벽산철가와 함께 움직일 가능성은 없었다.

"흠, 청부사가 청부자의 의견을 따르는 것은 당연한 일이라고 할 수 있을 것이오. 알겠소이다. 돌아가시거든 진 국주께 이 황패가 정중히 부탁하더란 말을 전해주시기 바라오."

말은 그렇게 했지만 황패의 표정은 이미 변해 있었다. 그는 더 이상 무불장과 만불통에게 기대할 것이 없다고 판단하고 있는 듯했다.

"그리 전하지요. 그럼 우리도 그만 가봐야겠군요."

고검이 황패에게 가볍게 고개를 숙여 보이고는 이내 배의 난간 쪽으로 걸음을 옮겨 아래를 내려다보았다. 물 위에서는 이미 대웅산 등 무불장의 고수들과 금오표국의 두 고수가 세 사람을 기다리고 있었다. 그런데 세 사람이 막 몸을 날려 벽산철가의 배를 떠나려는 순간 갑자기 동궁 현각주 손통백의 목소리가 들려왔다.

"본 동궁 역시 무불장의 고수 분들과 만 노사를 기다리고 있겠소이다."

순간 막 몸을 날리려던 고검이 고개를 돌려 손통백을 바라봤다. 두 사람의 시선이 허공에서 가볍게 부딪쳤다. 그렇게 찰나간의 마주침이 끝나자 고검이 가볍게 고개를 까딱였다.

"초청해 주시니 영광입니다. 상의해 보도록 하지요."

짧은 대답을 남긴 고검이 훌쩍 몸을 날려 아래에서 기다리는 소선 위로 날아내렸다. 그러자 그 뒤를 이어 추산과 만불통 역시 가볍게 몸을 날려 벽산철가의 대선(大船)을 떠나갔다.

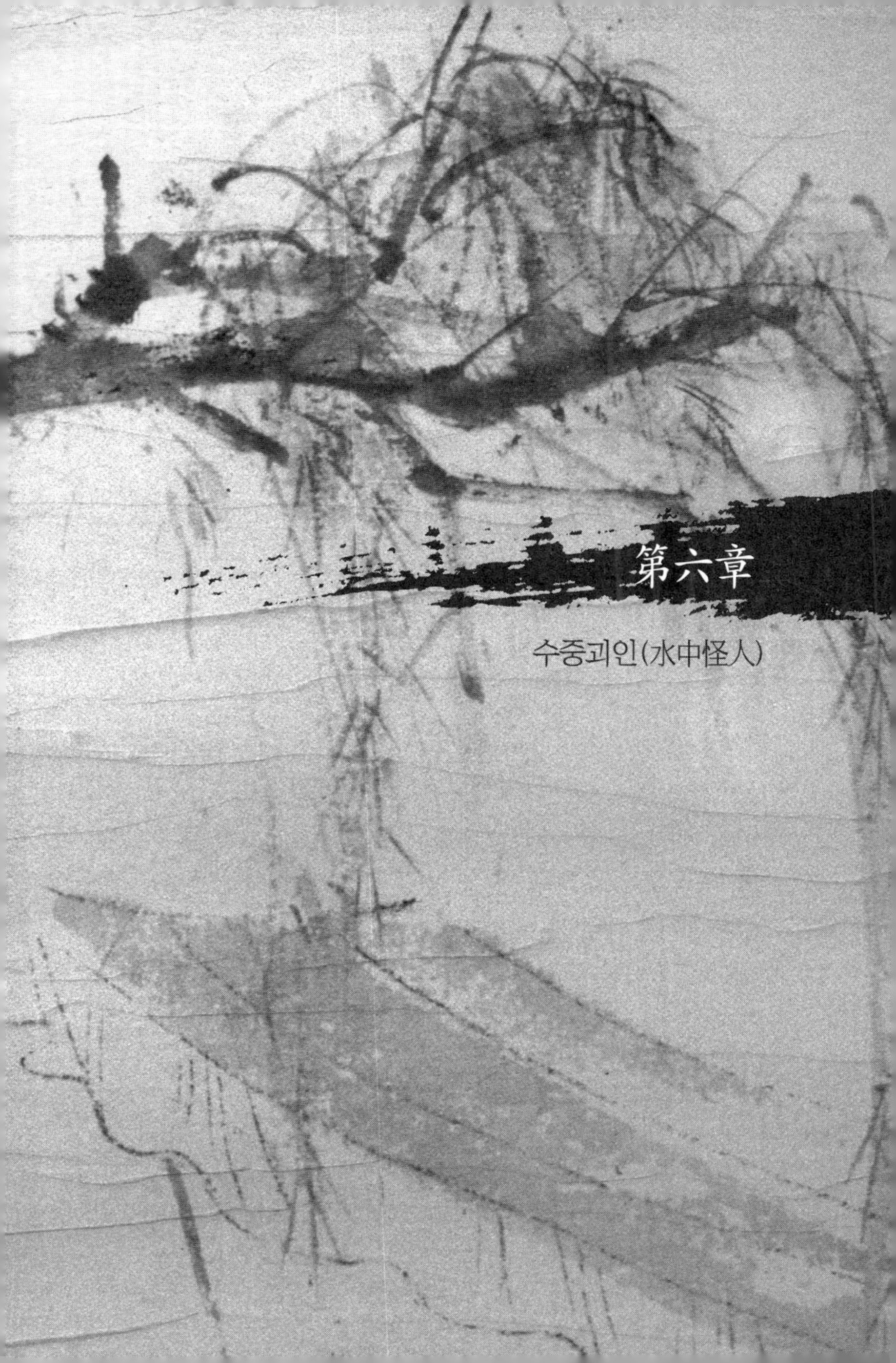

第六章

수중괴인(水中怪人)

孤劍秋山

새벽안개가 노륙지의 갈대숲을 덮었다. 스산한 기운이 노륙지의 깊은 숲으로부터 태호 방향으로 불어왔다. 그 바람에 의해 밀려드는 차가운 안개구름을 뚫고 이백여 척의 배가 서서히 전진하고 있었다.

동, 서, 남 세 방향으로 열려 있는 노륙지의 수로를 메울 듯 전진하는 이백여 척의 배에는 각양각색의 무림인들이 타고 있었다. 그 출신들이 다양한 만큼 배의 크기나 모양도 다양했다. 그 중에서 가장 눈에 띄는 배들은 세 방향으로 이어지는 배들의 무리 중 가장 앞서서 물길을 열어가는 세 척의 대선들이었다.

각기 벽산철가와 남련 그리고 동궁의 고수들이 타고 있는 대형선들, 그 배에는 또한 이번 노륙지 갈대숲의 수색을 주도하는 세 세력의 고수들이 올라 있었다.

"장관이네요."

대웅산이 마치 유람이라도 나선 듯 즐거운 목소리로 길게 이어진 배들의 무리를 보며 입을 열었다.

"하하, 역시 대 형님은 담이 크시다니까. 이제 곧 그 무서운 노륙지의 괴수들을 만나게 될지도 모르는데 전혀 긴장이 안 되세요?"

추산이 묻자 대웅산이 고개를 저었다.

"긴장은 무슨, 긴장보다야 약간 흥분이 되긴 하는군. 이번에 그자들을 만나게 되면 내 반드시 그 대도를 휘두르는 천괴라는 작자와 일수를 가늠해 볼 거야. 생각할수록 대단한 자란 말씀이야."

대웅산이 들고 있던 철창을 꽉 움켜잡으며 말했다.

"대 형님과 천괴라는 자는 좋은 승부를 펼칠 거예요. 그나저나 일단 그들을 찾아내야 그 대결도 이루어지지 않겠어요?"

그러자 대웅산이 정색을 하며 물었다.

"추 아우가 이쪽 수로에 그들이 숨어 있을 확률이 높다고 했잖아?"

"그건 어디까지나 추측일 뿐이죠. 그리고 제가 이 동쪽 수로를 택하자고 한 것은 그들이 숨어 있을 장소로 이 방향이 적합할 것이란 예상 때문이기도 했지만 사실은 벽산철가나 남련보다는 동궁과 함께 움직이고 싶었기 때문이었어요."

무불장의 고수들이 타고 있는 배는 동, 서, 남 세 수로 중 동궁에서 지휘하는 동쪽 수로를 따라 오르고 있었다.

기실 고검과 추산 그리고 만불통이 벽산철가의 배에서 이루어진 고수들의 회합에서 돌아온 후 무불장의 고수들과 금오표국의 두 고수는 벽산철가와 동궁 그리고 남련이 이끄는 무리 중 어느 쪽을 선택할지를 두고 제법 심각하게 논의를 했다. 그 세 곳 모두 만불통과 고검에게 자신들 쪽으로 와달라는 청을 했기에 배에 타고 있던 사람들은 쉽게 그 진로를 결정할 수 없었다.

하지만 추산만큼은 처음부터 동궁이 맡고 있는 동쪽 수로로 향하자고 자신의 의견을 명확하게 밝혔다. 모든 사람들이 추산에게 그 이유를 물었을 때 추산은 간단하게 그 이유를 설명했다.

"금오표국주께서 가지고 계신 노륙지 초입의 수로 지도를 보면 동쪽의 수로가 가장 복잡한 모양을 하고 있지요. 또한 태호로 나가기에도 가장 빠른 물길이고요. 물론 유속이 빨라 배를 숨겨두기에는 불리하지만 그들이 오래전부터 준비를 해왔다면 충분히 그에 대한 대비를 해두었을 거예요. 그리고 가장 중요한 것은 바로 바람이지요. 지금 이 노륙지에서는 북동풍이 불고 있어요. 노륙지 안쪽에서 빠르게 배를 몰아 탈출하려면 바람의 힘을 이용해야 하는데 그들 중 풍향을 살필 줄 아는 자가 있다면 당연히 동쪽 수로를 선택했을 거예요. 또 하나 중요한 것은 지도를 놓고 봤을 때 만약 절진을 설치해 세인들의 이목을 피하고자 한다면 동쪽 수로가 그에 가장 적합한 모양을 하고 있어요. 그러니 아마도 그들은 동쪽 수로에 숨어 있을 거예요. 물론 허허실실의 귀계를 사용한다면 이야기는 달라지지만요. 하지만 허허실실의 계를 사용하기에는 바람의 방향이 너무 유혹적이에요. 역시, 물 위에서는 바람이 가장 중요하니까요."

추산이 자신이 동쪽 수로를 택하자고 하는 이유를 설명했을 때 사람들은 추산의 의견에 동조하면서도 새삼스런 눈으로 추산을 보지 않을 수 없었다.

평소 재기 발랄한 추산임을 알고는 있었지만 이렇게까지 논리 정연한 판단을 하는 것이 놀라웠기 때문이었다. 물론 추산의 머리는 천검 능운백이 인정한 것이지만.

어쨌든 고검은 추산의 의견을 받아들였다. 또한 금오표국의 두 고수와 만불통도 추산의 의견에 이의를 달지 않았다. 그래서 지금 무불장의 고수들을 태운 소선은 이십여 장 앞에서 물길을 헤쳐 가는 동궁의 배를 따르고 있었던 것이다.

"추 아우는 동궁(東宮)에 호감이 가나 보지?"

그러자 추산이 고개를 끄덕였다.

"뭐, 아무래도 그런 면이 없지 않아 있지요. 제 첫째 사부님과 관련이 있는 곳이니까요. 하지만 꼭 그것 때문에 동궁에 관심이 있는 것은 아니에요."

"그럼 다른 이유가 있어?"

대웅산이 궁금한 표정으로 묻자 추산이 눈을 가늘게 뜨고 앞서 가는 동궁의 배를 응시하며 대답했다.

"동궁의 사람들이 궁금했어요. 전 지금까지 북천무맹이나 서패천 그리고 남련의 사람들은 제법 많이 만나봤지요. 하지만 동궁의 사람들을 볼 기회는 그리 많지 않았어요. 겨우 등주 칠웅문에서 잠시 스치듯 본 것과 이곳에서 만난 그 상당군이라는 양반이 전부지요. 그래서 그들을 좀 더 가까이서 살펴보고 싶었어요."

"흠, 동궁의 세력 범위는 천하사패 중 가장 작지. 또한 그들은 강호의 남동쪽에 치우쳐져 있을 뿐 아니라 그리 많은 활동을 하지 않는 편이라 동궁의 고수를 접하기가 쉬운 것은 아니지."

대웅산이 고개를 끄덕였다.

"그런 면도 있지만 그들에게선 다른 삼패의 무인들에게서 느껴지는 기운과는 다른 뭔가가 있어 보여서요. 그게 제 호기심을 자극한 거지요."

"삼패와는 다른 뭔가가 있다고?"

"네, 그게 뭔지 정확히는 모르겠으나 삼패의 고수들을 보면 강호를 지배하는 자들의 권위나 혹은 좋게 말해서 패기 같은 것이 느껴지는데 동궁의 고수들에게서는 그것보다 마치 은둔에 들어 있는 은자들을 보는 듯한 느낌이 묻어나요. 그렇지 않나요?"

추산이 대웅산에게 되묻자 대웅산이 조금 멍한 표정을 지으며 대답했다.

"아니, 뭐 난 별로 그런 느낌은… 에, 사실 이 대웅산은 그런 미묘한 느낌들을 잡아낼 만큼 섬세한 성격은 아니거든. 솔직히 난 검을 든 자는 다 거기서 거기라고 생각하는 편이야. 동궁이라고 강호에서 싸움질을 안 하는 것도 아니고, 또 사람을 죽이지 않는 것도 아니지. 그 상당군이라는 양반만 봐도 그래, 노륙지에서 그는 단 일 수에 늑대탈을 쓴 괴인을 죽였잖아?"

"물론 그렇긴 해요. 하지만 어쨌든 뭔가 다른 느낌의 무인들이라는 거죠."

추산이 어깨를 으쓱거렸다. 솔직히 추산 자신도 강호의 무림인이 달라봐야 크게 다르지 않을 거란 걸 알고 있기 때문이었다.

"드디어 시작이군요."

그때 뒤쪽에서 기륭의 목소리가 들려왔다. 추산과 대웅산도 대화를 멈추고 고개를 들어 전방을 주시했다. 그러자 과연 가장 선두에 선 동궁의 선박 좌우로 노륙지의 갈대숲이 펼쳐지기 시작했다.

뿌우우우!

그리고 어느 순간 동궁의 배에서 한줄기 뿔피리 소리가 흘러나왔다. 그러자 동궁의 배를 가장 가까이서 따르던 배 두 척이 좌우로 방향을 틀어나가더니 이내 배 위에 탄 고수들이 기다란 장대를 꺼내 들고 수로 양편으로 펼쳐진 갈대숲을 찌르기 시작했다. 기륭의 말대로 드디어 노륙지의 갈대숲에 숨어 있을 괴고수들을 찾는 일이 시작되었던 것이다.

동궁의 배에서는 일정한 간격을 두고 뿔피리 소리가 흘러나왔다. 그리고 그때마다 두세 척의 배가 긴 배들의 행렬에서 벗어나 갈대숲 쪽으로 이동해 갈대를 헤치며 수색을 하는 것이었다. 그렇게 동궁의 지휘 아래 동쪽 수로를 맡은 수십여 척의 배들이 하나둘 수색을 시작했다.

그리고 드디어 고검과 추산이 이끄는 무불장의 배 역시 동궁의 배에서 울려오는 뿔피리 소리에 맞추어 사람 키 이상으로 자라 있는 갈대숲으로 다가갔다.

"으챠!"

갈대숲에 배가 스칠 듯 다가서자 대웅산이 미리 배에 실어놓았던 삼 장여 길이의 장대를 들어 올렸다. 그리곤 마치 창을 찔러대듯 무성한 갈대숲을 찔러대기 시작했다.

세 방향의 수로를 따라 광활한 노륙지의 갈대숲을 수색하는 일은 쉬지 않고 수일간 이어졌다. 노륙지로 들어가는 초입의 수로는 동, 서, 남 세 개였지만 일단 수로로 들어서면 사방으로 이어진 작은 수로들이 거미줄처럼 얽혀져 있었기에 그런 작은 수로 하나하나까지 일일이 조사하는 것은 그리 쉬운 일이 아니었다.

하지만 노륙지에 모인 수백의 고수들은 황금에 대한 욕망 때문인지 지루함을 참고 무던하게 노륙지의 키 높은 갈대숲을 조사해 나가고 있었다. 그렇게 삼 일의 시간이 흘렀을 때 드디어 노륙지의 수로들이 한 방향으로 이어지기 시작했다. 어느새 갈대숲의 끝이 아스라이 보이기 시작했고 그 너머로 늪지와 안개 가득한 노륙지의 숲이 눈에 들어오기 시작했다.

"제길, 결국 오늘도 허탕인가?"

며칠째 기다란 장대를 들고 미로 같은 수로를 따라 갈대숲을 쑤셔대던 대웅산이 장대를 걷어 올리며 투덜거렸다. 어느새 또 하루의 낮이 지나고 노륙지에 어둠이 찾아들고 있을 때였다.

뿌우우우!

멀리 동궁 현각주 손통백이 지휘하는 배에서 뿔피리 소리가 흘러나왔다. 수색을 마치고 일정한 대형을 유지해 정박하라는 의미의 뿔피리 소리였다.

밤에는 수색이 중지됐다. 자칫 어둠 속에 대열이 흐트러지면 그 빈틈을 타고 흉수들이 도주할 수도 있기 때문이었다. 물론 밤을 포기하고 낮에만 수색하는 것은 그만큼 많은 시간을 잡아먹는 일이었지만 이번 수색을 지휘하고 있는 동궁과 벽산철가 그리고 남련의 수뇌들은 철저하게 그 원칙을 지켜 나가고 있었다.

"또 하루가 지나갔군요."

미심이 대웅산에게서 장대를 건네받아 배 위에 가로누이며 말했다.

"제길, 밤에도 수색을 하면 좀 더 빠르게 진행될 텐데 말입니다."

대웅산이 밤에는 수색을 중지한다는 결정이 불만스러운지 투덜댔다.

"하지만 옳은 결정이다. 웅산 자네도 경험해 봐서 알겠지만 그 괴고수들은 아주 조그만 틈만 있어도 충분히 이곳에서 몸을 뺄 수 있는 능력이 있는 자들이니까. 밤에는 이렇게 배와 배의 거리를 좁히고 그들의 탈출로는 봉쇄하는 것이 옳다."

고검이 투덜대는 대웅산을 보며 말했다.

"뭐, 나도 그걸 모르는 바는 아니지요. 단지 이제 슬슬 이 수색 작업이 지루해지기 시작해서 하는 말입니다."

"이제 갈대숲도 거의 끝나가니 내일 정도면 결과가 나오지 않겠느냐?"

"만약 그들을 발견하지 못하면 어쩌죠?"

"그럼 모든 일은 다시 처음부터 시작되는 것이겠지. 그들의 흔적을 찾는 일부터 말이야. 어쩌면 그들이 모두의 예상을 깨고 이미 이곳을 벗어났을 수도 있겠고……."

고검의 대답에 배에 타고 있던 사람들의 얼굴에 일말의 아쉬움이 깃들었다. 그 와중에도 기룡은 열심히 노를 저어 일렬로 늘어서고 있는 배들 사이로 소선을 밀어 넣고 있었다.

그런데 그렇게 막 밤을 보내기 위한 준비를 마치려는 순간 갑자기 갈대숲의 중앙에서 십여 개의 불화살이 하늘로 치솟아올랐다.

"엇! 저건!"

막 엉덩이를 갑판에 붙이고 앉으려던 대웅산이 튕겨지듯 일어섰다.

"신호예요!"

추산이 뱃전으로 달려나오며 소리쳤다.

뿌우~ 뿌우~ 뿌우~

그리고 연이어 동쪽 수로의 지휘선인 동궁의 배에서 짧게 끊어가는 세 음절의 뿔피리 소리가 울려 나왔다. 그것은 괴고수들을 발견했다는 의미의 신호였다.

순간 일렬로 정박해 밤을 보낼 준비를 하던 수십 척의 배들에서 크고 작은 소란이 일어나기 시작했다. 고된 하루의 수색 끝에 지쳐 있던 물 위의 고수들이 순식간에 활기를 되찾기 시작했다. 그리고 다시 동궁의 배에서 몇 개의 횃불이 피어오르더니 그 횃불들이 기이한 형태를 그리며 움직이기 시작했다.

"전진하라는데요?"

추산이 고검을 보며 말했다. 동궁 현각주 손통백이 타고 있는 배에서 움직이는 횃불들은 동쪽 수로를 맡은 배들의 움직임을 통제하는 신호였다.

"가보자."

고검이 짧게 고개를 끄덕였다. 그러자 두 사람의 말을 듣고 있던 기륭이 재빨리 몸을 움직여 다시 노를 잡았다.

"아우는 잠시 쉬게. 하루 종일 노를 저었으니 피곤할 걸세. 지금부터는 내가 노를 잡겠네."

조오현이 기륭에게 다가서며 노를 건네받기 위해 손을 내밀었다. 그러자 기륭이 고개를 저었다.

"이형(二兄), 그런 걱정은 마십시오. 고 장주께서 주신 녹정혈 덕분에 이 아우의 공력은 아직도 증진되고 있습니다. 하루 노를 저었다고 피곤할 정도는 아닙니다. 그리고 다른 건 몰라도 배를 움직이는 일은 제가 이형보다 낫지요. 더군다나 지금은 밤이고, 무슨 일이 벌어질지 모르니 제가 노를 잡겠습니다."

기륭의 말에 조오현이 이내 고개를 끄덕였다.

"듣고 보니 그도 그렇군. 옛날부터 배에 관한 한 삼제 자네가 가장 뛰어났었지. 그럼 계속 수고를 해주시게. 대신 이제부터는 언제 어느 때라도 괴고수들의 공격이 있을지 모르니 내가 호법을 서겠네."

조오현의 말에 기륭이 굳은 표정으로 고개를 끄덕였다.

"그렇게 해주시면 저야 든든하지요. 사실 처음 이 노륙지에 왔을 때 물속에서 괴물처럼 이동하는 괴고수에게 의제 셋을 잃었지요. 다시 생각해도 소름 끼치는 자였습니다. 하지만 이형이 곁을 지켜준다면 마음 놓고 배를 몰 수 있지요."

기륭이 신뢰가 가득한 눈빛으로 조오현을 보며 말했다.

"그래도 조심하게. 저들의 무공은 나조차도 감당하기 힘든 수준이었으니 스스로 조심하는 게 가장 좋은 대처 방법일세."

"알았습니다, 이형. 자, 그럼 속도를 내겠습니다."

기륭이 소선 안의 고수들에게 큰 소리로 말을 건네고는 서서히 배의 속도를 끌어올리기 시작했다.

노륙지의 갈대숲을 사방에서 훑어내던 강호고수들이 서서히 한 지점을 향해 움직이기 시작했다. 배들이 향한 곳은 해가 진 바로 그 직후에 허공으로 쏘아 올려진 열 개의 불화살이 떠오른 곳이었다.

사방에서 신호를 주고받는 소리들이 어지럽게 들려왔고, 각각 세 방향의 고수들을 지휘하는 동궁과 남련 그리고 벽산철가의 배에서는 끊이지 않고 횃불 신호가 어지럽게 움직였다.

고검과 추산이 타고 있는 소선은 어느새 손통백이 이끄는 동궁의 배 바로 뒤를 따라붙고 있었다. 기륭의 배 모는 솜씨는 확실히 탁월해서 폭의 변화가 심하고 물의 흐름이 빠른 노륙지의 수로에서도 자유롭게 배의 속도를 조절하고 있었다. 그런데 지금 노륙지의 수로에 들어와 있는 강호고수들이 모두 기륭처럼 배에 익숙한 것은 아니었다.

"좋지 않군요. 진세가 흐트러지고 있어요."

추산이 주변을 돌아보며 걱정스런 목소리로 말했다.

"어차피 수로가 좁아 일거에 밀고 나갈 수는 없잖아?"

대웅산이 그런 추산을 보며 물었다. 그러자 추산이 고개를 저었다.

"횡으로 이어진 진세를 말하는 것은 아니에요. 대 형님 말씀대로 이곳의 수로는 노륙지 입구와 달리 그 폭들이 무척 좁지요. 하지만 폭이 좁은 대신 수로의 숫자는 무척 많아요. 그래서 적들에게 빈틈을 주지 않으려면 여러 곳의 수로를 따라 이동하는 배들이 일정한 간격을 유지해야 하는데 지금 그 진세가 흐트러지고 있는 거죠. 저길 보세요. 앞선 배와 뒤따르는 배의 간격이 거의 이십여 장에 이르잖아요. 저런 정도의 간격이라면 재빠른 자들은 충분히 그 사이를 비집고 나갈 수 있을 거예요."

추산의 말에 배 안의 고수들이 걱정스런 표정으로 고개를 끄덕였다. 추산의 지적은 정확해서 지금 동쪽 수로를 맡았던 수십 척의 배들 중 물에 익숙한 고수가 있는 배들과 그렇지 않은 고수들이 탄 배들의 간격이 점점 벌어지고 있는 상황이었고, 개중에는 대형을 유지하는 것을 포기한 채 늦어지는 앞의 배를 추월하는 고수들조차도 나타나고 있었다.

"어쩔 수 없는 일이다. 일단 흉수들이 발견된 이상 이곳에 모인 무림인들의 관심은 온통 황금에 가 있을 것, 아마 조금 더 지나 흉수들이 눈에 들어오면 더 이상 남련 등 세 곳의 통제력도 그 기능을 발휘하기 어려울 것이다."

고검이 이미 예상하고 있었던 일이라는 듯 담담한 목소리로 말했다.

"그럼 결국 난전으로 이어지겠군요."

추산이 낯빛을 흐리며 말했다.

"아무래도 그렇겠지. 더군다나 그 와중에 탈취당한 황금이라도 등장하는 날이면 이곳은 그야말로 지독한 혼란에 빠질 것이다. 관건은 남련과 동궁 그리고 벽산철가가 과연 얼마만큼의 위력을 보이느냐는 것이겠지. 혼란에 빠진 무리들에게 강력한 힘은 약이 되는 법이니까."

"그리고 그들은 제법 단호하기도 하지요. 자신들의 일에 방해가 될 자들은 망설이지 않고 손을 봐줄 만큼 말이죠."

추산이 시선을 들어 앞서 가는 동궁의 배를 보며 말했다.

차가운 살기가 수면을 쓸고 지나갔다. 어둠 속을 이동하는 배들은 기이한 열기에 휩싸여 있었다. 누군가를 향한 살기… 그 살기 속에 감추어진 황금에 대한 욕망이 공기를 더욱 진득하게 만들었다. 그리고 음습하고 차가운 기운이 폭발 직전에 이르렀을 때 기대를 저버리지 않고 일이 벌어졌다.

파앗!

동궁의 손통백이 이끄는 선박 앞쪽으로 대여섯 사람을 태울 만한 크기의 소선 두 척이 척후의 역할을 수행하고 있었다. 어둠에 잠긴 수면이 파도 소리를 내며 일어난 것은 바로 그중 한 척의 소선 바로 옆에서였다.

"악!"

그리고 동시에 한마디 비명 소리가 들려왔다. 고검과 추산을 비롯해 금오표국의 소선에 타고 있던 사람들이 재빨리 고개를 틀어 비명이 들려온 쪽으로 시선을 주었다. 하지만 그들의 시선은 이내 동궁의 배에 가로막혔다.

"제길, 앞이 보이지 않잖아!"

대웅산이 불만 가득한 목소리로 소리치며 몸을 길게 빼 동궁의 배를 비껴 전방을 살피려 했다. 하지만 아무리 거한의 몸을 가지고 있다고 해도 배를 비껴 전방을 살필 수는 없는 일이었다.

"으아악!"

순간 다시 전방에서 사람의 비명 소리가 들려왔다.

"아이고 이런 제길, 궁금해서 참을 수가 있나. 도대체 무슨 일이 벌어지고 있는 거야?"

대웅산이 목을 이리저리 빼며 연달아 소리를 질렀다. 그 순간 무불장의 고수들을 태우고 있던 소선이 재빨리 좌측으로 이동하기 시작했다. 기륭이 사람들의 기대를 저버리지 않고 동궁의 선박을 비껴 전방을 살필 수 있는 방향으로 배를 움직였던 것이다. 그리고 드디어 무불장 고수들의 시야가 열렸을 때 그들의 눈에 한 편의 기이한 싸움이 찾아들었다.

촤아악!

검고 탁한 수면이 기둥처럼 일어났다. 그 물기둥 속에 하나의 검은 인영이 숨어 있다가 불쑥 물기둥 밖으로 튀어나와 동궁의 선박 앞쪽에서 길을 열고 있던 소선에 탄 무림인들을 번개처럼 공격하고는 순식간에 물속으로 자취를 감췄다. 그리고 그런 일이 일어날 때만 소선 위의 고수들이 여지없이 목숨을 잃는 것이었다.

"저, 저건!"

어지간해서는 놀라는 일이 없는 대웅산조차도 이 기이한 싸움에 놀란 듯 입을 다물지 못하고 있을 때 뒤쪽에서 배를 몰던 기륭과 금오표국주 진감이 뱃전으로 뛰어나왔다. 그리곤 그들의 눈에서 시퍼런 살광이 흘러나오기 시작했다.

"바로, 바로 바로 그잡니다. 처음 흉수들을 추적해 노륙지에 왔을 때 물속에서 나타나 세 아우를 죽인 바로 그 물속의 괴인 바로 저잡니다."

기릉이 이 가는 소리를 흘려냈다. 평소 온화한 표정의 진감조차 싸늘한 살기가 얼굴을 뒤덮고 있었다.

"과연 괴이한 자군요. 정말 언뜻 보아서는 물속에 사는 한 마리 괴수와 진배없군요."

대웅산이 연신 탄성을 자아냈다.

"내 수십 년 강호를 떠돌았지만 저런 괴이한 자는 본 적이 없네. 저 번쩍거리는 몸뚱이를 보게. 마치 온몸에 검은색 비늘을 달고 있는 것 같지 않은가?"

배 안에서 가장 오랜 강호 경험을 가지고 있는 만불통조차 괴인의 모습에 탄성을 자아냈다.

"저자가 금오표국의 표두 분들에게 직접 손을 쓴 자라면 그냥 두고 볼 수 없잖아요?"

추산이 고검을 돌아보며 말했다. 그러자 고검이 고개를 끄덕였다.

"그를 제압하는 것은 진천 공자의 청부 중 일부를 수행하는 것이라 할 수 있지."

그러자 불쑥 조오현이 앞으로 나섰다.

"내게 맡겨주시구려, 장주."

그러자 고검의 얼굴에 살짝 그늘이 생겼다. 그가 아는 조오현은 무불장의 청부사들 중 가장 신중하고 인내심이 강한 인물이었다. 그런데 지금의 조오현은 서두르고 있었다.

'특히나 살법을 쓰는 사람에게 조급함이란…….'

고검이 걱정스런 안색을 내비치자 조오현이 어느새 고검의 생각을 읽었는지 어울리지 않는 미소를 지어 보이며 다시 입을 열었다.

"장주께서 무슨 걱정을 하는지 알고 있소이다. 하지만 이 조오현, 감정을 앞세워 일을 그르칠 사람은 아니오이다."

그제야 고검의 얼굴이 풀어졌다. 스스로 조급함을 경계하고 있다면 그리 걱정할 문제가 아니었다. 적어도 조오현의 경우에는.

"그럼 조 노사께 맡기지요."

고검의 입에서 허락이 떨어지자 조오현이 가볍게 고개를 끄덕이고는 훌쩍 몸을 날려 검은 수면으로 뛰어들었다.

"엇, 지금 뭐 하는 거예요?"

갑작스런 조오현의 행동에 놀란 추산이 당황한 표정을 지으며 입을 열었다. 그러자 그의 뒤에 있던 진감이 입을 열었다.

"이제(二弟)는 물속에서도 무서운 사람이지요. 더구나 흐릿한 달빛만 존재하는 이런 밤에는 더더욱 말입니다."

진감의 얼굴에는 조오현에 대한 강한 믿음이 묻어나고 있었다.

소선에서 차가운 노륙지의 물속으로 뛰어내린 조오현의 모습은 순식간에 모두의 시선에서 사라졌다. 아마도 물속을 헤엄쳐 움직이고 있는 듯했다. 무공의 고수란 호흡이 길어 특별히 수공을 익히지 않은 사람이라 할지라도 보통 사람보다 훨씬 긴 시간을 물속에서 버틸 수 있다. 그래서 사람들은 조오현의 모습이 보이지 않는 것을 그리 걱정하지 않고 수중괴인이 소선에 탄 고수들과 드잡이질을 벌이고 있는 곳으로 시선을 주었다. 어차피 조오현이 모습을 드러낼 곳은 바로 그곳이었으므로…….

차창!

그때 수중괴인이 모습을 드러낸 후 처음으로 도검이 격돌하는 소리가 흘러나왔다. 그리고 처음으로 수중괴인의 기이한 공격에 강호고수들이 단 한 명도 상하지 않는 상황이 벌어졌다.

수중괴인의 괴이하고 번개 같은 공격에 속수무책이던 강호고수들이 드디어 적의 공세에 익숙해지기 시작했다는 의미였다. 하지만 그렇게 상대의 공격에 익숙해지기까지 두 척 소선에 타고 있던 고수들의 손실은 적지 않았다. 이미 수중괴인의 손에 죽은 고수가 다섯에 이르렀던 것이다.

애초에 두 소선에 타고 있던 인원이 각기 배 하나에 다섯씩이었으니 정확히 그중 절반의 인원이 수중괴인의 공격에 속절없이 죽임을 당한 것이다.

다섯을 잃고 나서야 상대의 움직임을 파악한 고수들이었으나, 겨우 적의 공격에서 자신들의 목숨을 지키는 정도가 그들이 할 수 있는 전부였다. 적의 공격을 막는 동시에 역습을 가하는 여유는 도저히 만들어낼 수가 없었던 것이다.

"놈!"

그리고 그즈음 동궁의 고수들이 타고 있는 배에서 한마디 노성이 터져 나오더니 두 명의 신형이 배를 벗어나 공격당하고 있는 두 척의 소선을 향해 새처럼 날아갔다.

그런데 동궁의 배를 벗어난 두 고수가 막 두 척의 소선에 내려서는 순간 어둑한 수로의 저쪽 앞에서 두 줄기 눈부신 빛이 번뜩였다.

콰아아!

그리곤 두 줄기 물줄기를 일으키며 두 개의 번쩍이는 빛이 무서운 속도로 소선에 내려서는 두 고수를 향해 닥쳐들었다.

"읏!"

갑작스런 공격에 동궁의 고수들이 당황하며 재빨리 손에 들고 있던 검을 세웠다.

그긍!

순간 신경을 긁어대는 마찰음이 일어나며 은빛으로 빛나는 두 개의 물체가 두 고수의 검에 막혀 허공으로 비산했다.

"놈이군요."

추산이 허공을 한 바퀴 돈 후 자신들이 날아왔던 곳으로 되돌아가는 은빛 물체를 보며 소리쳤다.

"그렇군. 그 수마란 자가 나타난 모양이야."

은빛 물체는 바로 수마란 괴고수가 사용하던 십자륜이었다. 그가 나타났다는 것은 그들이 향하는 방향에 노륙지의 괴고수들이 존재하고 있다는 것을 의미했다.

"후후후, 노륙지에 든 자, 그 누구도 살아가지 못한다."

멀리서 수마의 목소리가 들려왔다.

"제길, 저 허풍은 여전하군요. 지금 누가 누굴 추격하고 있는지 모르나 봐요."

추산이 수마의 위협에 비웃음을 흘려냈다. 그런데 그 순간 다시 수마의 검은 신형으로부터 십자륜이 떠오르기 시작했다. 갑작스런 공격에 당황했던 동궁의 고수들도 어느새 여유를 찾았는지 침착하게 검을 들어 수마의 공격에 대비했다.

수마의 십자륜은 이번에는 처음과는 달리 아주 느리게 움직였다. 마치 물 위를 부유하는 나뭇잎처럼 천천히 움직이는 수마의 십자륜은 그러나 언제 어느 때라도 번개처럼 상대의 사혈을 향해 꽂혀들 수 있는 흉험한 병기였다.

소선에 탄 고수들을 지원하기 위해 나선 동궁의 두 고수도 그 사실을 잘 알고 있었으므로 검을 들어 십자륜을 겨누고 있는 그들의 몸은 팽팽하게 긴장해 있었다.

"동궁의 고수들은 모두 신비한 무공을 지니고 있다고 들었다. 어디 그 무공을 견식해 보자."

수마의 입에서 제법 여유가 묻어나는 목소리가 흘러나왔다. 그리고 그의 말이 끝나는 순간 느릿하게 움직이던 십자륜이 갑자기 매서운 회전을 하기 시작했다.

위이이잉!

십자륜으로부터 흘러나오는 파공음이 맹렬하게 사람들의 귓속으로 파고들었다. 저릿한 살기가 느껴지는 파공음은 두 소선에 타고 있던 고수들은 물론 그 뒤쪽에서 물 위에서 벌어지는 일장 혈투를 바라보고 있던 강호고수들마저도 긴장하게 만들고 있었다.

그리고 그렇게 사람들을 긴장의 도가니로 몰아넣은 두 십자륜이 한순간 맹렬한 회전으로 만들어진 힘을 이겨내지 못하고 번개처럼 두 소선 위의 동궁 고수를 향해 닥쳐들었다.

기이잉!

십자륜에서 소름 끼치는 소음이 일어났다. 십자륜은 매우 기이한 움직임을 보이며 두 고수에게 닥쳐들고 있었다. 이미 십자륜의 공격을 한 번씩 경험한 동궁의 고수들이었지만 그들의 얼굴은 심각하게 굳어졌다. 십자륜은 좌우로 끊임없이 움직이며 날아들고 있었는데 그 움직임이 너무도 빨라 보통 사람의 눈으로는 도저히 그 움직임을 따라잡을 수 없었다.

"하앗!"

그러나 지금 노륙지에 나와 있는 동궁의 고수들도 동궁에서 고르고 고른 고수들, 십자륜이 그들의 일 장 안으로 다가들었을 때 두 사람의 입에서 동시에 기합성이 터져 나왔다. 그리곤 번개처럼 두 사람의 검이 허공에 그어졌다.

위이잉!

두 고수의 검에서 웅장한 파공음이 일어났다. 동시에 희미한 막 같은 것이 두 사람의 검이 움직인 검로를 따라 생겨나는 듯 보였다. 그리고 그 희미한 막은 그들을 향해 날아드는 십자륜의 앞길을 방패처럼 막아갔다.

그그긍!

두 동궁 고수의 검기와 수마의 십자륜이 매섭게 엉켜들었다. 벽력처럼 닥쳐들던 수마의 십자륜도 두 동궁 고수의 검 앞에서는 잠시 그 움직임을 멈췄다. 그러나 그렇다고 동궁 고수들이 수마의 공격을 완전하게 막아낸 것은 아니었다. 기이한 마찰음을 만들어내며 잠시 정지한 듯하던 수마의 십자륜이 서서히 앞으로 전진하기 시작했던 것이다.

"웃!"

그리고 잠시 후 두 동궁 고수가 십자륜에 실린 공력을 견뎌내지 못하고 슬쩍 몸을 틀며 검으로 힘겹게 십자륜을 밀어냈다.

위잉!

순간 두 고수의 방어에 막혀 있던 십자륜이 자유를 찾으면서 맹렬한 회전 소리와 함께 두 동궁 고수가 서 있던 공간을 무섭게 가르며 지나갔다. 그 서슬에 소선에 함께 타고 있던 무림인들이 대경하며 몸을 움츠렸다. 그런데 그 순간, 갑자기 왼쪽에 위치해 있던 소선의 바로 옆에서 예의 그 물기둥이 치솟아올랐다. 그리고 그 물기둥 속에는 두 소선의 고수들에게 살수를 펼쳤던 예의 그 수중괴인이 괴이한 미소를 지은 채 들어 있었다.

"헛!"

배의 가장 왼쪽에 서 있던 자가 자신도 모르게 다급성을 토해냈다. 동궁의 고수들이 구원을 나오고 노륙지의 괴고수 수마가 나타나 두 동궁 고수와 일전을 벌이는 동안 잠잠했던 수중괴인의 갑작스런 등장이 괴인을 가장 가까이서 상대해야 하는 고수를 혼비백산하게 만들었던 것이다.

그러나 소선 위의 무인도 강호의 일류고수, 당황하면서도 그는 급히 신형을 돌려 수중괴인의 공격을 피하려 했다. 그런 그를 보며 수중괴인이 물기둥 속에 한가닥 비웃음을 흘려내는가 싶은 순간, 갑자기 물기둥 속에서 수중괴인의 한 손이 불쑥 튀어나왔다. 그리곤 순식간에 자신의 공격을 피해 도주하는 사내를 할퀴듯 움켜잡는 것이었다.

"악!"

순간 괴인의 손에 잡힌 사내의 입에서 고통스런 비명이 흘러나왔다. 달빛 아래 드러난 수중괴인은 그야말로 괴물이라 불려도 좋을 만한 모습을 하고 있었다. 전신은 검은 비늘로 뒤덮여 있었고, 상대를 한순간에 제압한 그의 손에는 각 손가락마다 날카롭고 기다란 쇠꼬챙이 같은 것이 박혀 있었다. 그는 그 날카로운 기병을 이용해 적의 목을 단번에 움켜잡아 절명에 이르게 하는 무공을 지니고 있었던 것이다.

"이놈!"

그리고 그때 소선 위에 올라 수마를 상대하던 동궁 고수가 노성을 터뜨리며 수중괴인을 향해 검을 뻗어냈다.

파르릉!

동궁 고수의 검이 극강한 진기를 이기지 못하고 몸을 떨며 파공음을 일으켰다. 그러나 번개처럼 뻗어낸 그의 검은 허무하게 허공을 갈랐다. 어느새 소선 위의 고수 한 명을 낚아챈 수중괴인은 소선으로부터 멀어져 서서히 물속으로 가라앉고 있었던 것이다. 그렇게 또 한차례 수중괴인의 공격에 한 명의 강호고수가 목숨을 잃어가고 있는 그때 갑자기 아무도 예상치 못한 상황이 벌어졌다.

스스스!

아무도 눈치 채지 못하는 사이 수면 위로 하나의 물체가 조용히 떠오르고 있었다. 강호고수 한 명의 목을 움켜쥐고 서서히 수면 아래로 가라앉는 수중괴인의 바로 뒤쪽에서 일어나고 있는 일이었다. 수중괴인은 자신의 뒤에서 일어나고 있는 일을 전혀 눈치 채지 못하고 있는 듯 보였다. 그는 단지 득의한 표정으로 소선 위에서 자신을 노려보고 있는 동궁 고수를 바라보며 비릿한 미소를 짓고 있을 뿐이었다.

하지만 조롱하듯 상대를 보던 그의 표정이 잠시 후 살짝 변했다. 왜냐하면 자신을 노한 눈으로 바라보고 있던 동궁 고수의 표정이 서서히 변하더니 어느새 그의 시선이 자신의 눈을 벗어나 자신의 뒤쪽으로 움직이고 있었기 때문이었다.

그리고 그 순간 수중괴인이 한 손에 전리품처럼 들고 있던 강호고수의 신형을 허공으로 던져 냈다. 그리곤 무서운 속도로 소용돌이를 만들며 신형을 회전시켰다. 그도 그때서야 자신의 뒤쪽에서 흘러나오고 있는 미약하면서도 서늘한 기운을 깨달았던 것이다.

그리고 그의 시선이 자신의 몸보다 빠르게 등 뒤로 돌아갔을 때 그는 볼 수 있었다. 장신(長身)의 몸을 지닌 한 사내가 허리 위의 몸을 수면 위로 드러낸 채 차가운 시선으로 자신을 응시하고 있는 것을…….

번쩍!

그리고 다음 순간 희미한 달빛 속에서 한 자루 장도가 차갑게 번뜩였다.

파악!

순식간에 검붉은 선혈이 허공으로 치솟았다. 물속으로 가라앉던 수중괴인의 신형이 기이하게 꺾였다. 괴인이 소선에서 낚아챘던 강호고수의 몸이 그 사이 강물 위로 철퍼벅 소리를 내며 떨어져 내렸다. 강물 위에 떨어진 고수의 숨은 이미 끊겨져 있었는데 그의 목에는 수중괴인의 손가락에 의해 만들어진 세 개의 구멍이 뚫려져 있었다. 그리고 그의 옆으로 그의 목에 죽음의 상처를 만들어낸 수중괴인 역시 서서히 쓰러져 내리기 시작했다.

"이제(二弟)!"

수중괴인을 베어버린 검은 인영 쪽으로 한 척의 배가 다가오며 배 위에서 흥분한 사내의 목소리가 들려왔다. 자신을 부르는 소리에 수중괴인을 벤 사내가 천천히 고개를 돌렸다. 그러자 그의 얼굴이 흐린 달빛에 희미하게 드러났다. 조오현이었다.

"이형(二兄)!"

역시 잔잔한 떨림을 담은 목소리가 배 위에서 들려왔다. 진감과 기륭, 두 사람이 무불장 식구들과 함께 조오현의 곁으로 배를 몰아오고 있었다. 어느새 배의 노는 기륭의 손에서 대웅산의 손으로 넘어가 있었다.

촤아악!

소선이 가까이 다가오자 조오현이 물속에서 솟구쳐 올라 가볍게 배 위로 올라섰다. 그의 신색은 노륙지를 공포의 땅으로 만들었던 수중괴인을 벤 사람답지 않게 담담했다.

'역시 살법의 대가라니까. 눈 하나 깜짝하지 않잖아. 마치 아무 일도 없었던 것처럼 말이야.'

추산이 담담한 모습의 조오현을 보며 감탄사를 흘려냈다. 그 사이 금오표국의 두 고수가 흥분한 표정으로 조오현을 반기고 있었다.

"이제(二弟), 수고했네. 역시 자네가 오니 모든 일이 제대로 풀리는군."

진감의 얼굴이 홍분으로 벌겋게 달아올라 있었다.

"이제 하나의 복수는 끝났군요."

기륭 역시 붉게 상기된 얼굴로 입을 열었다.

"이제 시작일 뿐이지. 그는 비록 형제들을 죽게 한 직접적인 당사자이긴 하지만 이번 일을 일으킨 무리의 우두머리는 아닐 것이다. 이번 일을 일으킨 자의 목을 베기 전에는 결코 복수가 끝난 것이 아니다."

조오현이 가라앉은 목소리로 말했다.

"물론 그렇지요. 하지만 그 물귀신 같은 자는 눈앞에서 우리 형제들을 죽인 자입니다. 그가 죽으니 이 아우는 정말 속이 후련합니다."

그런데 그렇게 금오표국의 의형제들이 복수의 첫발을 내딛은 것에 대해 홍분한 채 이야기를 나누는 사이 추산은 물속에서 무언가를 주섬주섬 꺼내 올리고 있었다.

"야아! 이제 보니 몸에 비늘이 돋은 것은 아니었군요."

물속에서 끌어 올린 물체를 배 위에 올려놓으며 추산이 소리쳤다. 그러자 사람들이 시선이 추산에게로 향했다. 추산의 발밑에 검은 비늘이 번쩍이는 괴인 한 명이 뉘어져 있었는데 그는 바로 조오현의 손에 죽임을 당한 수중괴인이었다.

"가죽으로 만든 옷에 도검의 침입을 막기 위해 현철(玄鐵)로 비늘을 해 달은 모양이군."

만불통도 신기한 물건을 구경하듯 괴인의 시신 앞에 쪼그리고 앉았다.

"손에 철조(鐵爪)를 만들어 낀 것을 보니 조공을 익힌 자이고, 발에는 오리발을 흉내 낸 가죽신을 신고 있군요. 아주 오랫동안 수공을 전문적으로 익힌 자인 모양입니다."

대웅산이 시신의 두 손과 발을 들어보며 말했다.

"그동안 노륙지에 있다던 수중 괴물의 실체가 밝혀지는 순간이네요."

추산이 흥미로운 표정을 지어 보이며 말했다.

"그런데 이런 자가 이 노륙지에는 얼마나 있을까요? 만약 이런 자가 한둘이 아니라면 아무리 그들의 수뇌들을 발견했다고 해도 쉽게 제압하기 어려울 것 같은데……."

미심이 걱정스런 표정으로 입을 열자 만불통이 고개를 저으며 대답했다.

"이자 정도의 수공을 지닌 자는 그리 많지 않을 걸세. 더군다나 이자는 비록 물속에 숨어 기이한 무공으로 강호고수들을 주살하기는 했지만, 그가 뭍에 나왔다고 해도 강호일절로 불리기에 충분한 무공을 지니고 있었네. 이런 고수가 흔치도 않을뿐더러 더군다나 전문적으로 수공을 익힌 이런 고수를 다수(多數) 배출하기는 힘들지. 아마 이와 비슷한 자가 있을 수는 있지만 이 자만큼 대단하지는 않을 걸세."

"그렇다면 그나마 다행이군요. 그나저나 그자는 어느새 사라진 모양이군요."

미심이 만불통의 말에 안도한 표정을 짓다가 어둠에 휩싸여 있는 수로 전면을 바라보며 말했다. 미심의 말처럼 두 소선에 날아내린 동궁의 고수를 향해 십자륜을 던져 내던 수마의 모습은 더 이상 찾아볼 수 없었다. 그때 불현듯 무불장 고수들이 타고 있는 소선의 오른쪽으로 거대한 그림자가 드리워지면서 한 사람의 목소리가 들려왔다.

"고 장주, 그자를 이리 올려 보내주실 수 있겠소?"

손통백이 지휘하는 동궁의 배가 어느새 무불장 고수들이 타고 있는 소선 옆으로 다가와 있었다. 고검이 수중괴인을 바라보던 시선을 돌려 위쪽을 바라보자 동궁 현각주 손통백의 얼굴이 보였다.

"그렇게 하십시오. 저희에겐 필요치 않은 시신일뿐더러, 이 배는 좁아 시신을 싣고 있을 만한 공간이 없는 형편입니다."

"부탁을 들어주어 고맙소이다. 그럼 내 잠시 그리로 내려가리다."

대답을 한 손통백이 훌쩍 몸을 날려 무불장 고수들이 타고 있는 소선에 가볍게 내려섰다. 아무리 강호고수라도 어른 한 명의 무게가 더해졌는데 소선은 미동도 하지 않았다. 그렇게 소선에 내려선 손통백이 다시 한 번 고검을 향해 가볍게 고개를 숙여 보였다.

"역시 무불장이외다. 단번에 적을 제거하고 길을 뚫었으니 말이오. 무불장에서 본 동궁과 함께 움직여 주신 것 정말 고맙소이다. 나중에라도 좋은 자리를 한번 마련해 보리다. 그럼 갈 길이 바쁘니 그만 가보겠소이다."

손통백의 정중한 말투에 고검 역시 가볍게 고개를 숙여 보였다. 그러자 손통백이 허리를 굽혀 소선 위에 쓰러져 있는 수중괴인의 시신을 집어 들어 허리춤에 차더니 소선을 박차고 날아올랐다. 그리고는 본래 그가 있던 동궁의 배 좌현으로 내려진 밧줄을 다른 한 손으로 낚아챈 후 그 반탄력을 이용해 훌쩍 자신의 배 위로 날아내리는 것이었다.

"역시 대단하네요. 한 사람의 시신을 들고 저렇게 가벼운 움직임을 보이다니… 더군다나 우리 배는 그가 움직일 때 조금도 흔들리지 않았어요."

추산이 감탄한 표정으로 중얼거렸다. 그리고 그때 배 위에 올라선 동궁 현각주 손통백의 목소리가 들려왔다.

"출발한다. 신호가 오른 곳이 멀지 않았으니 속도를 높여라. 또한 주변 경계를 더욱 강화하라!"

손통백의 명이 떨어지자 몇 척의 배가 동궁의 배와 무불장 고수들이 탄 소선을 지나쳐 재빨리 앞으로 나가기 시작했다. 그렇게 잠시 지체됐던 추격이 다시 시작되고 있었다.

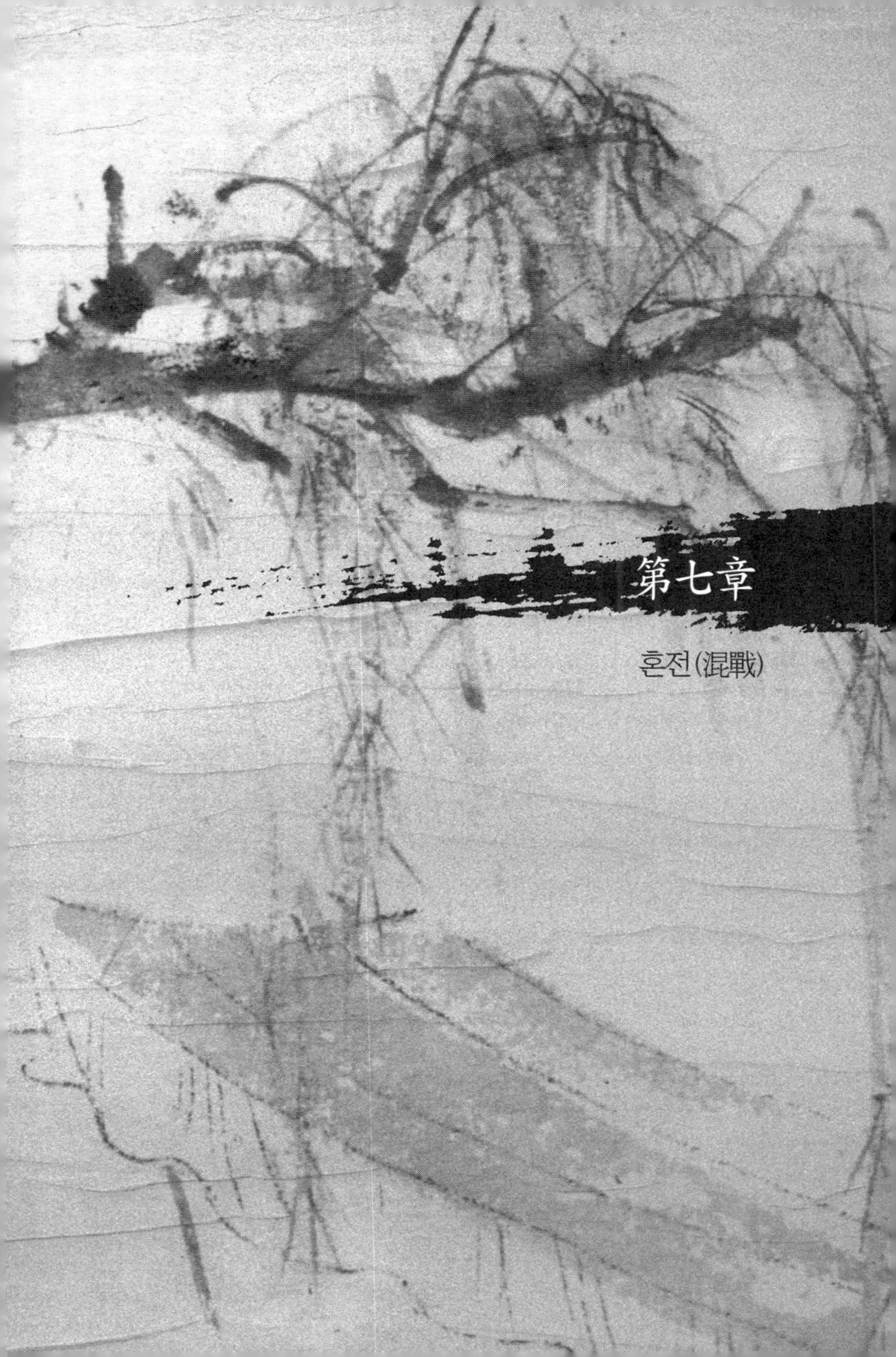

第七章

혼전(混戰)

孤劍秋山

우우웅!

노륙지의 갈대숲에 광풍이 일었다. 은은하게 도검 부딪치는 소리가 들려왔고, 죽어가는 사람들이 내지르는 단말마의 비명과 전의(戰意)를 북돋우는 고함 소리가 터져 나왔다.

고검과 추산을 태운 소선은 서서히 그 광풍의 소용돌이 속으로 접어들고 있었다. 그러나 사람의 키를 넘는 갈대숲은 수로를 거대한 미로로 만들어놓았기에 혈풍의 소리는 아주 가까이서 들려왔지만 사람들의 모습은 그리 쉽게 눈에 들어오지 않았다.

본시 시야에 들어오지 않고 소리만 들려오는 전장이 더욱 사람을 흥분시키게 마련이다. 동궁 손통백이 타고 있는 거선을 중심으로 한 수십 척의 배들은 십여 장의 폭을 지닌 갈대숲의 수로를 일렬로 줄지어 이동하고 있었다. 소리를 통해 들려오는 혈풍의 진원지가 가까워질수록 이 선단에 합류한 강호고수들의 얼굴에 폭발할 듯한 흥분이 찾아들기 시작했다.

쿠우우!

괴이한 굉음과 함께 갑자기 시야가 확 트여졌다. 사방 오십여 장의 공간이 마치 호수처럼 이루어진 곳, 노륙지의 갈대숲 속에 이런 넓은 공간이 존재했나 의심이 들 만큼 넓은 수면 위에서 수십 척의 배들이 뒤엉켜 있었다.

고검과 추산이 호수 아닌 호수에 처음 도착했을 때 들려온 굉음은 노륙지에 모인 배들 중 중간 크기의 배가 수면 아래로 침몰하며 만들어내는 소리였다. 침몰의 원인은 알 수 없었다. 호수에서의 싸움은 북쪽에 치우쳐져 있었고, 침몰하는 배는 강호고수들이 타고 있는 배들 중 가장 후미에 있었기에 호수에서 벌어지는 싸움 때문에 침몰하는 것 같지는 않았다. 하지만 어쨌든 배는 침몰하고 있었다.

"저… 저런!"

고검과 추산의 곁에 서 있던 대웅산의 입에서 안타까운 탄성이 흘러나왔다. 침몰하는 배에서 미처 빠져나오지 못한 강호고수들이 그대로 수중 고혼이 되고 있었기 때문이다.

"사, 살려주시오!"

도검을 벗 삼아 강호를 누벼온 무림인들도 죽음의 공포는 어쩔 수 없었던지 배에 갇힌 채 물속으로 수장되고 있는 사람들 사이에서 구원을 바라는 애절한 목소리가 이어졌다. 하지만 장내의 상황은 누구도 그들에게 구원의 손길을 뻗어낼 상황이 아니었다.

장내를 가득 메운 배들 위에는 도검을 빼 든 강호고수들이 부지기수였지만 그들의 시선은 죽어가는 강호동도들이 아닌 호수의 가장 북쪽에서 치열하게 벌어지고 있는 싸움을 향해 있었기 때문이다.

꾸르르륵!

그 와중에 결국 고검과 추산이 도착했을 때 이미 선체의 반이 물에 잠겼던 배는 미처 탈출하지 못한 십여 명의 무림인들을 태우고 그대로 물속으로 잠겨 들어갔다.

"제길, 도대체 왜 저들을 구하지 않는 거야?"

대웅산이 노기를 담은 목소리로 소리쳤다. 그러자 고검이 차가운 목소리로 대답했다.

"사람들의 시선을 보게. 모두들 북쪽의 싸움에 몰두해 있다네. 결국 그곳에 황금이 있다는 말이 아니겠는가? 황금에 눈이 어두워진 자들의 눈에 어찌 타인의 죽음이 들어오겠는가?"

고검의 말이 끝나자 추산도 한마디 거들었다.

"사형 말이 맞아요. 저들을 보세요. 모두 도검을 빼 들고 기회만 되면 전장에 뛰어들 생각들을 하고 있잖아요. 이곳은 이미 우려한 대로 남련의 통제력이 상실된 것 같아요."

"맞는 말일세. 남련이 제대로 강호고수들을 통제했다면 어찌 이런 난전이 벌어지고 있겠는가? 잘못하다가는 무림인들끼리 이전투구를 벌일 수도 있는 상황이겠어."

만불통이 우려 섞인 시선으로 전장을 바라보며 말했다. 전장의 상황은 혼란 그 자체였다. 가장 치열한 격전이 벌어지고 있는 호수 북쪽에서는 남련의 고수들로 보이는 자들을 비롯해 몇몇 대형선에 타고 있는 고수들이 갈대숲에서 튀어나오는 괴인들과 치열한 싸움을 벌이고 있었다. 또한 그 아래쪽의 호수에서는 수십 척의 배들이 이리저리 뒤엉켜 있었는데, 몇몇 배들이 앞선 배를 추월해 싸움이 일어나는 전장에 먼저 당도하려고 하는 바람에 괴고수들을 추격하며 만들어졌던 대형이 흐트러져 오히려 배들의 발을 묶고 있는 상황이 전개되고 있었다.

그리고 그 와중에 가장 후미에 위치해 있던 배 한 척이 침몰하였는데도 호수에 몰려 있는 고수들의 관심은 침몰하는 배가 아닌 싸움이 벌어지는 호수 북쪽을 향해 있었다. 왜냐하면 바로 그 싸움에 황금을 탈취한 자들이 있었으므로……. 하지만 그렇게 황금에 넋이 빠진 무림인들은 자신들에게도 죽음의 그림자가 찾아들고 있다는 것을 미처 깨닫지 못하고 있었다.

"저건……!"

추산이 눈빛을 반짝였다.

"뭘 보고 그래, 추 아우?"

대웅산이 추산을 보며 물었다.

"이제 보니 침몰한 배는 사고로 침몰한 게 아니군요."

추산이 손을 들어 희미한 달빛이 비쳐드는 수면을 가리켰다. 그러자 과연 검은 물속에서 몇 개의 인영이 움직이는 것이 사람들의 눈에 들어왔다.

"저들은?"

"앞서 조 노사께 죽임을 당한 그자와 비슷한 자들인 것 같아요."

수면을 타고 이동하는 괴인들은 모두 넷이었다. 그들은 은밀히 수면을 이동해 북쪽의 싸움에 정신이 빠져 있는 강호고수들의 배에 접근해 들더니 번개처럼 거무튀튀한 기병을 꺼내 배 아랫부분을 가차없이 파괴하는 것이었다. 신기한 것은 그러면서도 그들은 그 어떤 소음도 흘려내지 않고 있다는 것이었다. 아마도 오랫동안 이런 방식으로 배를 침몰시키는 수련을 쌓아온 자들이 분명했다.

"움직임으로 보자면 조 노사께 죽은 자에는 미치지 못하는 것 같군."

괴인들의 모습을 잠시 살핀 고검이 입을 열었다.

"그걸 어떻게 아세요?"

"저들이 배에 구멍을 내는 것을 보아라. 단번에 내지 못하고 몇 번의 손놀림 후에야 배에 구멍이 나지 않느냐? 만약 조 노사가 상대했던 그자라면 단번에 배에 구멍을 냈을 것이다. 그리고 비록 그들의 움직임이 무척 은밀하기는 하지만 앞서 보았던 그 수중괴인의 기세와는 차이가 있어 보이는구나."

"그런가요? 그나저나 이제 장내는 더욱 혼란에 빠지겠군요. 후방에서부터 저들의 반격이 시작되면 이 호수는 그야말로 아비규환으로 변할 거예요. 더군다나 그리되면 전장으로 가는 길이 막힐 테니 아무리 많은 고수들이 몰려들더라도 흉수들을 제대로 압박할 수 없겠어요."

그리고 상황은 추산의 말대로 진행됐다.

"뭐, 뭐냐?"

"배에 물이 샌다! 모두 구멍을 막아!"

괴인들에 의해 배 밑 부분에 구멍이 뚫린 것을 발견한 강호고수들의 다급한 목소리가 여기저기서 터져 나오기 시작했다. 그 와중에도 물속으로 이동하는 괴인들의 공격은 계속되고 있었고, 물속으로 가라앉기 시작하는 배들도 하나둘 늘어나기 시작했다.

"저들을 먼저 제압해야 일이 제대로 되겠군요."

대웅산이 눈살을 찌푸리며 말했다.

"하지만 무슨 수로… 이곳에 수공의 달인이 있지 않는 한 어떻게 저들을 제압할 수 있단 말인가? 그렇다고 여기 있는 조 대협이 또다시 물속으로 들어갈 수도 없고 말이야."

만불통이 두 손을 들어 올렸다. 그의 말처럼 이미 혼란에 빠진 호수 위에서는 배를 저어 물속에서 움직이는 괴인들을 제압하는 것은 그리 쉬운 일이 아니었다. 하지만 사람이 많이 모이면 그중 재주있는 사람도 있는 법, 어느새 혼란에 빠져 있던 강호고수들 사이에서도 물속에서 움직이는 괴인들을 발견한 자가 나타났다.

"물속이다! 물속에 놈들이 있다! 놈들이 배에 구멍을 내고 있는 것이다! 모두 횃불을 밝힌 후 배 밑을 살펴라!"

괴인들의 움직임을 발견한 누군가의 외침에 혼란에 빠져 있던 강호고수들이 일제히 횃불을 밝혔다. 그러자 희미한 달빛만 존재하던 호수가 단번에 대낮처럼 밝아졌다. 그리고 그즈음 호수의 서쪽에서 또다시 일단의 선단이 모습을 드러내기 시작했다.

"벽산철가의 배예요."

추산이 손을 들어 호수 서쪽에서 나타난 선박들을 가리켰다.

"제길, 장소는 좁은데 자꾸 배들만 밀려드니 도대체 어쩌자는 것인가?"

대웅산의 입에서 불평이 터져 나왔다.

"그나마 물속에서 움직이던 괴인들의 공격이 멈춘 게 다행이네요."

미심이 횃불에 의해 밝아진 호수를 보며 말했다. 그녀의 말대로 괴인들의 움직임을 눈치 챈 강호고수들의 대응이 시작되자 물속으로 빠져드는 배의 숫자는 급격히 줄어들고 있었다. 하지만 이미 십여 척의 배는 물속으로 가라앉았고, 그 안에 타고 있던 자들 중 일부는 근처의 배로 옮겨 탔지만 또 다른 일부는 배와 함께 수중 고혼이 되어버린 후였다.

하지만 어쨌든 그렇게 물속 괴인들의 공격을 방비하기 시작하자 혼란에 빠졌던 장내의 상황이 조금이나마 정돈되기 시작했다. 그러자 기회를 기다렸다는 듯 동궁의 배 위에서 손통백의 목소리가 들려왔다.

"배를 전진시켜라. 북쪽으로 이동한다."

손통백의 명이 떨어지자마자 동궁의 배가 서서히 이동하기 시작했다. 그 앞으로는 혼란하게 뒤엉켜 있는 수십 척의 배가 있었지만 일단 동궁의 배가 움직이기 시작하자 호수 위에서 기회를 엿보고 있던 강호고수들의 배들이 알아서 뱃길을 열어주기 시작했다.

"이제 보니 이패의 통제력이 완전히 상실된 것은 아니군요. 알아서 길들을 비켜주는 것을 보니 이곳에 있는 고수들은 여전히 이패를 두려워하고 있나 봐요."

추산의 말에 고검이 고개를 끄덕였다.

"장내가 혼란한 것은 남련이나 동궁, 그리고 벽산철가의 통제력이 약해진 때문만은 아니었던 모양이구나. 오히려 그 세 세력이 강호고수들을 통제하는 것을 포기해서 벌어진 혼란이었다고 봐야 할 것 같구나."

"통제하기를 포기했다고요?"

추산이 의아한 눈으로 되묻자 고검이 손을 들어 자신들의 뒤쪽에 늘어선 배들, 그러니까 노륙지의 동쪽 수로를 탐색하던 수십 척의 배들을 가리켰다.

"보거라. 구심점이던 동궁의 배가 사라지자 대번에 대형이 흐트러지지 않느냐?"

고검의 말대로 일렬로 줄을 이어 호수까지 이동했던 배들 중 일부가 서서히 대형에서 이탈하기 시작하는 것이 보였다. 그리고 그제야 추산은 고검의 말을 이해했다.

"알겠어요. 이제 보니 이곳의 상황이 혼란한 것은 강호고수들 때문이 아니라 바로 남련 때문이었군요. 그들은 일단 흉수들을 발견하자 더 이상 강호고수들이 필요치 않았던 거예요."

"끌끌, 그게 바로 강호지. 사실 애초부터 이 많은 강호고수들이 황금을 나눠 가질 수는 없는 일이었네. 그러니 황금을 가진 자들을 발견한 이상 더 이상 지금까지의 동업 관계는 지속될 수 없는 것이지. 대신 이제는 서로 경쟁 관계가 된 것이라 할 수 있지. 동궁이든 남련이든 또 벽산철가든 이젠 더 이상 강호고수들을 움직이는 것에 신경 쓰지 않을 걸세. 그들 세 호랑이는 이미 자신들의 사냥감을 발견했으니 몰이꾼이 필요치는 않은 것이야."

그러자 추산이 살짝 인상을 찌푸렸다.

"결국 우리도 몰이꾼에 지나지 않았던 거네요?"

"이대로 그냥 있는다면 그렇겠지. 하지만 사냥꾼이 되느냐, 몰이꾼이 되느냐는 저들이 결정하는 것이 아니라 우리의 행동에 달려 있는 것이다."

고검이 단호한 목소리로 내뱉고는 고개를 돌려 노를 잡고 있는 기릉을 바라봤다. 그러자 고검의 시선을 받은 기릉이 가볍게 고개를 끄덕이고는 힘주어 노를 젓기 시작했다. 일단 기릉이 노를 젓기 시작하자 무불장의 고수들이 타고 있는 소선이 어지럽게 떠 있는 배들 사이를 미끄러지듯 빠져나가기 시작했다.

"헤헤, 앞에서 동궁이 길을 닦아놓으니 움직이기는 편하네요."

추산이 득의한 웃음을 흘려냈다. 추산의 말처럼 동궁의 거선이 지나간 자리는 미처 다른 배들로 채워지지 않은 곳이 많았으므로 고검과 추산이 탄 소선은 손쉽게 격렬한 혈투가 벌어지고 있는 호수의 북쪽을 향해 전진해 나갈 수 있었다. 그리고 그렇게 이각여의 전진 끝에 드디어 소선은 도기와 검기가 충천한 전장에 도달했다.

"역시 저 노인들이 앞장을 섰군요."

추산이 전장을 보며 말했다. 전장에서는 십여 명의 고수들이 예의 그 노륙지의 괴고수들과 격렬한 일전을 벌이고 있었다. 그리고 그들 중에는 장원에서 보았던 남련 원로원의 다섯 고수도 눈에 띄었다. 추산은 바로 그들을 지목하고 있었다.

"생각보다 싸움이 쉽게 끝나지 않을 것 같은데……."

곁에 있던 대웅산이 입을 열었다.

"그러게 말이에요. 육지라면 이 많은 고수들이 일거에 몰려들었으니 순식간에 싸움이 끝나겠지만 저렇게 배 위에서 싸워서야 쉽게 승부가 날 것 같지가 않네요."

싸움은 다섯 척의 배가 갈대로 위장한 세 척의 배를 북쪽 갈대숲 쪽으로 몰아넣은 후 진행되고 있었다. 다섯 척의 배 중심에는 남련의 고수들이 탄 배가 자리 잡고 있었고, 그 양편으로 노륙지의 중앙 수로를 따라 움직였던 강호고수들 중 이름있는 고수들이 남련과 힘을 합쳐 괴인들을 공격하고 있었다.

반면에 공격을 받는 괴인들의 배는 확실히 기이했다. 배의 높이가 보통의 배보다 낮았고 그 위에는 무성하게 갈대들이 자라 있었다. 아주 가까이서 보지 않으면 절대 배라고 생각할 수 없는, 오히려 작은 갈대숲에 가까운 모습을 하고 있었다. 괴인들은 그 갈대숲 사이에서 불쑥불쑥 신형을 솟구쳐 자신들의 배 위로 넘어오려는 남련의 고수들과 강호고수들에게 반격을 가했는데 이미 노륙지의 숲에서 경험했듯이 괴고수들의 무공이 절정에 이르러 있었으므로 남련과 강호고수들 역시 쉽사리 갈대로 위장한 괴인들의 배에 내려서지 못하고 있었다.

"월선(越船)이 이루어져야 싸움이 제대로 될 텐데."

대웅산이 혀를 차며 말했다. 그러나 제대로 된 싸움을 벌이고 있지 못하다고 해서 싸움이 지리멸렬한 것은 아니었다. 양측의 배들은 무척 가깝게 붙어 있었고 그 공간을 지배하기 위해 양측의 고수들이 끊임없이 도기와 검기를 뿜어내고 있었기 때문이다. 그런 면에서 보자면 거리를 둔 원거리의 싸움이 오히려 고수들의 진기를 더욱 급격하게 고갈시키고 있다 해도 과언이 아니었다.

변수가 발생하지 않는다면 그렇게 한없이 길어질 것 같은 싸움은 그러나 새로운 변수가 발생하면서 서서히 그 양상이 변해가기 시작했다.

콰아아아!

고검과 추산이 타고 있는 소선 앞 십여 장 앞에서 전진하고 있던 동궁의 거선이 드디어 물살을 가르며 전장으로 진입해 들어가기 시작했다. 그런데 빠른 속도로 전장으로 밀려들던 동궁의 배가 어느 순간 급하게 속도를 줄였다.

갈대숲으로 이루어진 괴고수들의 은폐선이 발견된 호수는 그 남쪽의 폭은 무척 넓으나 북쪽, 그러니까 지금 치열한 싸움이 벌어지고 있는 곳은 마치 호리병의 입구처럼 좁았다. 덕분에 괴고수들의 위장선 세 척과 그들을 공격하는 다섯 척의 배가 들어서자 더 이상 다른 배들이 접근할 만한 공간이 남아 있지 않았다.

덕분에 만약 동궁의 배가 급히 속도를 줄이지 않았다면 적을 공격하는 다섯 척의 배 중 한 척의 배와 충돌을 피할 수 없는 상황이었다. 그래서 동궁의 배는 전장을 코앞에 두고 속도를 줄일 수밖에 없었던 것이다.

하지만 천하사패의 한 기둥을 차지하고 있는 동궁의 고수들은 들어갈 공간이 없다고 해서 그냥 기다리고만 있을 사람들이 아니었다.

"길을 열어주시오! 동궁(東宮)에서 싸움을 맡겠소이다!"

손통백의 묵직한 진기가 서린 목소리가 흘러나왔다. 비록 정중한 요청이었지만 그의 목소리에는 거부할 수 없는 힘이 실려 있었다. 동궁의 선박이 진입한 방향인 전장의 가장 오른쪽에 위치해 있던 배의 고수들이 흠칫하며 괴선에 대한 공격을 멈추고 동궁의 배로 시선을 돌렸다. 그러자 그들의 시선에 손통백을 위시하여 이십여 명의 고수들이 갑판 위에 죽 늘어서 있는 동궁의 선박이 들어왔다.

손통백이 타고 있는 배 위에는 동궁의 배임을 알리는 푸른 깃발이 한눈에 알아볼 수 있을 만큼 힘차게 펄럭이고 있었으므로 동궁의 앞쪽을 가로막고 있던 배에 탄 고수들은 손통백의 말이 아니더라도 금세 자신들에게 길을 열어줄 것을 요구하는 사람들의 정체를 알아봤다.

동궁의 앞을 막아선 채 괴인들과 싸움을 벌이고 있던 고수들의 얼굴에 짙은 실망감이 드리워졌다. 황금은 눈앞에 있었다. 눈앞의 적만 제압하면 황금을 손에 쥘 수 있는 상황이었다. 황금의 원주인인 벽산철가가 이 일에 관여하고 있으니 황금을 자신들의 손에 넣을 수 없을지는 모르지만 황금을 찾는 것만으로도 그들의 명성은 강호에 널리 알려질 것이고 벽산철가로부터 막대한 보상을 받을 수도 있을 터였다.

가히 명예와 실리를 모두 챙길 수 있는 기회, 그런데 지금 그 기회를 동궁에서 빼앗아가려 하고 있는 것이다. 배 안의 고수들 얼굴에 한가닥 망설임의 빛이 떠올랐다. 앞을 막아선 자들의 망설임이 길어지자 손통백의 얼굴이 잠시 꿈틀거렸다. 강호무림에서 동궁의 이름 앞에 자신들의 주장을 내세울 수 있는 곳은 오직 나머지 삼패뿐이다.

손통백이 살짝 몸을 틀어 자신의 수하 중 한 명과 다른 사람의 귀에 들리지 않는 작은 소리로 뭔가 대화를 나누었다. 그리곤 이내 다시 신형을 돌려 자신들의 앞을 막아선 자들을 향해 소리쳤다.

"이제 보니 절강 유정문의 형제들이셨구려. 유정문의 대협들이 하나같이 고절한 무공을 소유한 의협들이란 소문은 익히 들어 알고 있었소이다. 하지만 오늘의 저 흉수들은 보통 인물들이 아니니 부디 우리 동궁에게 싸움을 양보해 주시기 바라오. 훗날 싸움을 양보한 은혜를 꼭 갚으리다."

순간 손통백의 말을 들은 배 위의 고수들 얼굴에 은은한 경탄의 빛이 서렸다. 아마도 순식간에 자신들의 정체를 파악한 동궁의 능력이 놀라웠던 모양이었다.

"동해 바닷가 촌구석의 작은 문파를 동궁 현각주께서 알아봐 주시니 무한한 영광입니다. 동궁에서 원하신다면 당연히 길을 열어드려야지요. 그럼 무운을 빌겠습니다. 배를 물려라!"

배 위에 타고 있던 고수 중 백발이 성성한 노인 한 명이 손통백을 향해 정중하게 포권을 해 보이고는 재빨리 명을 내렸다. 그러자 포위망을 구축하고 있던 다섯 척의 배 중 한 척이 서서히 뒤로 물러나기 시작했다. 유정문의 배가 뒤로 물러나며 생긴 공간으로 손통백이 지휘하는 동궁의 배가 지체하지 않고 밀고 들어갔다.

"헤, 정말 천하사패의 위세가 대단하군요. 싸움 자리까지 양보를 받으니 말이에요."

추산이 못마땅한 표정으로 입을 열었다.

"절강의 유정문이라면 동궁의 요구를 거부할 수 없었을 거예요. 절강은 동궁의 세력권인 데다가 제가 알기로 유정문은 총 문도 수가 채 오십이 안 되는 작은 문파로 알고 있어요. 그러니 어떻게 손통백의 말을 무시할 수 있었겠어요."

미심의 말에 추산이 의아한 표정을 지었다.

"총 문도 수가 오십도 안 되는 작은 문파가 어떻게 다른 자들에 앞서 한자리를 차지하고 괴고수들을 공격할 수 있었을까요?"

"비록 절강 유정문은 소문파이기는 하지만 그 검공은 무척 뛰어나다는 소문이 있지요. 그들이 절강에 위치해 있으면서도 동궁에 들지 않고 독자적인 행보를 할 수 있는 것만 봐도 그들의 저력을 알 수 있는 것 아니겠어요? 하지만 역시 이런 전장에선 동궁의 말을 무시할 수 없었을 거예요."

"흐흠. 역시 강호에는 천하사패에 속하지 않은 실력자들이 심심찮게 있군요. 그나저나 이제 동궁이 싸움에 끼어들었으니 무슨 변화가 생겨도 생기겠군요."

"동궁만이 아니야. 저길 보라고. 서쪽 방향으로 벽산철가의 배가 오고 있잖아."

대웅산이 손을 들어 무불장 고수들이 있는 곳의 반대편 쪽을 가리키며 말했다. 과연 그의 말대로 뒤늦게 호수에 진입한 벽산철가의 대선(大船)도 서서히 북쪽 전장에 진입해 들어오고 있었다.

동궁과 벽산철가가 개입하자 싸움의 양상은 급변했다. 서쪽으로 진입해 들어온 벽산철가 역시 앞서 괴고수들과 싸우고 있던 자들 중 한곳을 대신해 싸움을 맡았다. 노륙지에 몰려온 천하고수들 중 가장 강한 세 곳이 합공에 나서자 드디어 갈대로 위장한 배에 숨어 기습적인 반격을 가하던 괴고수들 역시 모두 배 위로 모습을 드러내기 시작했다.

"크악!"

대도를 쓰는 천괴와 검을 쓰는 마검, 경공의 달인 풍마가 배 위로 솟구치며 자신들의 배로 넘어오려는 강호고수 셋을 일순간에 절명시켰다.

"애꿎은 희생자를 만들지 말고 다른 분들은 뒤로 물러나시오. 이 싸움은 본 가와 동궁 그리고 남련에서 맡겠소이다."

벽산철가의 무총관 황패가 큰 소리로 외쳤다. 그러자 동궁과 남련 그리고 벽산철가의 배 사이에 끼어 있던 나머지 두 척의 배가 천천히 전장을 벗어나 뒤로 빠지기 시작했다. 비록 근접전은 아니었지만 그동안 그 두 척의 배에 타고 있던 고수들 중 적지 않은 숫자가 괴고수들에 의해 목숨을 잃었기에 천하이패와 벽산철가의 권유를 무시하고 계속 싸움에 참여하기는 어려웠던 것이다. 그렇게 이제 싸움은 벽산철가와 남련 그리고 동궁 세 곳과 괴고수들의 싸움으로 압축되었다.

"클클, 제법이구나. 어찌 이 갈대숲을 조사할 생각을 했을까?"

강호고수들을 태운 두 척의 배가 물러나는 사이 잠시 싸움이

멎자 마검이 진득한 살소를 흘려내며 입을 열었다. 그런데 이상하게도 그에게서는 궁지에 몰린 자의 다급함이 조금도 느껴지지 않았다.

"쥐새끼 같은 속임수로 어찌 수백 명 강호고수의 이목을 속일 수 있으랴. 이제 더 이상 숨을 곳도 없으니 어서 탈취해 간 물건들을 내놓고 목숨을 구걸하라."

황패가 서슬 퍼런 목소리로 다그쳤다.

"끌끌. 글쎄, 과연 궁지에 몰린 것이 누굴까? 우리야 한목숨 잃으면 그만이지만 벽산철가는 막대한 황금을 잃고, 또 천하의 이목을 숨긴 채 만근의 황금을 움직여 진행하려던 음모가 강호천하에 드러나게 생겼으니 어찌 벽산철가의 손해가 하찮은 우리 목숨보다 작다고 할 수 있겠느냐?"

마검의 입에서 모호한 의미를 지닌 말이 흘러나왔다. 순간 황패의 눈에 당황의 빛이 스치고 지나갔다.

"이놈! 도적 놈이 위기에 몰리니 허황된 말을 지껄이는구나! 입 닥치고 어서 목을 내놓아라!"

황패가 곧이라도 몸을 날려 마검 등이 타고 있는 위장선으로 뛰어내릴 듯한 기세로 소리쳤다. 그러나 마검은 여전히 빙글거리며 조롱하듯 계속 입을 열었다.

"껄껄껄. 천하의 벽산철가 무총관 황 대협께서 이렇게 흥분하는 것을 보니 과연 벽산철가에서 뭔가 일을 꾸미고 있었던 모양이군. 후후후. 하지만 내가 입을 닫는다고 하여 이미 드러난 의혹이 어찌 잦아들겠느냐. 지금이야 우리 손에 있는 황금에 눈이 어두워 천하의 고수들이 잠시 벽산철가의 일을 덮어두겠지만 이번 일이 끝나면 반드시 벽산철가의 뒤를 헤집고 다닐 것이다. 아니, 아니지. 아마도 여기 있는 천하사패의 두 기둥, 남련과 동궁은 이미 벽산철가를 향해 움직이고 있는지도 모르지."

마검이 의미심장한 눈빛으로 동궁의 손통백과 남련의 이곤을 보며 음울한 미소를 흘려냈다. 그러자 이곤과 손통백의 표정 역시 보일 듯 말 듯하게 흔들렸다. 하지만 다음 순간 이곤의 입에서 차가운 음성이 흘러나왔다.

"놈, 오늘 우리 이패가 이곳에 있는 이유는 오직 강호의 도의를 어기고 타인의 물건을 강탈한 네놈들을 제거하기 위함이다. 더 이상 쓸데없는 말 늘어놓지 말고 항복을 하여 목숨을 구걸하든지, 아니면 스스로 목숨을 끊을지 결정하거라."

그러자 마검의 얼굴에 조소가 떠올랐다.

"훗. 역시 이패의 고수답군. 그대의 표정 뒤에 숨어 있는 진심을 어찌 내가 모르겠는가. 아니, 여기 벽산철가의 황 총관조차도 이미 이패의 내심을 알고 있을 것이다. 하하하. 앞으로 남련과 동궁 이패와 벽산철가의 관계가 볼만해지겠구만……."

"요망한 자! 상황이 불리하니 이간계를 쓰려는 모양이다만 이곳에 네 술책에 말려들 인물은 없다!"

손통백이 준엄한 목소리를 흘려냈다. 그러자 순간 마검의 표정이 굳어지며 한줄기 기광이 그의 눈을 스치고 지나갔다.

"듣기로 동궁의 고수들은 다른 삼패와는 다른 면모를 지녔다고 알려져 그런 줄 알았는데 지금 보니 다른 자들과 다를 바 없구나. 하지만 그대들이 부인한다 해도 이미 벽산철가의 황금선이 어떤 의미를 가지고 있는지 동궁과 남련 두 곳에서도 심각하게 고민하고 있다는 것을 안다. 물론 우리는 이 황금선의 의미를 당신들보다 조금 더 자세히 알고 있지. 어떤가? 벽산철가를 배제하고 이패에서 우리의 목숨을 보장해 주겠다면 벽산철가의 황금선이 가지고 있는 비밀을 당신들에게 말해줄 수도 있는데……."

마검의 제안에 이곤과 손통백의 눈빛이 번쩍였다. 하지만 그 두 사람이 마검의 제안에 답을 하기도 전에 황패의 입에서 벽력같은 호통이 터져 나왔다.

"이런 요악한 자를 보았나! 노륙지의 장원에서도 비무를 유도해 시간을 벌어 도주를 하더니, 다시 간악한 술책을 써 빠져나갈 구멍을 찾고 있구나! 두 분, 이런 자의 말에 관심을 둘 필요 없소이다! 어서 이자들의 목을 베도록 하십시다!"

황패의 재촉을 받은 이곤과 손통백의 표정이 묘하게 변했다. 하지만 두 사람도 이내 고개를 끄덕였다.

"도적이 간계를 쓰는 것을 계속 두고 볼 수야 없는 일이지."

이곤이 고개를 끄덕였다. 손통백 역시 황패와 이곤에게 가볍게 고개를 끄덕여 보였다. 두 사람의 동의를 얻자 황패가 차가운 안광을 토해내며 소리쳤다.

"갈고리를 던져라! 놈들이 도주하지 못하도록 놈들의 배를 묶어라!"

황패의 입에서 서릿발 같은 명이 떨어지자 황패의 뒤쪽에 있던 벽산철가의 고수들이 일제히 갑판의 난간 쪽으로 달려나와 단단한 쇠줄이 묶여진 갈고리들을 괴고수들이 타고 있는 위장선을 향해 던져 냈다.

퍼퍼퍽!

그러자 순식간에 이십여 개의 쇠줄이 두 배 사이에 이어졌다.

"공격하라!"

이십여 개의 쇠줄에 의해 적선을 단단히 묶어버린 직후 황패의 입에서 재차 명이 떨어졌다. 그리곤 그 자신이 먼저 몸을 날려 세 명의 괴고수가 서 있는 위장선을 향해 몸을 날렸다.

"와아아!"

황패가 몸을 날리자 그의 뒤를 따라 벽산철가의 고수 십여 명이 함성을 내지르며 허공을 격하고 상대편의 배 위로 몸을 날렸다.

"클클클. 불나방들 같으니라구."

황패를 선두로 한 벽산철가 고수들이 날아 넘어오자 마검의 입에서 짙은 살소가 흘러나왔다. 동시에 그의 신형이 일 장 이상 떠오르며 선두에 선 황패를 향해 예의 그 가늘고 긴 협검으로 날카로운 공격을 가했다.

"흥!"

순간 황패의 입에서 한가닥 비웃음이 흘러나왔다. 동시에 들고 있던 도를 일직선으로 내리그었다.

파아아앙!

황패의 도에서 강력한 파공음이 일어났다. 벽산철가 최고수다운 공력을 선보이는 황패의 공세 앞에 마검이 뻗어낸 검기는 애처롭기까지 했다. 그런데 직선으로 뻗어나가던 마검의 검이 황패의 도기와 충돌하려는 순간 무서운 속도로 회전했다.

위잉!

단 한 번의 회전으로 마검의 검은 어느새 황패의 도기를 벗어나 있었다. 그리곤 어느새 전혀 다른 각도에서 황패를 찔러가는 것이었다.

"음……!"

격돌을 회피하고 다른 방향에서 자신을 공격해 들어오는 마검의 고절한 검술에 황패의 입에서 자신도 모르는 사이에 한마디 신음성이 흘러나왔다. 그러나 황패 역시 벽산철가 최고의 고수, 그의 신형이 허공에서 빙글 한 바퀴 회전하며 도를 빙글 돌려 이번에는 아래에서 위로 재차 벽력같은 일도를 그어 올리는 것이었다.

차창!

어두움 밤공기를 타고 격렬한 충돌음이 울려 퍼졌다. 이번에는 황패와 마검 두 고수의 도검의 충돌이 이루어졌던 것이다.

"음……."

다시금 한마디 침음성이 흘러나왔다. 침음성의 주인공은 역시 황패였다. 번개 같은 일초의 격돌 이후 황패와 마검은 각기 튕기듯 뒤로 물러났는데 마검이 가볍게 자신이 떠올랐던 곳으로 되돌아온 반면 황패는 삼 장여 뒤로 밀려나 겨우 벽산철가의 배와 괴고수들의 위장선을 연결하고 있는 쇠줄 위에 몸을 세웠던 것이다. 누가 보아도 황패의 약세가 드러난 일합의 격돌… 그렇게 양측의 최고랄 수 있는 두 사람이 격돌하는 사이 다른 한쪽에서는 황패의 뒤를 따르던 벽산철가의 고수들이 황패의 뒤를 이어 적선에 날아내리고 있었다.

"스스로 죽음을 찾아왔으니 날 원망치 말거라!"

한마디 차가운 음성이 배 위로 뛰어내리는 벽산철가의 고수들을 맞았다. 동시에 배 위를 지키던 괴고수들 중 한 사람의 신형이 흐릿한 잔영을 남기며 사라졌다

"큭!"

"컥!"

순식간에 장내에 두 마디의 신음성이 일었다. 그리고 마치 스스로의 몸을 주체하지 못하고 두 명의 벽산철가 고수가 술 취한 사람처럼 휘청거리다가 이내 몸의 중심을 잃고 어두운 물속으로 빠져들었다.

"조심해! 놈은 경공의 달인이다!"

멀리서 그 모습을 보고 있던 황패가 경고성을 발했지만 그로서는 자신이 이끌고 있는 벽산철가의 고수들을 돌볼 겨를이 없었다. 어느새 그의 전면으로 마검이 닥쳐들고 있었기 때문이다.

"네 목숨이나 걱정하거라!"

마검의 경고성과 함께 서릿발 같은 살기를 머금은 검기가 황패의 목을 노리고 다가왔다.

"놈!"

황패가 노성을 터뜨리며 마검의 검을 향해 마주 도를 뻗어갔다. 그렇게 쇠줄 위에서 황패와 마검의 싸움이 시작되고 있었다.

황패와 마검이 치열한 공방전을 벌이는 사이 위장선 위에 뛰어내린 십여 명의 벽산철가 고수 중 이미 세 명이 풍마의 손에 죽임을 당했고, 나머지 고수들도 그림자조차 남기지 않고 움직이는 풍마의 괴이한 신법이 두려워 둥그렇게 등을 맞대 원을 그린 채 언제 어디서 나타날지 모르는 풍마에 대비하고 있었다.

그런데 그런 그들 앞에 모습을 드러낸 것은 풍마가 아니라 보통 사람의 두 배는 됨직한 체구를 지닌 거한 천괴였다.

“껄껄. 네 녀석들은 죽을 자리를 잘못 찾아온 거야. 하필이면 이 천괴 어른을 찾아오다니 말이다. 크하하!”

천괴가 대도를 어깨에 둘러맨 채 원형진을 유지하고 있는 벽산철가의 고수들을 향해 앙천광소를 터뜨리며 날아올랐다. 그리곤 자신의 말이 끝나자마자 어깨에 걸치고 있던 대도가 벽력처럼 휘둘러졌다.

쩌저적!

천괴의 도에 담긴 강력한 진기 때문에 그의 도가 지나는 길목에서는 어김없이 벼락 치는 소리가 일어났다.

“놈을 막앗!”

천괴의 공격을 받은 일곱 명의 벽산철가 고수가 일제히 천괴를 향해 도검을 뻗어냈다. 이들은 벽산철가에서도 고르고 고른 고수들일뿐더러 그중에는 벽산철가에서 거금을 들여 초빙한 외부의 고수도 포함되어 있었기에 일곱 사람이 동시에 뻗어낸 합공은 가공할 만한 기세를 머금은 채 천괴를 향해 날아갔다.

“하하. 그래, 한 놈이면 너무 싱겁지. 전부 다 덤벼보라구.”

일곱의 합공을 받은 천괴의 입에서 호기로운 음성이 흘러나왔다. 그러나 장내의 눈 밝은 고수들은 볼 수 있었다. 일곱 벽산철가 고수의 합공을 받는 천괴의 눈이 그의 목소리와는 달리 무척 냉정하게 가라앉아 있음을…….

천괴의 몸이 허공에서 왼쪽으로 한 바퀴를 회전했다. 그러자 그가 있던 공간을 뚫고 몇 개의 도기와 검기가 그의 옷자락을 스치고 지나갔다. 그 순간 천괴의 도가 직선에서 횡으로 움직였다.

콰콰쾅!

그러자 벽산철가의 고수들이 뻗어낸 공세 중 천괴를 따라붙었던 도검들이 천괴의 일도에 막히며 격렬한 굉음을 만들어냈다.

"쥐새끼 같은 것들!"

그리고 다음 순간 천괴의 입에서 한마디 노성이 터져 나오는가 싶은 순간 그의 도가 다시금 수직으로 세워지더니 전광석화처럼 일곱 명이 만든 원형진 한가운데로 떨어져 내렸다.

"헛!"

"엇!"

순간 원형진을 형성하고 있던 벽산철가 고수들이 정확히 반으로 갈라지며 진세를 유지하지 못하고 뿔뿔이 흩어져 신형을 날렸다.

스스슥!

그리고 그 틈을 이용해 잠시 공격을 멈추었던 풍마가 다시금 바람처럼 움직여 천괴의 공격에 흩어지는 벽산철가 고수 중 한 명을 따라붙었다.

팟!

풍마의 손에서 한줄기 흰 빛이 번쩍였다. 그러자 흩어지던 벽산철가의 고수 중 한 명이 가슴을 움켜쥐며 중심을 잃고 휘청거렸다.

"컥!"

뒤늦은 신음성이 그의 입에서 흘러나왔다. 그리곤 그의 몸이 허무하게 갈대숲으로 위장한 배 측면을 굴러 호수 속으로 떨어져 내리는 것이었다.

그런데 그렇게 한 사람의 목숨이 속절없이 사라졌건만 사람들은 죽은 자에게 관심을 기울이지 못했다. 왜냐하면 조용히 이루어진 풍마의 살인에 비해 장내에서는 사람들의 시선을 단번에 사로잡는 사건이 벌어졌기 때문이었다.

"크악!"

마치 맹수에게 물린 짐승의 비명 같은 소리가 장내에 울려 퍼졌다.

"저… 저!"

배 위에서 벽산철가의 고수들과 괴고수들의 싸움을 지켜보고 있던 강호고수들의 입에서 당혹스런 목소리가 흘러나왔다.

"크큭, 이래서야 어디 개미 한 마리라도 잡을 수 있겠느냐?"

음산한 공기를 타고 천괴의 진득한 목소리가 흘러나왔다. 그의 눈은 다른 때보다도 더욱 충혈되어 있었다. 그리고 사람들은 볼 수 있었다. 지옥의 야차와 같은 천괴의 모습을……. 대도를 들지 않은 그의 왼손이 벽산철가의 고수 한 명의 머리를 움켜잡고 있었다. 그 왼손의 손가락 사이로 붉은 피가 흘러나와 그의 손 전체를 붉게 물들이고 있었다. 그의 손아귀에 머리를 잡힌 벽산철가의 고수는 짐승과도 같은 신음성을 내지르다 절명했다. 그러니까 천괴는 막강한 신력으로 벽산철가 고수의 머리를 바수어 죽인 것이었다.

"이 꼴이 되고 싶지 않은 자는 배에서 물러나라!"

천괴가 여전히 왼손으로 죽은 자의 머리를 잡아 허공으로 들어 올리며 소리쳤다. 그의 키는 보통 사람보다 이 척 이상 컸기에 그의 손에 의해 허공으로 들어 올려진 죽은 자의 두 발은 그의 무릎 위에서 대롱거리고 있었다.

강호에서 도검에 죽어나가는 무림인을 보는 것은 그리 어려운 일이 아니다. 그러나 무림천하에 한시라도 피를 보지 않는 시간이 있으랴마는 지금 사람들의 눈앞에서 벌어지고 있는 것처럼 원초적인 살인은 그리 흔히 볼 수 있는 것이 아니었다.

보통의 경우 이런 무자비한 살육을 저지른 자를 무림인들은 한마디 말로 줄여 부르곤 한다. 마인(魔人), 죽음 앞에 고통이 아닌 희열을 느끼는 자들, 죽는 자에게 깨끗한 죽음이 아닌 처절한 고통을 안기며 살인을 하는 자들… 일반적으로 마인이라 부르는 자들이 일으키는 혈풍은 언제나 이런 잔인함을 동반하게 마련이었다. 그래서 강호인들은 그렇게 마인이라 불리는 자들을 경원시하는 것이다.

그런데 지금 그런 극악한 마인(魔人)으로 불려도 부족함이 없을 만한 인물이 사람들 앞에 서 있었다. 한 손으로 죽은 자의 머리를 움켜잡은 채…….

"제길, 저게 바로 남련 풍운당 십오조를 질리게 만든 그 살인 수법이군."

담력으로는 둘째가라면 서러운 대웅산조차도 혀를 차며 입을 열었다.

"공포를 이용할 줄 아는 자군. 지금은 바로 그 공포가 필요한 시간이니까."

조오현이 가라앉은 눈빛으로 대웅산의 말을 받았다. 그런 조오현의 모습은 시신의 머리를 움켜쥐고 있는 천괴만큼이나 서늘했다.

"이렇게 되면 남련과 동궁 이패가 나서지 않을 수 없겠는데요."

추산의 말이 끝나기도 전에 남련과 동궁의 배에서 각기 세 사람씩의 고수들이 허공으로 치솟았다.

"간악한 자들, 결코 오늘 이곳에서 살아가지 못하리라!"

두 척의 배에서 솟아오른 여섯 명의 고수들이 노성을 터뜨리며 갈대숲으로 위장한 괴고수들의 배로 날아들었다.

콰콰쾅!

동시에 그들이 뻗어낸 공세들이 강력한 충돌음을 일으키며 괴인들의 배에 부딪쳐 갔다. 그렇게 이패 고수들의 공격을 받은 위장선 위의 갈대들이 순식간에 뭉텅이로 잘려 나가며 배 위에 적지 않은 공간을 만들어냈다. 그리고 그 공간 위로 여섯 명의 고수가 날아내렸다.

그사이 천괴와 풍마의 공격에서 살아남은 다섯 명의 벽산철가 고수들이 재빨리 신형을 날려 쇠줄을 타고 물러났다. 그들이 물러난 쇠줄의 한쪽 위에서는 여전히 황패와 괴고수 마검의 싸움이 벌어지고 있었는데 황패는 마검의 공격을 힘겹게 받아내고 있는 실정이었다.

"후후, 드디어 이패의 고인들께서 납시셨군."

죽은 자의 머리를 움켜잡고 있던 천괴가 벽산철가 고수의 시신을 물속으로 던져 버리며 비릿한 웃음을 흘려냈다. 그의 곁에는 어느새 신형을 드러낸 풍마가 예의 그 하얗다 못해 푸른 얼굴을 한 채 조용히 서 있었다.

"백마(百魔) 이후, 네놈들 같은 마인이 모습을 드러낸 것은 아마도 이번이 처음일 것이다. 우리 천하사패는 수십 년간 강호의 정의를 지켜왔으니 어찌 오늘 네놈들을 살려 보낼 수 있을까. 오늘 이곳이 곧 네놈들의 무덤이 될 것이다."

배 위에 내려선 여섯 고수 중 백발이 성성한 노고수가 입을 열어 준엄한 목소리로 일갈했다. 그러자 천괴가 히죽 미소를 지었다.

"후후, 남련의 풍운당주와 동궁의 현각주께서는 몸을 사리시는군. 이참에 천하에 이름난 두 고수와 일도를 나누고 싶었는데… 어디서 이름도 모르는 늙은이들이 나타나 감히 이 천괴를 협박하는 것이냐?"

천괴가 입을 연 노고수를 향해 달려들며 소리쳤다. 그 와중에 휘두른 대도가 막강한 도풍(刀風)을 일으켜 배 위에 쓰러진 갈대들을 사방으로 쓸어냈다.

"놈! 하늘 높은 줄 모르는구나."

천괴의 공격을 받은 노고수가 빼 들고 있던 검으로 기이한 곡선을 그려내며 소리쳤다. 그러자 노고수의 검을 따라 한줄기 청색 검기가 허공에 그려졌다.

지이잉!

순식간에 천괴의 도기와 노고수의 검기가 허공에서 교차했다. 노고수의 검기는 천괴의 도기를 정면으로 받지 않고 측면에서 밀어내듯 움직였으므로 검기와 도기가 만나는 순간 충돌음이 아닌 신경 거슬리는 마찰음이 일어났다.

그리고 순식간에 두 사람의 신형이 교차했다. 누구도 우위를 점하지 못한 일초의 교환, 천괴가 재빨리 신형을 놀려 노고수의 위치를 확인했다. 그리곤 막 신형을 바로 세우는 노고수를 향해 찌르듯 도를 뻗어냈다.

쇄애액!

베기 위해 만들어진 도가 마치 검처럼 노고수를 찔러갔다. 순간 노고수의 얼굴에 감탄의 기색이 어렸다. 거대한 체구를 가진 천괴의 빠른 움직임과 도를 검처럼 사용할 수 있을 만큼 고절한 도법을 지닌 천괴의 무공에 대한 감탄이었다.

그러나 감탄도 잠시, 노고수가 재빨리 검을 들어 크게 원을 그렸다. 그러자 노고수를 향해 뻗어나가던 천괴의 도가 노고수의 검기에 휘감겨 방향이 틀어지며 간발의 차이로 노고수의 어깨를 스치고 지나갔다. 동시에 두 사람의 신형이 다시 한 번 교차했다.

"늙은이, 잔재주가 좋구나."

두 번의 공격에서 이득을 얻지 못한 천괴가 노고수를 노려보며 음울한 목소리를 흘려냈다.

"네놈 또한 마인치고는 어둠 속에 숨어 음모나 꾸미고 있기에는 아까운 실력이구나. 하지만 오늘 네 목숨은 사라질 것이다. 너희들을 살려둔다면 남련 원로원의 명예가 땅에 떨어질 것이므로……. 시간이 많다면 너와 끝까지 승부를 결해보겠지만 그러지 못함이 아쉬울 뿐이다. 모두 나섭시다."

노고수의 말에 그와 함께 위장선에 내려선 남련과 동궁의 다섯 고수가 저마다 병기를 빼 들고 서서히 천괴와 풍마를 압박해 가기 시작했다.

第八章

불타는 노륙지

孤劍秋山

여섯 명의 절정고수가 만들어내는 기세가 장내를 휩쓸었다. 수년을 키워 자연스럽게 배를 위장한 갈대들이 부르르 몸을 떨며 북쪽으로 눕혀졌다.

"보통 늙은이들이 아니구나."

천괴의 입에서 신음처럼 나지막한 음성이 흘러나왔다. 남련과 동궁의 배에서 날아내린 여섯 고수들은 앞서 그가 상대했던 벽산철가의 고수들과는 전혀 다른 경지의 인물들이었다. 적어도 그들 하나하나가 천괴와 수십 초의 승부를 겨룰 수 있는 자들, 그런 자들 여섯이 뿜어내는 기세였기에 천괴와 풍마 두 괴고수조차도 조금씩 뒤로 물러날 수밖에 없었다.

"후후, 이 좁은 배 위에서 어디까지 물러날 생각이더냐?"

천괴와 한차례 격한 공방을 주고받았던 노고수가 뒤로 물러나는 천괴를 보며 비웃듯 중얼거렸다. 그러자 굳어져 있던 천괴의 얼굴이 기이하게 움직이더니 이내 그의 입가에 한줄기 묘한 미소가 그려졌다.

"흐흐, 워낙 떼거지로 달려드니 상대할 수가 있어야지."

천연덕스러운 천괴의 대꾸에 노고수의 눈썹이 살짝 치켜 올라갔다.

"마졸(魔卒)과 말을 주고받을 필요가 무에 있겠소이까. 그저 목을 베면 그뿐!"

노고수 옆에서 보조를 맞춰 천괴를 압박하던 또 다른 남련 고수가 차가운 음성을 내뱉고는 전광석화처럼 천괴를 향해 달려들며 들고 있던 검을 뻗어냈다.

파아아!

남련의 고수가 뻗어낸 검이 배 위를 스치듯 낮게 깔리는가 싶더니 한순간 급격하게 위쪽으로 방향을 틀며 아래에서 위로 천괴를 꿰뚫을 듯 이동했다.

그런데 그 순간 급작스런 상대의 공격을 받은 천괴의 눈가에 작은 미소가 지어졌다. 그리고 그의 입이 아주 나직하게 열렸다.

"친구, 부탁하네."

천괴의 입에서 흘러나온 그 목소리는 생사를 겨루는 이 전장에 너무도 어울리지 않는 목소리였다. 덕분에 그의 말이 흘러나왔음에도 장내의 고수 중 그의 말을 심각하게 귀 기울여 듣는 이는 아무도 없었다. 사람들은 여전히 천괴를 향해 날아가는 남련 고수의 검을 따라 시선을 옮기고 있었다.

그런데 바로 그 순간 마치 천괴의 말에 응답이라도 하듯 천괴를 공격하는 남련 고수의 발아래 갑판에 작은 공간이 생기더니 그 속에서 불쑥 한 자루 검은 창날이 하늘로 솟구쳤다.

"조심하시오! 기습이오!"

동료의 뒤를 따라 천괴를 향해 날아들던 노고수의 입에서 다급한 경고성이 터져 나왔다. 그와 동시에 천괴를 공격하던 남련 고수의 신형이 허공에서 방향을 틀었다.

"늦었어!"

음울한 한줄기 목소리가 흘러나왔다. 그리고 그 목소리가 채 끝나기도 전에 배 갑판을 뚫고 올라온 한 자루 창날이 허공에서 급히 신형을 비트는 남련 고수의 옆구리를 여지없이 관통하고 지나갔다.

"윽!"

남련 고수의 입에서 한마디 신음성이 흘러나왔다. 그와 동시에 기습을 가한 창의 주인이 허공으로 솟구쳤다. 단번에 일 장을 뛰어오른 창의 주인이 허공에서 잠시 신형을 멈춘 듯하더니 이내 창날을 돌려 옆구리에 심각한 부상을 입고 비틀거리는 남련 고수의 심장을 향해 번개처럼 창을 뻗어냈다.

쐐애액!

일촉즉발의 상황, 단 한 호흡만 멈칫해도 창은 그대로 남련 고수의 심장을 관통할 것이 분명했다.

"놈!"

그러나 남련 고수의 명은 아직 이승에 남아 있었다. 한줄기 시퍼런 검기가 벼락처럼 다가와 부상당한 남련 고수의 심장을 노리는 괴인의 창을 걷어냈던 것이다.

차창!

날카로운 격돌음이 터져 나왔다.

"크! 운이 좋구나."

창을 사용하는 자의 입에서 아쉬운 듯한 목소리가 흘러나왔다. 그리고 다음 순간 그의 신형이 허공에서 한 바퀴 회전하더니 훌쩍 천괴의 곁에 날아내리는 것이었다.

"사신(邪神), 그대의 창날도 많이 무뎌졌군. 완벽한 기습이었는데 상대를 살려주다니. 장원의 비무에서 입은 부상이 역시 문제가 되었던가?"

천괴가 조롱하듯 곁에 내려서는 창의 주인, 사신을 보며 말했다. 그러자 사신이 냉랭한 목소리로 대답했다.

"천괴, 자네 또한 오랜만에 뒤로 물러나지 않았나? 난 천괴 자네가 싸움에 임해 뒷걸음질을 치는 것을 본 것이 언제인지 기억도 나지 않는다네."

"흐흐, 그야 저자들이 부끄러움을 모르고 떼거지로 몰려드는데 어쩔 수 있나."

"나 또한 그런 자네의 위급을 보고 급히 자넬 구하려다 보니 본의 아니게 실수를 한 것일세."

"하하, 역시 사신 자네의 창만 날카로운 게 아니야. 사람들은 자네의 입이 자네의 창보다 더 날카롭다는 것을 아마 모를 걸세."

"후후, 지금 한가롭게 그런 이야기나 하고 있을 때가 아닐 텐데? 길을 열어야 할 때일세."

사신이 천괴를 보며 말하자 천괴가 눈빛을 번뜩이며 물었다.

"명(命)이 있으셨나?"

그러자 사신이 가볍게 고개를 끄덕였다.

"후후, 좋아. 이제야말로 한바탕 광란의 밤이 시작되겠구나. 그러자면 일단, 저자들을 잠시 뒤로 물러나게 해야겠지?"

천괴가 대도를 고쳐 잡으며 말했다. 그러자 사신 역시 시퍼런 살기가 배어 나오는 눈빛으로 고개를 끄덕였다.

"좋아. 가자구!"

천괴가 한마디 말을 내뱉고는 대붕이 날아오르듯 허공으로 치솟아올랐다. 그러자 그 뒤를 따라 사신 역시 장창을 곧추세우고 허공으로 치솟았다.

"이놈들!"

천괴와 사신이 허공을 격하고 공격해 오는 것을 본 남련 고수들이 상대를 향해 마주 달려나가기 시작했다. 사신의 창에 부상을 입었던 남련 고수는 어느새 이곤이 타고 있는 배 위로 이동해 있었다. 그들의 옆에서는 이미 한 무리의 고수들이 격돌하고 있었는데, 어느새 나타났는지 두 개의 륜을 든 수마가 수면을 박차고 날아오르며 풍마를 도와 동궁의 세 고수와 치열한 격전을 펼치고 있었다.

콰콰쾅!

격렬한 충돌음과 함께 강호 절정고수들이 격돌했다.

"으음……."

"음!"

그리고 다음 순간 누구랄 것도 없이 모두의 입에서 낮은 신음성이 흘러나왔다. 누구도 승기를 잡지 못한 공수의 교환, 그렇게 한차례의 격돌을 끝낸 고수들이 서로를 노려보며 다시 자신의 병기를 고쳐 잡을 때 갑자기 호수의 북쪽을 막고 있는 갈대숲에서 한줄기 피리 소리가 들려오기 시작했다.

삐리리!

그것은 말이 피리 소리지 도저히 음률이라고 말할 수 없는 기이한 소음이었다. 그리고 그 소음은 장내의 일부 고수들에게는 무척 귀에 익은 소음이기도 했다.

쉬이익 쉬이익!

피리 소리가 울려 나오자마자 갈대숲에서 기괴한 소리가 들려오기 시작했다. 그리고 잠시 후 수백 마리의 뱀들이 갈대숲에서 나타나더니 일제히 호수의 물속으로 밀려들기 시작했다.

"저런, 또 그 작자군요."

그 광경을 보고 있던 추산이 혀를 차며 말했다.

"이런 호수에서 수천 마리의 독사는 무엇보다도 무서운 적이라고 할 수 있지. 더군다나 저기 그 징그럽게 큰 흑사도 나타났군."

쉬익! 쉬익!

대웅산이 손을 들어 갈대숲 한곳을 가리키자 과연 두 마리의 거대한 흑사가 수천 마리의 독사들을 따라 미끄러지듯 호수로 들어서고 있었다.

일단 물속으로 들어선 독사들은 순식간에 수면을 따라 이동하더니 급기야 괴고수들과 이패의 고수들이 격전을 벌이고 있는 배 위로 밀려들었다.

"이따위 미물들로 감히 우리를 막겠다는 것이냐?"

독사 떼의 등장과 함께 배 위의 싸움도 잠시 멈춰졌다. 남련의 노고수가 강력한 일장을 뻗어내 자신 쪽으로 밀려드는 독사 중 십여 마리를 단번에 격살시켰다. 하지만 죽은 독사들의 빈자리는 금세 다른 독사들이 밀려와 메워 버렸다. 급기야 갈대로 위장한 괴수들의 배는 온통 독사 떼로 뒤덮였다.

"이놈들이!"

끊임없이 밀려드는 독사 떼를 향해 황패와 이패의 고수들이 쉴 새 없이 장력을 뻗어내기 시작했다. 하지만 그럴수록 독사 떼들은 더욱 기세를 높이며 밀려드는 것이었다.

"모두 배로 물러나시오."

위장선 위의 고수들이 정신없이 독사 떼와 드잡이질을 하고 있을 때 남련의 배 위에서 이곤의 목소리가 들려왔다. 그러자 황패를 비롯한 이패의 고수들이 훌쩍 몸을 날려 각자의 배로 되돌아가는 것이었다.

"크크크, 천하의 고수들이란 작자들도 독사가 무섭긴 한가 보군."

천괴의 입에서 진득한 비웃음이 일었다.

"흥! 하찮은 미물을 이용해 잠시 시간을 벌 수는 있겠지만 네놈들이 이곳에서 죽을 것이란 사실은 변함이 없다!"

황패가 생각처럼 일이 쉽게 풀리지 않자 노기를 드러내며 소리쳤다. 그러자 천괴가 호탕한 웃음을 터뜨리며 소리쳤다.

"껄껄껄, 넌 우리 마 대형의 검에 겨우 목숨이라도 건진 것을 다행으로 생각하거라. 그리고 너희들이 하찮은 미물이라 부르는 이 귀여운 것들과 어디 한번 신나게 놀아보거라. 우린 그만 가야겠다."

그러자 황패의 얼굴에 비릿한 조소가 흘렀다.

"흥, 사방이 강호의 고수들로 그득 차 있는데 네놈들이 가긴 어디로 간단 말이냐?"

"글쎄. 우리가 어디로 갈지는 두고 보면 알겠지."

황패의 말에 천괴가 의미심장한 미소를 지어 보였다. 하지만 비록 천괴가 호기롭게 응수하기는 했으나 괴고수들이 빠져나갈 길은 전혀 보이지 않았다.

호수 동, 서, 남쪽으로는 강호고수들을 태운 백여 척의 배가 호시탐탐 괴고수들을 노리고 있었고, 호수의 북쪽으로는 키를 넘는 갈대숲이 들어차 있어 배를 몰아 이동할 수 있는 수로가 존재하지 않았다.

"저들이 무슨 수작을 부리는 거죠?"

추산이 고개를 갸웃거리며 중얼거렸다.

"글쎄 말이야. 도저히 빠져나갈 구멍이 없는데, 저렇게 자신 있게 말하다니… 무슨 꿍꿍이속이 있는 게 분명해 보이는데……."

대웅산 역시 괴고수들의 심사를 알 수 없다는 듯 고개를 갸웃거릴 때 괴고수들 중 마검의 입이 열렸다.

"더 이상 우리를 쫓지 마라. 계속 우리를 핍박하는 자가 있다면 지옥을 구경하게 될 것이다. 모두 가자!"

마검이 서슬 퍼런 경고를 토해내고는 배에서 훌쩍 몸을 날려 피리 소리가 들려오는 북쪽 갈대숲으로 날아갔다. 그 뒤를 따라 위장선 위에 서 있던 괴고수들과 불쑥불쑥 위장선 내부에서 솟아난 일단의 괴인들이 일제히 마검의 뒤를 따라 몸을 날리는 것이었다.

"아니, 배를 버리겠다는 건가? 배를 버리면 일시적으로 갈대숲에 몸을 숨길 수는 있지만 이 거대한 노륙지의 수로를 빠져나갈 수 없을 텐데?"

대웅산이 괴고수들의 행동을 이해할 수 없다는 듯 중얼거렸다. 그리고 그런 생각은 벽산철가나 이패의 고수들도 마찬가지인지 갈대숲을 향해 몸을 날리는 괴고수를 보면서도 당장 그들을 추격할 생각을 하지 않는 것이었다. 대신 그들의 시선은 독사 떼들이 그득한 위장선을 향하고 있었다.

"흉수들이 도망가는 것은 신경도 쓰지 않는군요."

추산이 씁쓸한 음성으로 말했다.

"어차피 배 없이는 노륙지의 수로를 벗어날 수 없다고 생각하는 것이겠지. 그러니 흉수들보다는 그들이 타고 있던 배, 어쩌면 황금이 든 목함이 그득할지도 모르는 저 배들에 대해 관심을 갖는 것은 당연한 일이다."

고검이 담담한 목소리로 말했다. 그러면서도 그의 시선은 강호고수들의 시선이 향한 위장선이 아닌 갈대숲 쪽으로 날아내린 괴고수들을 쫓고 있었다.

"독사 떼들을 물러나게 해주실 수 있겠소이까?"

그때 남련의 배 위에서 이곤의 목소리가 들려왔다. 고검과 추산이 고개를 돌려보니 어느새 나타난 이곤이 무불장 고수들이 타고 있는 소선을 내려다보고 있었다. 이곤은 이미 노륙지 북쪽 숲에서 고검과 추산이 동피리를 이용해 독사 떼들을 물리치는 광경을 보았기에 고검에게 다시 그 방법을 이용해 끊임없이 호수로 밀려드는 독사 떼들을 물리쳐 달라고 요청하는 것이었다.

추산이 이곤의 얼굴을 한 번 바라보고는 고검에게로 시선을 돌렸다. 그러자 고검이 고개를 끄덕였다.

"그렇게 하지요."

의외로 고검은 순순히 이곤의 청을 받아들였다.

"사제, 준비하거라."

고검의 말에 추산이 얼른 품속에서 동피리를 꺼내 들었다. 잠시 후 강호고수들이 만들어내는 소란과 갈대숲에서 들려오는 기이한 피리 소리에 뒤섞여 고검과 추산 두 사형제가 부는 동피리 소리가 호수 위로 흘러나가기 시작했다. 두 사형제가 부는 피리 소리 역시 갈대숲에서 들려오는 피리 소리만큼 듣기 거북하기는 마찬가지였지만 그 효과는 정반대로 나타났다.

갈대숲에서 들려오는 피리 소리는 수천 마리의 뱀 떼를 강호고수들이 떠 있는 호수로 밀어 넣고 있었지만 두 사형제가 만들어내는 피리 소리는 그 뱀 떼들을 다시 갈대숲으로 밀어내고 있었다.

독사들은 한낱 미물에 지나지 않는다. 자신들을 움직이게 하는 두 종류의 피리 소리 중 어느 것을 따라야 할지 스스로 판단할 능력이 없는 미물들, 그래서 두 피리 소리 사이에서 오도 가도 못하던 독사들이 제자리에서 맴돌며 괴로워하기 시작했다. 그리고 어느 때부터인가 그중 몇 마리가 제풀에 배를 뒤집고 죽어가기 시작했다.

"정말 기이한 싸움이야. 미물들을 사이에 놓고 피리를 불어

대결을 펼치다니… 결국 저놈들만 죽어나는군."

대웅산이 배를 뒤집고 죽어가는 독사들을 보며 중얼거렸다. 그러는 사이 죽어가는 독사들의 숫자가 점점 늘어나기 시작했다. 그러자 갑자기 갈대숲에서 들려오던 피리 소리가 뚝 멈추더니 한마디 음울한 목소리가 들려왔다.

"또다시 나의 귀여운 자식들을 죽게 하다니. 숲에서의 일을 그냥 덮어두려 했건만 더 이상은 봐줄 수가 없구나. 너희 무불장의 두 사형제는 앞으로 나 음귀(音鬼)를 만나지 않길 기도해야 할 것이다. 다시 너희들을 만나게 된다면 내 반드시 오늘 죽어간 나의 소중한 자식들의 복수를 하고야 말리라."

그러자 추산이 냉소를 흘려냈다.

"흥! 당신의 사랑스런 자식들을 죽음의 호수로 밀어 넣은 것은 우리가 아닌 바로 당신 자신이오. 괜히 남에게 잘못을 미루지 마시구려. 그리고 더 이상 그것들이 죽기를 원하지 않는다면 당장 이 호수에서 독사 떼들을 거둬들이시구려."

추산의 추궁에 갈대숲에서는 아무런 대꾸도 들려오지 않았다. 대신 다시 기이한 피리 소리가 흘러나오기 시작했다. 그러자 지금껏 갈 곳을 정하지 못하고 우왕좌왕하며 죽어가던 독사들이 일제히 자신들이 몰려나왔던 갈대숲으로 돌아가기 시작했다. 또한 사람들에게 공포심을 심어주던 거대한 흑사 두 마리 역시 어느새 호수에서 그 자취를 감추고 보이지 않았다.

"고맙소이다, 고 장주!"

뱀 떼들이 물러나는 것을 본 이곤이 고검을 향해 가볍게 고개를 숙여 보였다. 그리곤 재빨리 신형을 돌려 배의 앞머리 쪽으로 움직였다.

"배를 확보하라!"

그사이 재빠르게 벽산철가의 고수 황패의 입에서 우렁찬 명령이 떨어지고 있었다. 그러자 노륙지의 괴고수들에 밀려 배로 물러났던 벽산철가의 고수들이 일제히 쇠줄을 타고 갈대로 위장된 괴인들의 배로 넘어갔다.

그러자 그에 뒤질세라 남련의 이곤과 동궁의 손통백 역시 훌쩍 배에서 신형을 띄워 올려 오 장여 떨어져 있는 위장선 위로 가볍게 날아내리는 것이었다.

"우린 어떡하죠?"

벽산철가와 이패의 고수들이 괴고수들이 놓고 간 배 위로 올라가는 것을 본 추산이 고검을 돌아봤다.

"왜, 사제도 저 배에 오르고 싶으냐?"

"혹시 알아요, 저 배 안에 탈취당한 황금들이 들어 있을지?"

그러자 고검이 천천히 고개를 저었다.

"아마도 그런 일은 없을 것이다. 만약 저 배에 황금이 들어 있다면 그들이 그렇게 쉽게 배를 포기하지는 않았을 게다."

"하지만 그들은 도주하는 것 말고는 다른 방법이 없었잖아요. 그러니 아무리 아까워도 목숨을 구하기 위해선 황금을 포기할밖에요."

"글쎄다. 물론 그럴 수도 있겠지만 내 생각에 황금을 찾으려면 저 배를 뒤지는 것보다는 갈대숲으로 들어간 흉수들을 뒤쫓는 것이 더 나을 것 같구나."

"하지만 그들을 추격하는 일은 그리 급한 일이 아니잖아요.

이 노륙지의 갈대숲들은 마치 섬처럼 중간중간 끊겨 있다고요. 아무리 고수라도 배가 없이는 빠르게 이곳을 벗어날 수 없을 거예요."

그러자 고검이 고개를 저었다.

"넌 이 사실을 알아야 한다. 그들은 배 위에 갈대를 심어 수년간 키워 위장선을 만든 자들이다. 또한 수많은 강호고수들이 노륙지 안으로 진입했을 때, 한눈에 보듯 그들의 움직임을 파악한 인물들이다. 그러니 어찌 그들에게 우리가 생각지 못한 탈출로가 있으란 법이 없겠느냐? 더군다나 지금 강호의 고수들은 모두 이 작은 호수에 몰려 있는 실정이다. 비록 수로에 몇몇 배들이 남아 있겠지만 그들만으로는……."

고검의 말에 추산의 눈빛이 반짝였다.

"그렇다면 사형은 저들에게 달리 방도가 있을 거란 말씀이시군요."

"아마도……."

고검이 시선을 돌려 흉수들이 도주한 갈대숲을 보며 대답했다. 그러자 추산이 얼른 입을 열었다.

"흠… 생각해 보니 사형의 말이 옳은 것 같아요. 그럼 여기서 이렇게 지체할 때가 아니잖아요?"

추산의 말에 고검이 배 안의 다른 동료들을 바라봤다. 그러자 배 안의 고수들이 저마다 고개를 끄덕였다. 그들은 이 젊은 무불장주의 판단이 언제나 옳았다는 것을 이미 경험으로 알고 있었다.

"그럼, 배를 움직여 주십시오."

"알겠습니다."

기륭이 얼른 고검의 말에 대답을 하고는 노를 젓기 시작했다. 기륭의 배 모는 기술은 무척 뛰어나 한번 배가 움직이자 배는 곧 벽산철가와 이패의 거선들 사이를 비집고 이동해 흉수들의 위장선이 있는 곳 위쪽으로 이동했다. 그리고 그때 위장선 위에 올라 있던 벽산철가의 고수들이 소리치는 소리가 들려왔다.

"배 안은 텅 비었습니다!"

"물건은 이곳에 없습니다!"

상황은 고검의 예측대로 흘러가고 있었다. 결국 흉수들이 숨어 있던 위장선에는 탈취당한 황금이 없었던 것이다. 그러자 각 세력을 이끄는 우두머리들의 시선이 괴고수들이 도주한 갈대숲으로 향했다.

"놈들이 갈대숲으로 도주했소. 뒤에 계신 분들은 배를 움직여 북쪽 숲과 이어지는 퇴로를 차단해 주시오. 놈들에게는 배가 없으니 그리 빠르게 이동하지 못할 것이오. 그리고 나머지 분들은 놈들이 사라진 갈대숲의 양쪽 끝에 올라 가운데 쪽으로 밀고 올라와 주시오."

황패의 웅혼한 진기가 담긴 목소리가 호수 위에 울려 퍼졌다. 그러자 동, 서, 남 세 방향의 수로를 통해 호수로 진입했던 배들 중 움직임이 가벼운 배들이 재빨리 방향을 돌려 수로를 타고 호수를 벗어나기 시작했다. 일단 흉수들이 도주한 이상 황금을 쫓는 경쟁은 다시 시작되었다고 봐도 좋았다. 그렇게 몇 척의 소선이 발 빠르게 움직이자 그 뒤를 따라 좀 더 큰 배들이 호수를 벗어나기 시작했다.

"남련과 동궁의 고수 분들은 본 가와 함께 저들이 숨어든 지점부터 조사하도록 하시지요. 저 갈대숲이 제법 크기는 하지만 이곳에 있는 고수들이 모두 조사에 나서면 놈들을 발견하는 것은 그리 어렵지 않을 겁니다."

"그렇게 하십시다. 혹여라도 저들에게 다른 준비가 있을 수 있으니 서두르는 게 좋을 겁니다."

황패의 말에 이곤이 재빨리 대답했다. 손통백 역시 고개를 끄덕여 황패의 말에 동의했다.

"준비하라. 갈대숲에 올라 놈들을 추격한다."

이곤과 손통백 두 사람의 동의를 얻은 황패가 서둘러 벽산철가의 고수들을 정비하는 목소리가 들려올 즈음 고검과 추산은 이미 흉수들이 숨어든 갈대숲에 배를 대고 있었다.

고검과 추산을 비롯한 무불장의 고수들은 벽산철가와 이패의 고수들이 갈대숲에 오르기 시작할 때 이미 괴고수들의 흔적을 찾아 갈대를 헤치며 앞으로 전진하고 있었다. 갈대가 뿌리내리고 있는 곳은 물 위였지만 수백 년 형성된 갈대숲은 물 위에 두껍게 퇴적되어 일행은 마치 땅 위를 걷는 듯 움직이고 있었다.

선두에서 움직이고 있는 사람은 조오현이었다. 무불장의 고수들 중 추적의 달인을 꼽으라면 단연 조오현이다. 더군다나 조오현은 도주한 흉수들에게 남다른 적의를 가지고 있었으므로 적의 흔적을 찾는 그의 눈은 그 어느 때보다도 바쁘게 움직이고 있었다.

조오현을 앞세운 일행은 높이 솟아 있는 갈대숲 사이를 빠르게 이동했다. 적들도 급히 도주하느라 미처 흔적을 지울 여유는 없었던지 추적의 달인 조오현이 적의 뒤를 쫓는 것은 허탈할 정도로 수월했다.

"이건 너무 쉬운데……."

대웅산이 생각보다 빠르게 진행되는 추적에 오히려 의구심이 생기는 듯 중얼거렸다.

"저도 찜찜한 구석이 있기는 해요. 마치 자신들을 따라오라고 일부러 흔적을 남긴 것 같잖아요."

추산이 대웅산의 말에 동조했다.

"모두들 주변을 잘 살펴주십시오. 저들이 어떤 함정을 준비했을지 모르는 일입니다."

고검도 추산과 생각이 같은지 무불장의 고수들에게 주의를 주었다. 고검의 말에 일행은 저마다 도검을 빼 들고 세심하게 주변을 경계하기 시작했다. 그럼에도 불구하고 무불장의 고수들이 전진하는 속도는 전혀 늦춰지지 않았다.

그런데 거칠 것 없이 일행을 이끌던 조오현의 발걸음이 어느 순간 뚝 하고 멈춰졌다. 갈대들 때문에 시야가 좁아져 있던 무불장 고수들은 조오현이 급히 걸음을 멈춘 이유를 몰라 그에게 시선을 돌렸다.

"그들입니다."

조오현의 입에서 냉막한 음성이 흘러나왔다. 무불장의 고수들이 너나 할 것 없이 조오현의 곁으로 모여들었다. 그리고 과연 무불장 고수들은 조오현의 말처럼 배를 버리고 갈대숲으로 도주한 흉수들의 모습을 금세 발견할 수 있었다. 조오현이 걸음을 멈춘 곳의 앞쪽은 다른 곳과는 달리 갈대들의 길이가 그리 길지 않았다. 덕분에 갈대들 위쪽으로 몇십 장 앞쪽을 수월하게 살필 수 있었다.

"저자들이 저기 모여서 뭘 하는 것이죠? 서둘러 도주를 해도 시원찮을 판에……."

추산이 한껏 의혹이 깃든 음성으로 중얼거렸다.

"만나보면 알겠지."

고검이 짤막하게 추산의 말에 답을 하고는 조오현을 지나쳐 일행의 앞쪽으로 나섰다. 일단 적을 발견한 이상 다른 사람에게 앞을 맡길 고검이 아니라는 사실은 무불장의 고수들 누구나 알고 있는 일이었으므로 사람들은 군말없이 고검의 뒤를 따르기 시작했다.

"흐흐흐, 역시 천하제일청부업자들이군. 수백의 강호고수들을 중 가장 먼저 우릴 찾아오다니 말이야."

무불장의 고수들이 십여 장 안쪽으로 다가들자 거대한 체구 덕에 다른 곳보다 키가 작은 갈대들을 가슴 아래에 놓고 있던 천괴가 음산한 웃음을 흘려내며 중얼거렸다.

천괴 곁에는 벽산철가의 황금선을 탈취하고 노륙지에 숨어 강호고수들에게 잔혹한 살수를 전개했던 여섯 명의 괴고수가 모두 모여 있었다. 그리고 그들도 천괴와 마찬가지로 자신들에게 접근하는 무불장 고수들을 바라보고 있었다.

'뭔가… 이자들은……?'

추산의 마음속에 자신들의 등장에도 불구하고 태연한 모습을 보이고 있는 괴고수들에 대한 의혹이 구름처럼 일어났다. 그리고 그사이 어느새 뒤쪽에서 벽산철가와 이패의 고수들이 갈대숲을 헤치고 다가오는 소리가 들려왔다.

괴고수들도 다른 자들이 장내에 다가서고 있다는 것을 알아챘는지 살짝 표정이 변했다. 그때 괴고수들의 뒤쪽으로 한 명의 검은 인영이 나타났다. 머리에 늑대탈을 쓴 자, 노륙지의 숲에서 목함을 들고 강호고수들을 유인했던 자들과 같은 모습의 사내였다.

"준비가 다 되었습니다."

늑대탈의 사내가 무척 공손한 모습으로 여섯 명의 괴고수들에게 말했다. 그러자 괴고수들 중 마검이 가볍게 고개를 끄덕였다.

"알겠다. 명은 있었느냐?"

그러자 늑대탈의 사내가 고개를 끄덕였다.

"옛, 천주께서 준비되는 대로 일을 시행하라 하셨습니다."

"좋아. 그럼 이만 가도록 하자."

마검의 말에 주변에 서 있던 다른 괴고수들의 얼굴에 묘한 표정이 떠올랐다. 어찌 보면 약간의 흥분이 얼굴에 드러나고 있는 것 같기도 했다. 그리고 천괴의 얼굴에 한줄기 미소가 떠오르더니 무불장 고수들을 향해 큰 목소리로 소리쳤다.

"이보시오, 무불장주! 내 지난 며칠간 그나마 손속을 나누며 얼굴을 익혔던 정리를 생각해서 한마디 해주겠소. 이제부터 이 노륙지의 갈대숲은 지옥으로 변할 테니 살고 싶거든 어서 이곳을 떠나시오. 그리고 노인장, 이 천괴가 수십 년 도를 잡고 살아오는 동안 그렇게 혼쭐이 난 경우는 노인장과의 대결이 처음이었수. 후후, 혹시라도 살아남거든 나중에 다시 한 번 제대로 붙어봅시다."

천괴가 만불통에게 의미심장한 눈빛을 보냈다.

"가자!"

천괴의 말이 끝나자 마검의 차가운 음성이 흘러나왔다. 그러자 갈대숲 사이에 서 있던 괴고수들이 순식간에 그들의 뒤쪽에 우거진 갈대들 사이로 사라지는 것이었다.

"다시 도주라는 건가? 아니, 그럴 거면 뭐 하러 이곳에서 기다리고 있었던 거지?"

대웅산이 고개를 갸웃거리며 중얼거렸다.

"뭔가 준비할 시간이 필요했나 보지요."

추산이 눈빛을 빛내며 말하자 대웅산이 고개를 끄덕였다.

"그렇다면 조심해야겠군. 자, 그럼 놈들이 준비한 게 뭔지 확인을 해볼까."

대웅산이 장창을 움켜쥐며 성큼 한 걸음 앞으로 나섰다. 그런데 다음 순간 대웅산의 신형이 흠칫 정지했다.

"왜요?"

추산이 대웅산의 뒤를 쫓으려다 갑자기 멈춰 선 대웅산을 보며 물었다.

"물이 솟아나고 있어."

대웅산이 시선을 오 장여 앞의 갈대숲에 고정시킨 채 중얼거렸다.

"물이 솟아나다뇨?"

추산이 재차 묻자 대웅산이 손을 들어 한 지점을 가리켰다. 추산이 대웅산이 가리킨 곳으로 시선을 돌리자 과연 수십 년 쌓이고 쌓여 육지와 진배없어진 갈대숲의 바닥을 뚫고 호수의 물이 부글거리며 올라오고 있었다.

"도대체 저게 무슨 일이죠?"

추산도 눈을 크게 뜬 채 눈앞에서 벌어지고 있는 기이한 현상을 바라보고 있을 때 갑자기 그들의 뒤쪽에서 일단의 무림인들이 몰려들었다.

"놈들은 어디 있소?"

무림인들의 선두에 선 자는 벽산철가의 황패와 그의 수하들이었다. 그 뒤쪽으로 이곤과 손통백이 이끄는 이패의 고수들이 뒤따르고 있었다.

"저 갈대 사이로 다시 숨어들었습니다."

고검이 황패의 물음에 답하며 말꼬리를 흐렸다.

"다시 도주라… 추격을 서둘러야겠군."

황패가 괴고수들이 사라졌다는 방향을 보며 몸을 날리려 했다. 그러자 고검이 재빨리 황패를 말렸다.

"잠깐 기다리시지요."

황패가 고개를 돌려 고검을 바라봤다.

"달리 하실 말씀이라도 있으신 게요?"

그러자 고검이 안색을 굳히며 말했다.

"그들은 아마도 이곳에 어떤 함정을 만들어놓은 것 같습니다. 저기를 보십시오. 지금 저기 갈대숲 사이에서 솟아오르는 물은 처음 우리가 이곳에 당도했을 때는 없었던 것입니다. 그들이 갈대숲 사이로 몸을 숨긴 이후 물이 솟기 시작한 것이지요."

고검의 말에 황패의 눈썹이 한번 꿈틀거렸다. 하지만 이내 고개를 저으며 말했다.

"음… 물론 놈들은 귀계에 능하니 어떤 함정을 준비했을 수도 있소. 하지만 지금 이곳에 모인 강호고수들은 놈들이 어떤 함정을 준비하든 그것을 깨뜨릴 능력이 있는 분들이오. 그러니 이렇게 시간을 허비하는 것보다는 저들을 추격하는 게 나을 것이오. 본 벽산철가가 앞장서리다."

'생각보다 조급하군.'

추산이 고검의 말에 대답하는 황패를 보며 생각했다. 고검 역시 같은 생각인지 안색이 더욱 어두워졌다. 누군가를 추격할 때 조급함은 언제나 위험을 자초하게 마련이었다. 하지만 황패는 그런 고검과 추산 두 사람의 생각을 아는지 모르는지 벽산철가의 고수들에게 명을 내리고 있었다.

"추격한다. 눈앞에 적이 있으니 곧 놈들을 따라잡을 수 있으리라."

황패의 명이 떨어지자 벽산철가의 고수들이 흉험한 안광을 토해내며 물이 스며 올라와 어느새 커다란 웅덩이가 만들어진 곳을 날아 넘기 위해 몸을 날렸다.

쐐애액!

그런데 벽산철가의 고수들이 막 몸을 날려 물웅덩이를 날아 넘으려는 순간 허공에 떠오른 그들을 향해 괴고수들이 사라진 갈대숲 안쪽에서 수십 개의 암기가 날아들었다.

따다당!

"컥!"

허공에 떠올랐던 벽산철가의 고수 중 일부는 재빨리 병기를 휘둘러 암기들을 퉁겨냈으나 그중 일부는 몸에 암기를 허용하고는 속절없이 물웅덩이로 떨어져 내렸다. 또한 암기를 퉁겨낸 고수들 역시 앞으로 전진하지 못하고 자신들이 있던 자리로 다시 되돌아오고 마는 것이었다.

"이놈들!"

그 모습을 보고 있던 황패의 얼굴에 노기가 피어올랐다. 그리곤 그 자신이 직접 몸을 날려 웅덩이를 날아 넘기 시작했다.

쐐애액!

그러자 다시금 어두운 갈대숲에서 암기가 날아들었다.

"흥!"

황패의 입에서 한마디 냉소가 흘러나왔다. 동시에 그의 도가 바람처럼 휘둘러졌다.

따다당!

거친 타격음과 함께 그를 향해 날아들던 수십 개의 암기들이 사방으로 튕겨져 나갔다. 암기를 튕겨낸 황패의 신형은 표범처럼 웅덩이를 날아 넘어 건너편 갈대숲에 내려섰다.

그렇게 일단 황패가 웅덩이를 날아 넘자 잠시 주춤했던 벽산철가의 고수들이 재차 몸을 날려 황패의 뒤를 따랐다. 그리고 이번에는 어쩐 일인지 갈대숲 속에서 암기가 날아오지 않았다. 벽산철가의 고수들이 그렇게 물웅덩이를 날아 넘자 그 뒤를 따라 이패의 고수들도 하나둘 웅덩이를 넘어서기 시작했다.

"우리도 가봐야지 않겠습니까?"

대웅산이 고검을 보며 물었다. 고검이 대웅산의 말에 천천히 고개를 끄덕이면서도 뭔가 미심쩍은 기색을 얼굴에서 지우지 못했다. 그런데 바로 그때 추산이 급히 입을 열었다.

"잠깐만요!"

순간 막 이패의 고수들을 따라 물웅덩이를 날아 넘으려던 대웅산이 걸음을 멈추고는 추산을 바라봤다.

"왜 그래, 추 아우?"

그러자 추산이 손을 들어 강호고수들이 날아 넘고 있는 물웅덩이를 가리켰다.

"이제 보니 바닥에 깔린 갈대 더미를 뚫고 물이 올라오는 것이 아니었어요."

"아니, 그게 무슨 말이지?"

"밑에서 물이 올라오는 게 아니라 갈대숲이 갈라지고 있는 거였어요. 보세요. 흉수들이 서 있던 갈대숲이 점점 멀어지고 있잖아요."

순간 무불장의 고수들이 눈빛을 번쩍였다. 더불어 추산이 하는 말은 이패의 인솔자 이곤과 손통백에게도 전해졌는지 막 물웅덩이를 날아 넘어 건너편으로 넘어가려던 그들도 움직임을 멈추고 면밀히 물웅덩이와 건너편 갈대숲을 살피기 시작했다. 그리고 잠시 후 이곤의 입에서 급한 음성이 흘러나왔다.

"돌아오라!"

이곤의 음성이 물웅덩이를 날아 넘으려던 이패 고수들의 발걸음을 멈춰 서게 했다. 그리고 이미 건너편으로 넘어간 자들도 급히 신형을 돌려 다시 이곤과 손통백이 있는 이쪽으로 되돌아오려 했다. 그러나 사람들이 느끼지 못하는 사이 양쪽을 갈라놓고 있는 물웅덩이는 어느새 건너편으로 건너간 고수들이 단번에 날아 넘지 못할 만큼 그 넓이가 넓어져 있었다. 그리고 그때 건너편 갈대숲이 좌우로 갈라지면서 일단의 괴인들이 모습을 드러냈다. 바로 사라졌던 괴고수들과 늑대탈을 뒤집어쓴 괴인들이었다.

"하하하! 죽을 곳을 찾아왔으니 기꺼이 지옥으로 보내주겠다!"

천괴의 광포한 목소리가 어두운 노륙지의 갈대숲 위로 퍼져나갔다. 동시에 이제는 이십여 장 가까이 멀어진 갈대숲 위에 진득한 살기의 바람이 불기 시작했다.

"죽여라!"

귀에 익은 마검의 목소리가 들려왔다.

"한군데로 뭉쳐 서라! 흩어지지 마라!"

황패의 당혹스런 음성도 들려왔다. 그리고 다음 순간 노륙지의 괴고수들과 늑대탈을 뒤집어쓴 괴인들의 공격이 시작됐다.

차차창!

"으아악!"

격렬한 도검의 격돌음과 함께 죽어가는 고수들의 단말마 비명 소리가 터져 나왔다. 그렇게 거대한 갈대숲에서 떨어져 나간 한 뭉텅이의 갈대숲 위에서 거침없는 살육이 시작됐다.

"배였어요."

추산이 낙심한 목소리로 중얼거렸다.

"그랬어. 이제 보니 배였어. 놈들은 호수의 바깥쪽에 이미 또 다른 위장선을 준비하고 있었던 거야. 그래서 호수 안쪽에서 망설이지 않고 자신들의 배를 포기했던 것이지. 아! 놈들은 강호고수들의 수색이 시작되었을 때 이미 이런 계획을 세워놓고 있었던 것 같군. 호수 안쪽에 강호고수들이 탄 배들을 몰아넣고 이렇게 호수 밖에 준비해 두었던 위장선을 이용해 유유히 탈출하는 것으로 말이야."

대웅산 역시 허탈한 표정으로 중얼거렸다.

"이렇게 되면 결국 저들을 놓치게 되는 건가요?"

추산이 살짝 인상을 찡그리며 말했다.

"그렇게 호락호락하게는 이곳을 벗어나지 못할 걸세. 이미 안쪽 호수를 벗어나 수로로 진입한 배들이 적지 않을 테니. 또한 추격에 참여하지 않은 고수들 역시 적지 않은 숫자일세."

추산의 말을 듣고 있던 이곤이 차가운 기세를 흘려내며 중얼거렸다. 그리곤 재빨리 자신의 곁에 서 있던 남련의 고수 중 한 명에게 명을 내렸다.

"신호를 보내 적들의 위치를 알리게."

"옛, 당주!"

명을 받은 남련의 고수가 허리춤에서 작은 철궁을 꺼내 들고 화살을 시위에 걸었다. 그러자 곁에 있던 또 한 명의 고수가 재빨리 부싯돌을 꺼내 들더니 화살 끝에 불을 당겼다.

쐐애애액!

화살을 들고 있던 자가 지체하지 않고 화살을 하늘로 날려 보냈다. 끝에 불이 당겨진 화살이 어두운 밤하늘을 뚫고 수십 장 높이로 올라갔다. 그러자 어디에서 나타났는지 노륙지의 수로 여기저기에서 동시에 화살이 날아오르기 시작했다.

"가자. 배로 돌아가 추격한다."

그렇게 신호를 보낸 이곤이 남련의 고수들을 이끌고 호수 안쪽의 배로 되돌아가기 시작했다. 동궁의 손통백 역시 지체하지 않고 남련의 뒤를 따랐다.

"제길, 역시 이패군요. 어느새 노륙지 곳곳에 자신들의 연락망을 구축하고 있었네요."

"천하사패가 운이 좋아 강호를 지배하는 것은 아니니까."

추산의 말에 고검이 대답했다. 그러자 대웅산이 중얼거렸다.

"그나저나, 괴고수들의 위장선 위에 올라탄 벽산철가의 고수들과 일부 이패의 고수들은 어찌 되는 거죠? 아직도 싸움이 계속되는 것 같은데……."

대웅산의 말에 사람들의 시선이 다시 멀어져 가는 괴고수들의 위장선으로 향했다. 그리고 그때 아스라이 황패의 목소리가 들려왔다.

"물러나라! 후퇴한다!"

그리고 어둑한 어둠 속에서 위장선을 떠나 물속으로 뛰어드는 고수들의 모습이 들어왔다.

"결국 버티지 못했군요."

미심이 예상했던 일이라는 듯 담담한 목소리로 말했다.

"걱정되는 건 물속에도 놈들이 있을지 모른다는 것이에요. 그 물귀신 같은 자들 말이에요."

걱정스런 표정으로 말하며 추산이 검은 물결이 넘실거리는 수면 위로 시선을 주었다. 그런데 넘실대는 물결 위로 시선을 주었던 추산의 안색이 어느 순간 파랗게 질려가기 시작했다.

"이, 이건!"

추산의 목소리가 긴장으로 떨렸다. 좀체로 볼 수 없는 추산의 행동에 무불장 고수들의 시선이 추산에게로 몰렸다.

"왜 그러느냐, 사제?"

고검이 추산의 곁으로 다가서며 물었다.

"사형… 그들은 단순히 도주만 하고 있는 게 아니에요. 보세요. 저 수면 위를요. 저건… 저건 분명 기름이에요. 물 위에 기름을 풀어놨어요. 거기에 이곳은 잘 마른 갈대들이 그득하고 바람은 북동풍이에요. 화공(火攻)이에요. 어서 이곳을 벗어나야 해요. 놈들은 강호고수들을 이곳에 모아놓고 화공을 준비하고 있었던 거예요."

추산의 말이 끝나는 순간 수십 장 밖으로 멀어진 괴고수들의 배 위에서 몇 개의 횃불이 밝혀졌다. 그리곤 그 횃불들이 사방으로 날아가 어느 것은 물 위에, 어느 것은 갈대숲에 떨어져 내렸다. 그러자 순식간에 물과 갈대숲 모두에서 불길이 일어나기 시작했다. 특히 기름이 뿌려진 물 위에서 타오르기 시작한 불길은 순식간에 수로 전체에 번져 가기 시작했다.

"부, 불이다! 피해!"

순간 괴고수들의 배에서 물속으로 뛰어들었던 벽산철가 고수들의 고함 소리가 들려왔다.

"돌아가지요."

고검의 입에서 신음 같은 음성이 흘러나왔다. 그러자 무불장의 고수들이 굳은 얼굴로 걸음을 돌려 갈대숲 안쪽의 호수를 향해 달리기 시작했다. 그들의 뒤쪽으로 거대한 화광이 충천하고 있었다.

第九章

제삼의 세력

孤劍秋山

불길은 모든 것을 태워 버릴 듯 맹렬한 기세로 노륙지를 휩쓸었다. 본래 노륙지의 갈대숲은 크게 보자면 섬처럼 서로 분리되어 있었지만 한번 시작된 불길은 수십 장 넓이의 수로까지 날아 넘어 다른 갈대숲에 옮겨 붙었다. 더군다나 강변의 마른 갈대숲은 화마가 가장 좋아하는 먹이가 아니겠는가?

어두운 밤하늘에 화광이 충천하기를 네 시진, 불길이 서서히 노륙지 초입의 갈대숲을 지나 노륙지의 늪지로 향하기 시작했다. 다행인 것은 바람이 북동풍이라는 것, 덕분에 북쪽에 위치한 노륙지 본토로 불길이 이동하는 속도는 무척 느렸다.

하지만 또한 이 바람의 방향은 노륙지의 괴인들을 추격하던 강호고수들에게는 재앙과도 같은 것이었다. 북동풍을 탄 화마(火魔)는 노륙지의 괴고수들을 추격하기 위해 노륙지의 입구에서부터 갈대숲으로 전진해 들어온 강호고수들의 배를 일거에 휩쓸었기 때문이다.

화광이 충천한 갈대숲의 수로 곳곳에서 거친 불길에 휩싸인 배들이 침몰했고, 그 안에 타고 있던 강호고수들 역시 덧없이 죽어갔다. 이제 노륙지의 괴고수들을 쫓는 일은 더 이상 사람들의 관심사가 아니었다. 그 하룻밤 불타는 노륙지의 갈대숲에 들어왔던 고수들에게는 오직 살아남는 것만이 최고의 목적이 되었던 것이다. 그러나 그 아비규환의 난리 속에서도 괴고수들과 황금선을 추격하는 사람들은 여전히 존재했다.

"정말 지옥을 지나온 것 같구나!"

대웅산이 이제 막 벗어나기 시작한 노륙지의 갈대숲을 되돌아보며 중얼거렸다.

"서두르지 않으면 이곳도 곧 불길에 휩싸일 거예요."

추산이 그런 대웅산을 보며 말했다.

"그렇긴 하지만, 이제부터는 늪지가 이어지고 습기도 많으니 저 갈대숲처럼 불길이 번지기야 하겠어? 어쨌든 추 아우의 판단이 정확했어. 바람의 방향을 보고 오히려 노륙지 안쪽으로 피하자고 한 말 말이야. 만약 불길에 놀라 노륙지를 벗어나려고 태호 방면으로 움직였다면 갈대숲을 벗어나기도 전에 불길에 휩싸였을 거야."

대웅산이 대견한 듯 추산을 보며 말했다. 하지만 보통 때 같으면 우쭐했을 추산이 이번에는 대웅산의 칭찬에도 굳어진 얼굴을 풀지 않았다.

"걱정이에요. 우리야 이렇게 천우신조로 불길을 벗어났지만 저 안에 남아 있던 무림인들 중 몇이나 살아 나올지……."

그러자 대웅산도 금세 표정이 굳어졌다.

"그러게 말이야. 나도 적지 않게 강호를 떠돌아 다녔지만, 오늘처럼 위급한 적은 없었던 것 같아. 아마 채 오 할도 저 불길 속에서 살아나지 못할 거야. 더군다나 그 작은 호수에 몰려들 있었으니 불길을 피하기란 요원한 일이었겠지."

"정말 요악한 마인들이에요. 설마 그런 함정을 파고 기다리고 있었을 줄은 상상도 못했어요."

추산의 눈에 분노가 스치고 지나갔다.

"맞아, 놈들이 하는 짓이 괴이하다고는 생각했지만 이렇게까지 엄청난 일을 벌일 줄은 몰랐는걸. 그나저나 놈들은 어디로 간 걸까?"

대웅산이 고개를 갸웃거렸다. 그러자 추산이 노륙지 안쪽으로 시선을 돌리며 말했다.

"놈들이라고 저 불길을 피해 태호로 나갈 수는 없었을 거예요. 아마도 다시 노륙지 안으로 들어갔겠지요."

"다시 노륙지 안으로?"

대웅산 어둑한 노륙지의 숲을 바라보며 되물었다.

"그것 말고는 불을 피할 길이 없으니까요."

추산이 다부지게 고개를 끄덕였다.

날은 이미 밝아오고 있었다. 그러나 노륙지 안쪽 늪지는 여전히 어둠에 휩싸여 있었다. 하늘을 가리는 숲과 자욱한 안개, 그리고 진득하고 음습한 기운이 공기를 타고 흘러 다녔다.

무불장 고수들을 태운 소선은 군데군데가 불길에 그을려 검게 변해 있었지만 물 위를 떠가는 데는 큰 문제가 없었다.

"계속 안으로 들어가실 생각이우?"

노륙지의 습지로 들어선 지 일각여가 지났을 때 대웅산이 고검에게 물었다. 어느덧 화마의 기운은 더 이상 느껴지지 않았다.

"이대로 물러날 수는 없지 않은가?"

"하지만 이제 어디서 그들을 찾는단 말입니까?"

"찾는 것은 우리가 아닐 것이다."

"그게 무슨 말이우?"

"우리 말고 그들을 찾을 사람들은 따로 있다는 말이다."

"아니, 누가 그들을 찾아 우리 앞에 대령이라도 한단 말입니까?"

대웅산이 의아한 표정으로 묻자 고검이 손을 들어 그들이 따라 들어온 수로의 뒤쪽을 가리켰다. 사람들이 고검의 손을 따라 시선을 돌리자 그들이 들어온 물길을 따라 한 척의 배가 서서히 노륙지의 습지 안으로 진입하고 있었다.

"저건……!"

대웅산이 눈을 크게 뜨며 말했다.

"동궁의 배군요."

추산이 얼른 대웅산의 말을 받았다. 추산의 말처럼 그들의 뒤를 따라 들어오고 있는 배는 동궁 손통백이 이끄는 선박이었다. 불길 속을 뚫고 나오느라 이곳저곳이 심하게 상해 있었지만 동궁의 배라는 것을 알아보는 것은 그리 어려운 일이 아니었다.

동궁 손통백이 타고 있던 배는 순식간에 무불장의 고수들이 타고 있는 소선 앞으로 다가왔다. 그리곤 잠시 후 서서히 속도를 줄이며 소선 앞에서 움직임을 멈췄다.

"무사하셨구려."

손통백이 소선 위의 고검을 내려다보며 입을 열었다.

"다행히 불길을 벗어날 수 있었습니다. 그런데 배가 제법 상한 것 같습니다만……."

가까이서 본 동궁의 배는 물 위에 떠 있는 것이 다행이라 생각될 정도로 위태로웠다.

"저 불길 속에서 살아 나온 것만도 다행이 아니겠소이까? 정말 지독한 자들이외다. 노륙지에 몰려든 고수들을 전멸시킬 생각을 하다니……."

손통백의 눈빛이 분노로 번뜩였다.

"애초부터 그 행보가 괴이한 자들이었지요."

"비단 벽산철가의 물건뿐 아니라 강호의 분란을 막기 위해서라도 반드시 잡아야 할 자들이외다."

"하지만 이 혼란 속에 그들을 찾을 수 있을는지……."

고검이 말꼬리를 흐렸다.

'훗, 사형도 제법 음흉하군. 사형 스스로 이들이 놈들을 찾아줄 거라 말했으면서…….'

추산이 고검의 말에 빙긋 미소를 지어 보였다.

"그자들이 아무리 귀계에 능하더라도 쉽게 이 노륙지를 벗어날 수는 없을 게요. 애초부터 이 노륙지의 습지와 숲에도 적지 않은 고수들이 남아 있었으니 그들의 눈을 피해 놈들이 도주하는 것은 그리 쉬운 일이 아닐 것이오."

손통백의 목소리에서는 자신의 말에 대한 확신이 느껴졌다.

'결국, 동궁의 고수들 중 일부도 이 노륙지의 습지에 남아 있었다는 말이겠지. 하긴, 장원에서 보았던 자들 중 지난 며칠간 얼굴을 보지 못한 자가 여럿 있었으니까. 그 상당군이라는 동궁 십이선 중 한 명도 그렇고… 또 장원에서 괴고수들을 공격했던 남련 원로원의 고수들 중 일부도 보이지 않았지.'

추산이 내심 갈대숲을 조사하던 시기에 보이지 않았던 인물들을 떠올리는 사이 고검이 손통백의 말을 받았다.

"그렇긴 합니다만, 이미 노륙지에 모인 강호고수 중 대부분이 그들이 일으킨 화마의 소용돌이 속에서 목숨을 잃었으니 이 노륙지의 포위망은 이미 허물어진 것이 아니겠습니까? 그렇다면 이 노륙지 안쪽에 남아 있던 강호고수들만으로 그들을 제압하는 것은 어렵지 않겠습니까?"

고검의 말에 손통백이 고개를 끄덕였다.

"맞는 말이오. 하지만 이곳에 남아 있던 각파의 고수들은 노륙지에 몰려온 무림인들 중 손꼽히는 고수들이었으니 그들의 무위(武威)에 기대를 걸어봐도 좋을 거외다."

손통백의 말에 고검이 고개를 끄덕였다.

"무불장에서도 계속 그들을 추적할 생각이시오?"

잠시 말을 멈췄던 손통백이 물었다.

"청부가 아직 끝나지 않았으니까요."

"그럼 서둘러 노륙지 안으로 들어가십시다. 놈들이 또 다른 계략을 꾸밀지 모르니."

"그렇게 하지요."

무불장의 고수들을 태운 소선과 손통백이 이끄는 동궁의 배는 화마의 흔적을 지우지도 않은 채 다시 수로를 따라 음습한 어둠의 습지, 노륙지를 향해 서서히 움직이기 시작했다.

노륙지 초입의 갈대숲을 휘감았던 화마가 사그라진 것은 또 하루가 지난 이후였다. 노륙지 초입의 수면을 타는 듯한 붉은 노을이 가득 메우기 시작할 때, 노륙지의 갈대숲은 검은 잿더미로 화한 채 화마의 그늘에서 벗어나고 있었다. 그리고 그즈음 또 다른 추격전이 노륙지의 내부에서 벌어지고 있었다.

노륙지의 북쪽은 험준한 산령에 이어져 있다. 특히나 노륙지의 숲과 연결되는 부근은 수백 척의 절벽으로 이루어져 있어, 나는 새도 쉬어 넘어야 할 만큼 험준한 지형을 이루고 있었다. 그래서 노륙지로 진입하기 위해서는 언제나 동, 서, 남 세 방향으로 이어져 있는 수로를 이용할 수밖에 없었다.

그런데 이런 노륙지의 특성을 무시하기라도 하듯이 일단의 인물들이 노륙지의 북쪽 절벽을 향해 빠르게 이동하고 있었다. 대략 이십여 명으로 이루어진 일행은 이미 어둑해지기 시작한 노륙지의 습지를 벗어나 신선한 공기가 감도는 북쪽의 숲을 향해 치닫고 있었다.

일신에 지닌 공력들이 범상치 않은 듯 무서운 속도로 움직이면서도 그들의 발끝에서는 미세한 파공음밖에 일어나지 않고 있었다. 한순간 그들의 눈앞에 작은 계곡이 모습을 드러냈다. 노륙지 북쪽의 절벽 위에 수원(水原)을 둔 계곡물은 노륙지의 탁한 물과는 달리 맑은 향기가 묻어날 정도로 맑았다. 그러나 어둑해진 숲을 달리는 인물들은 계곡의 맑은 물에는 눈길조차 주지 않았다.

휘이익!

가장 선두에서 달리던 묵빛 장삼의 노인이 훌쩍 신형을 날려 단번에 계곡을 날아 넘었다. 그러자 그 뒤를 따라 나머지 인물들 역시 망설이지 않고 계곡을 날아 넘는 것이었다. 그리곤 뒤도 돌아보지 않고 눈앞에 펼쳐진 원시림 속으로 달려들어 갔다.

"놀라운 자들이야. 늑대탈을 뒤집어쓴 자들과는 애초부터 다른 경지의 고수들인 줄은 알았지만 그 숫자가 생각보다 많구나. 그동안 강호고수들을 상대했던 여섯 명의 괴인들 말고도 그런 정도의 고수가 십여 명이나 더 있다니, 강호의 어느 문파가 저런 정도의 고수들을 보유하고 있을 것인가?"

일단의 인물들이 계곡을 넘어 숲으로 사라진 지점에 어느 순간 불쑥 한마디 목소리가 흘러나오더니 허름한 옷차림의 노인이 한 자루 지팡이를 짚은 채 모습을 나타냈다.

노인은 괴고수들의 근거지였던 노륙지 북쪽 장원 인근에서 늑대탈을 쓴 괴인들을 상대했던 동궁십이선 중 일인, 상당군이었다. 다른 때와 마찬가지로 그의 몸은 너무 늙어 서 있기조차 힘들어 보였지만 그의 눈은 어느 때보다도 반짝이고 있었다.

그런데 장원에서 비무가 벌어지던 그날 밤과 다른 한 가지 사실이 있었다. 바로 그의 뒤쪽에 다섯 명의 중년 사내들이 서 있다는 것이었다.

"저들이 다시 장원으로 가는 것인지요?"

중년 사내 중 한 명이 몹시 조심스런 태도로 상당군에게 물었다. 그러자 상당군이 고개를 갸웃했다.

"글쎄, 방향으로 보자면 그렇지만… 아무리 등하불명이라도 다시 장원으로 들어갈 리는 없을 텐데……."

"하지만 그들이 움직이는 북쪽은 수백 척 절벽이 막아선 곳입니다. 그들이 갈 곳이라고는……."

사내의 말 도중에 상당군이 손을 들어 사내의 말을 끊었다.

"흐흠, 그렇게 단정하지 마시게. 그들은 귀계를 써 이곳에 모인 수백의 무림인을 화마에 빠뜨린 자들이야. 그건 그들이 이 노륙지에서의 일을 하나에서부터 열까지 세세하게 계획했다는 의미지. 그러니 저들이 움직이는 북쪽에 그들이 빠져나갈 길이 없으리라고 어찌 장담할 수 있겠는가? 애초에 태호와 가까운 동쪽 수로로 도주하는 것을 포기하고 다시 노륙지로 들어왔을 때는 다 그만한 이유가 있었을 게야."

상당군의 말에 중년 사내가 가볍게 고개를 숙여 보였다.

"어쨌든 이제 일은 막바지에 이르렀다고 할 수 있네. 저들이 자신들의 계획대로 움직이게 해서는 안 되겠지."

"앞을 막을까요?"

"아니, 그건 우리가 아니라도 할 사람들이 있을 것 같아. 일단 뒤따르고 있을 현각주에게 연락을 주게. 우리만으로 저들을 상대하기는 힘들어. 저들 앞에 나서는 것은 본 궁의 고수들이 모두 모였을 때 하기로 하지. 지금은 그저 뒤나 따르기로 하세나."

말을 마친 상당군이 고개를 들어 주변을 한번 스윽 둘러보고는 이내 훌쩍 몸을 날려 계곡을 날아 넘었다. 그러자 그의 뒤에서 있던 오 인의 중년 사내들도 재빨리 상당군의 뒤를 따르는 것이었다.

*　　*　　*

첩첩이 이어진 절벽에 어둠의 그늘이 만들어졌다. 그 그늘 아래로 일단의 인물들이 스며들 듯 들어섰다.

"천주(天主)!"

절벽의 그림자 아래 사람들이 모습을 드러내자 갑자기 절벽 안쪽에서 나지막한 목소리가 흘러나왔다. 도대체가 아무것도 존재하지 않는 절벽이 말을 한다는 것이 있을 법한 일인가. 하지만 장내에 나타난 자들 중 절벽에서 흘러나오는 사람의 목소리에 놀라는 자는 없었다. 그리고 잠시 후 그 이유가 밝혀졌다.

스르르…

목소리가 흘러나온 절벽의 표면이 마치 뱀 껍질 벗겨지듯 한 꺼풀 흘러내렸다. 그리고 그 안쪽에서 지극히 평범해 보이는 한 명의 사내가 모습을 드러냈다. 은잠술은 강호에 널리 퍼져 있는 절기지만 지금 절벽 안에서 모습을 드러낸 자와 같이 고절한 은잠술을 시전할 수 있는 자는 천하를 뒤져도 몇 되지 않을 터였다.

"준비는?"

절벽 안쪽에서 모습을 드러낸 사내를 보고 장내에 도착한 자들 중 묵빛 장삼을 입은 노인이 짧게 물었다.

"모든 준비는 완벽합니다. 주변을 살피는 자 또한 지금까지는 없었습니다."

"좋아. 수고했다, 환마(幻魔)! 이제 이곳을 떠나기만 하면 이번 일은 일단락 지어지는 것이군."

노인이 만족한 듯한 미소를 지으며 자신들이 지나온 노륙지의 숲에 시선을 주었다.

"움직이시지요. 상대는 이패입니다. 더군다나 아직 그들은 모습조차 드러내지 않았으니 어딘가에서 우릴 주시하고 있을지도 모릅니다."

노인과 함께 장내에 모습을 드러낸 자 중 다른 사람의 가슴어림에 오는 작은 키에 보통의 사람보다 배 가까이 큰 머리를 지닌 초로의 노인이 입을 열었다. 다른 자들은 묵빛 장삼을 입은 노인을 무척 두려워하는 듯했지만 키 작은 노인은 묵빛 장삼의 노인을 그리 두려워하지 않는 듯 보였다.

"뇌마(腦魔)! 자네는 너무 재미가 없어. 일이 이쯤 되면 잠시 여유를 가져도 좋을 텐데 말이야."

그러자 키 작은 노인의 입가에 한줄기 미소가 생겨났다.

"저야 애당초 그럴 만한 배포가 없는 위인이지요."

"하하하, 그런 말 말게. 천하무림인을 끌어들여 한바탕 불놀이를 한 자네의 배포가 어찌 작다고 할 수 있겠는가? 아마도 천하에 자네의 배포를 따라올 자는 그리 많지 않을 걸세."

"천주께서 그리 말씀해 주시면 감읍할 따름입니다. 하지만 이제는 정말 움직여야 할 때입니다. 동궁과 남련의 고수들은 결코 우리의 흔적을 놓치지 않을 겁니다."

"알겠네. 이곳에서 그들을 상대해 과거 선조들의 원한을 조금이나마 씻어보고 싶은 마음이 아주 없는 것은 아니나 역시 이번 일의 목적은 이패를 상대하는 것이 아니니 이만 떠나주는 것이 좋겠지."

"머지않아 반드시 그 기회가 올 것입니다."

"후후, 뇌마 자네라면 분명 그 기회를 내게 만들어줄 게야. 그때가 되면 강호는 알게 될 것이다. 천하를 상대로 싸웠던 백마(百魔)의 위대함을… 그리고 이번에는 결코 백마혈전(百魔血戰)의 전철을 밟지 않으리라."

"천주(天主)시라면 반드시 대업을 이루실 겁니다."

"좋아. 뇌마 자네를 믿겠다. 이 신주마(神主魔)에게 반드시 그 기회를 가져다줄 것으로 말이야."

노인의 눈에서 한차례 광망이 흘러나왔다. 그러자 그를 둘러싸고 있던 노륙지의 괴인들이 흠칫 몸을 떨었다. 그리고 그들뿐 아니라 만약 누군가 강호의 인물이 노인의 말을 들었다면 아마도 제대로 서 있을 수조차 없었을 것이다.

백마혈전(百魔血戰)과 신주마(神主魔), 이 두 단어가 무림에서 의미하는 바를 어찌 말로써 설명할 수 있을 것인가. 지난 수십 년간 강호에서 가장 큰 다섯 차례의 전쟁 중 하나인 백마혈전(百魔血戰), 그리고 현 강호에서 가장 강한 고수로 꼽히는 천하팔대고수 중 한 명의 이름인 신주마(神主魔), 이 두 개의 단어가 천주라는 자의 입에서 하나로 합쳐지고 있었던 것이다.

그렇게 잠시 수하들을 전율케 만든 극강한 기세를 흘려내던 묵빛 장삼의 노인 천주가 절벽 안에서 나타난 환마에게 고개를 끄덕여 보였다. 그러자 환마가 재빨리 절벽 위를 바라보며 입으로 작은 새소리를 만들어냈다.

삐리리리!

애절한 밤새 소리가 절벽을 타고 허공으로 퍼져 나갔다. 그러자 어느 순간 갑자기 어둠에 싸인 절벽에서 십여 가닥의 밧줄이 뱀처럼 흐느적거리며 내려오기 시작했다. 밧줄들은 순식간에 절벽 아래 서 있는 자들의 발아래에 와 닿았다.

"그만 가지."

천주라 불린, 스스로는 신주마라 칭한 노인이 입을 열자 그를 둘러선 자들이 일제히 고개를 숙여 보이고는 그중 일부가 절벽 위에서 내리뜨려진 밧줄을 잡고는 훌쩍 몸을 날리기 시작했다. 순간 그들의 몸이 밧줄을 타고 산짐승처럼 절벽을 오르기 시작했다. 그런데 바로 그 순간이었다.

번쩍!

한줄기 눈부신 광채가 번뜩이더니 순식간에 절벽 위에서 내려진 십여 개의 밧줄 중 다섯 개를 끊어버리는 것이었다. 순간 잘린 밧줄을 타고 오르던 자들이 절벽을 박차고 허공으로 치솟았다. 그리고 속절없이 땅으로 떨어져 내리기 시작했다.

지지직!

개중 일부는 도검을 절벽에 꽂아 떨어지는 속도를 줄이는 자도 있었다.

처척!

절벽에서 내려진 열 개의 밧줄을 타고 절벽을 오르던 자들 중 다섯이 그렇게 땅 위로 내려섰다. 나머지 다섯은 이미 절벽 위로 올라갔는지 그 흔적이 보이지 않았다.

"왔으면 쥐새끼처럼 숨어 있지 말고 얼굴을 보여라!"

장내의 인물 중 한 명이 앞으로 나서며 호랑이가 포효하듯 광포한 음성을 흘려냈다. 어둠 속에서도 확연히 드러나는 거대한 체구, 바로 노륙지의 여섯 괴고수 중 한 명인 천괴였다.

천괴의 호통이 끝나자 기다렸다는 듯 절벽과 연한 어두운 숲 속에서 이십여 명의 인물이 모습을 드러냈다.

"이패(二覇)의 종자들이 아니었나?"

모습을 드러낸 자들을 일견한 천괴의 입에서 의외라는 듯한 음성이 흘러나왔다. 천괴를 비롯한 노륙지의 괴고수들 앞에 모습을 드러낸 자들은 하나같이 머리에 복면을 하고 있었다. 그리고 그 모습은 노륙지의 괴고수들에게도 익숙한 모습이었다.

"흐흐, 장원을 떠난 후 그 모습을 볼 수 없더니 드디어 모습을 드러냈군."

천괴의 입에서 진득한 음성이 흘러나왔다.

"물건을 넘기면 길을 막지 않겠다."

장내에 등장한 복면인 중 한 명의 입에서 무감정한 목소리가 흘러나왔다.

"훗, 마치 그것들이 자신들의 물건인 양 말하는군."

천괴의 입에서 한마디 비웃음이 흘러나왔다. 그런데 그 순간 천괴의 뒤쪽에서 날카로운 음성이 들려왔다.

"천괴, 그들은 정말 물건의 주인일지도 모르는 사람들일세."

키 작은 노인 뇌마였다.

"아니, 그게 무슨 말이오? 그들이 물건의 주인일지도 모른다니. 그럼 이자들이 벽산철가에서 나온 작자들이란 말이오?"

천괴가 놀란 얼굴로 묻자 뇌마가 천괴 곁으로 다가서며 말했다.

"아니. 그들은 벽산철가에서 나온 자들은 아닐 걸세. 그랬다면 얼굴을 가릴 이유가 없지. 아마도 그들은 벽산철가로부터 그 물건을 건네받을 사람들이었을 걸세. 내 말이 맞지 않느냐?"

뇌마가 한줄기 미소를 베어 물며 복면인들에게 물었다. 그러자 복면인들을 이끌고 있던 자의 눈빛이 번뜩였다. 그 눈에는 새파란 살기가 묻어났다.

"우리에 대해 얼마나 알고 있느냐?"

복면인의 입에서 차가운 음성이 흘러나왔다.

"글쎄. 그렇게 많이 안다고는 할 수 없지. 다만, 그대들이 오래전부터 벽산철가와 밀접한 관계를 맺고 있다는 것은 알고 있었어. 그러다가 최근에 들어서 또 한 가지 사실을 알게 되었지."

"또 무엇을 알고 있느냐?"

복면인의 음성이 점점 더 차가워졌다.

"훗, 뭐 별것 아닐 수도… 벽산철가의 작은 상선 하나가 여섯 달 전 장강의 상류에서 암옥귀선을 만났다는 것 정도일까."

순간 복면인의 눈에 기광이 스치고 지나갔다.

"그게 우리와 무슨 상관이 있단 말이냐?"

눈빛과는 달리 복면인이 여전히 냉랭한 목소리로 물었다. 그러자 뇌마가 한줄기 냉소를 입가에 머금었다.

"물론, 아무런 상관이 없을 수도 있겠지. 하지만 어쨌든 우린 그 후 제법 오랫동안 암옥을 지켜보고 있었다. 그래서 한 가지 사실을 알게 됐지. 암옥과 벽산철가의 만남이 꾸준히 그리고 무척 은밀하게 이어지고 있다는 사실을… 그래서 우린 궁금해졌다. 도대체 이 어울리지 않는 두 집단의 은밀한 만남이 이어지는 이유가 뭘까 하고 말이야."

뇌마의 말이 이어질수록 복면인의 안광은 더욱 차가워졌다.

"물론 우린 아직 그 이유를 확실히 알지 못한다. 하지만 그 와중에 의외의 사실을 알게 되었지. 바로 벽산철가의 부의 원천인 벽산의 철광에서 철뿐 아니라 금맥이 발견되었다는 사실을 말이야. 그리고 그곳에서 생산된 금들이 철 운반선으로 위장한 배에 운반되어질 것이란 사실 또한 알게 되었다. 그런데 이상한 것은 그 황금들이 벽산철가에 도착하기 전 다른 누군가에게 인도될 것이라는 거였지. 후후, 그래서 우린 이런 일련의 의문들을 일거에 풀어낼 수 있는 계획을 세우게 되었던 것이다."

"그 계획이란 것이 벽산철가의 황금선을 탈취하는 것이었느냐?"

"후후, 짐작대로 바로 그것이다. 그리고 일은 우리의 예상대로 진행되었다. 물론 약간의 문제가 생기지 않은 것은 아니지만… 그리고 난 이번 일을 계획하면서 가장 중요한 목표로 설정했던 것 중 하나를 지금 달성할 수 있을 것이란 생각을 하고 있다."

뇌마의 말에 복면인이 대답을 하는 대신 살기 가득한 눈빛을 쏘아 보냈다.

"이해하겠나? 우린 너희들에게 발목을 잡힌 게 아니야. 오히려 우린 너희들을 기다리고 있었던 것이다. 크크크!"

뇌마의 입에서 득의한 웃음이 흘러나왔다. 그럴수록 복면인이 내뿜는 살기는 더더욱 강해졌다.

"네놈들의 목적이 무엇인지 모르겠지만 지금 걱정해야 할 것은 네놈들의 목숨일 것이다."

복면인의 차가운 음성이 흘러나왔다.

"후후. 글쎄… 과연 그럴까? 너희들이 설령 우리의 짐작대로 암옥(暗獄)에서 나온 자들이라 할지라도 오늘의 승자는 우리가 될 것이다."

뇌마는 복면인들이 암옥의 고수들이란 것을 확신하는 듯했다.

"암옥을 우리와 연결시키지 마라."

복면인의 입에서 뇌마의 확신을 부인하는 말이 흘러나왔다.

"크크크. 좋아, 아직은 그대들이 암옥의 인물들이 아니라고 해두지. 하지만 과연 그 복면이 벗겨진 후에도 계속 그대들이 암옥의 고수가 아니라고 할 수 있을지 두고 보겠다."

"그런 일은 일어나지 않을 것이다. 그전에 네놈들의 목이 떨어질 것이므로."

"후후, 대단한 자신감이군. 이미 우리의 실력을 보았을 텐데… 역시 도검밖에는 해결할 방법이 없겠지."

뇌마가 슬쩍 고개를 돌려 천주라 불리는 노인을 바라봤다. 그러자 노인이 가볍게 고개를 까딱였다. 순간 장내에 있던 노륙지의 괴고수들이 일제히 앞으로 나서며 복면인들을 마주 보고 섰다.

스르릉!

양측의 고수들이 자신들의 병기를 빼어 드는 소리가 은은하게 울려 나왔다. 팽팽한 긴장이 두 무리 사이에서 흘러나오기 시작했다. 그리고 잠시 후 그 긴장은 더 이상 견딜 수 없을 만큼 거대하게 부풀어 올랐다.

팟!

가장 먼저 움직인 것은 풍마였다. 그녀는 예의 그 바람 같은 신법을 발휘해 사라졌다 싶은 순간 이미 복면인들의 무리 좌측에 나타나 한 명의 복면인에게 검을 쑤셔 넣고 있었다.

"흥!"

하지만 그녀의 공격을 받은 복면인의 대응 또한 놀라웠다. 한마디 냉소가 흘러나오는 순간 풍마의 공격을 받은 복면인의 도가 무서운 속도로 움직였다.

창!

한가닥 날카로운 충돌음과 함께 불꽃이 번뜩였다. 그리곤 순식간에 두 사람의 신형이 서로에게서 떨어졌다.

"대단하군."

천괴의 입에서 감탄사가 흘러나왔다. 풍마의 실력이야 익히 알고 있는 것이니 감탄사는 풍마가 아니라 풍마의 공격을 막아낸 복면인에 대한 것이리라.

"장원에 데리고 왔던 자들이 아니군."

마검의 입에서 나직한 음성이 흘러나왔다.

"후후, 이미 노륙지에서 너희들의 실력은 충분히 파악했다. 그러니 우리도 그에 맞게 준비를 하는 것이 당연한 일이 아니겠느냐?"

복면인의 우두머리가 자신감이 묻어나는 목소리로 대답했다. 그러자 마검의 뒤쪽에 서 있던 뇌마가 다시 입을 열었다.

"만약 네 동료들이 하나같이 방금 전 풍마의 공격을 막아낸 자와 같은 수준이라면 그야말로 놀라운 일이라 할 수 있을 것이다. 당금 무림에서 그와 같은 고수들을 스무 명씩이나 동원할 수 있는 곳이 천하사패 말고 얼마나 더 있겠는가? 물론, 암옥도 그중 하나이지만…….”

“계속 주둥이만 놀릴 것인가?”

뇌마가 끈질기게 암옥을 입에 올리자 복면인이 뇌마의 말을 끊었다. 그러자 천괴가 히죽 미소를 지었다.

“맞는 말이야. 일단 한바탕 살풀이를 하고 난 후에 입을 열어도 늦지 않을 게야. 자, 그럼 시작해 보자고.”

말을 마치는 순간 천괴의 몸이 허공으로 치솟았다. 천괴는 워낙 거구라 그가 일단 하늘로 치솟자 가뜩이나 어둑한 밤하늘이 더욱 어두워졌다.

“내가 맡지요.”

복면인 중 한 명이 천괴를 향해 마주 날아오르며 소리쳤다.

콰콰쾅!

천괴와 복면인 사이에서 지축을 뒤흔드는 굉음이 터져 나왔다. 천괴를 상대하기 위해 날아가는 자 역시 도를 사용했는데 그의 도법 또한 만만치가 않아서 천괴의 일격을 그런대로 막아냈던 것이다. 그러나 천괴는 그 덩치에 걸맞게 천고의 괴력을 가지고 있는 자였다.

“음!”

천괴의 공격을 막아낸 복면인의 신형이 허공에서 잠시 흔들리더니 이내 충격을 이기지 못하고 자신이 서 있던 곳으로 떨어져 내리기 시작했다.

“클클. 제법이다. 하지만 힘이 부족하구나.”

천괴가 진득한 미소를 지으며 떨어져 내리는 복면인을 향해 재차 공세를 펼쳤다.

구우웅!

천괴의 도가 만들어내는 파공음이 은은하게 울려 나왔다. 그 소리만으로도 천괴의 막강한 공력이 여실히 느껴졌다. 뒤로 물러나는 복면인도 재빨리 도를 들어 이어지는 천괴의 공격을 막아내려 했으나 누가 보아도 다시 천괴의 도를 막아낼 여력은 없어 보였다.

그런데 그렇게 천괴와 맞부딪친 복면인이 심각한 위기에 몰리는 순간 갑자기 복면인들 속에서 삼 인의 신형이 솟구쳐 올랐다. 그들의 손에는 반 장이 넘는 세 자루의 장도가 들려 있었다. 일단 허공에 떠오는 삼 인은 미묘한 움직임으로 삼각형을 이루더니 이내 자신들의 동료를 향해 돌진하는 천괴를 향해 맹렬한 도기를 뿜어냈다.

콰아아앙!

삼 인이 만들어내는 도기는 광포한 파도처럼 천괴를 향해 닥쳐들었다.

"합격술을 익힌 자들이구나."

천괴의 입에서 감탄사가 흘러나왔다. 하지만 삼 인이 합공을 한다고 해서 뒤로 물러설 천괴가 아니었다. 뒤로 물러나는 대신 천괴는 자신의 목표를 바꾸었다.

"핫!"

천괴의 입에서 한마디 기합성이 흘러나왔다. 동시에 뒤로 물러나는 복면인을 향하던 그의 도가 거칠게 방향을 바꾸며 허공에 번개처럼 하나의 원을 그려냈다.

콰콰쾅!

삼 인의 복면인이 만들어낸 도기와 천괴가 허공에 그려낸 도기가 충돌하며 강력한 굉음이 터져 나왔다. 순간 사람들의 시선이 일제히 허공에서 충돌한 사 인에게로 향했다. 그사이 천지를 뒤흔드는 충돌음을 만들어낸 천괴와 삼 인은 어느새 서로에게서 멀어지고 있었다. 결과는 무승부. 어느 한쪽도 승기를 잡지 못한 듯 천괴와 상대편 삼 인의 복면인은 서로를 노려보며 땅 위로 내려섰다.

"과연 보통 놈들이 아니구나. 얼른 그 복면을 벗기고 면상을 확인하고 싶구나."

천괴가 진득한 마기를 흘려내기 시작했다.

"우리의 합공을 받아낸 자 또한 오랜만에 보는구나."

천괴의 반대편에서 삼 인의 복면인 중 한 명이 지지 않고 응수했다.

"후후후. 이거야 참, 조금도 양보가 없군. 좋아. 다시 한 번 겨뤄보자고."

천괴가 진기를 끌어올리며 말했다.

"기다리던 바다."

천괴에 맞서 삼 인의 복면인과 가장 먼저 천괴를 상대했던 자가 앞으로 나섰다. 그러자 천괴의 눈에 이채가 떠올랐다.

"본래 넷이 하나였나?"

그러자 복면인이 고개를 끄덕였다.

"셋일 때와는 전혀 다를 테니 각오해야 할 게다."

"후후, 상대가 강하면 강할수록 재미있는 게 싸움이지."

"흥, 네 목이 달아나도 그런 말이 입에서 나오는지 보겠다."

복면인이 냉소를 흘려내는 순간 천괴가 움직였다. 그의 빠름은 익히 노륙지에서 강호고수들을 상대할 때부터 확인된 실력, 그가 움직였다 싶은 순간 그는 이미 사 인의 복면인 앞에 다가서고 있었다. 복면인들의 반응 역시 신속했다. 그들은 어느새 네 방위를 점하고 닥쳐드는 천괴를 맞이해 도를 뻗어내고 있었다.

콰콰쾅!

다시금 천괴와 사 인의 복면인이 충돌했다. 어느 한쪽의 우세가 드러나지 않는 팽팽한 싸움, 본시 균형을 이룬 싸움은 길어지게 마련이다. 그런데 장내에서 대치하고 있는 노륙지의 괴고수들과 복면인들에게는 시간이 그리 많지 않았다. 조만간 동궁과 남련을 위시한 강호고수들의 추격이 있을 것이므로…….

"우리도 시작하지."

천괴의 싸움을 지켜보던 마검이 담담한 목소리를 흘려냈다. 검을 들어 상대를 베고자 하는 자의 기세가 한 올도 느껴지지 않는 목소리였다. 하지만 그의 음성을 들은 복면인들 중 몇몇은 몸을 흠칫거렸다. 그늘진 그의 목소리에 숨어 있는 차가운 살기를 읽어냈기 때문이었다.

"바라던 바다."

복면인들의 우두머리가 마검의 말에 고개를 까딱였다.

"시간을 끌어 좋을 것이 없는 싸움이다. 모두 나선다."

마검의 목소리가 조금 높아졌다. 그의 말이 끝남과 동시에 그의 신형이 복면인들의 우두머리를 향해 날아갔다. 그것을 신호로 양측의 고수들이 맹렬하게 섞여들기 시작했다.

第十章

신주마(神主魔) 악불위(岳不爲)

孤劍秋山

"저자들은?"

추산이 나직한 목소리로 중얼거렸다. 무불장의 고수들은 노륙지의 괴고수들과 복면인들이 일장 혈투를 벌이고 있는 곳으로부터 이십여 장 떨어진 곳에 막 도착하고 있었다.

"장원에 나타났던 그자들이군."

대웅산이 복면인들을 보며 중얼거렸다.

"장원에서의 비무 이후 한동안 보이지 않는다 했더니 아마도 은밀히 괴고수들을 추적하고 있었나 보군요."

"뭘 하는 작자들일까?"

대웅산이 고개를 갸웃거렸다.

"보통 무공이 아니에요."

"그러게 말이야. 장원에서와는 또 다른 것 같군. 그때는 저 괴고수들에게 여럿이 당했는데 지금은 거의 대등하게 싸우고 있으니 말이야. 아니, 오히려 숫자가 많아서 그런지 승기를 잡은 것 같기도 하군. 하하. 정말 기이한 일이야. 천하의 이패(二覇)도 어쩌지 못한 자들을 몰아붙일 수 있는 자들이 있다니……."

대웅산이 감탄사를 흘려내며 중얼거렸다. 그런데 절벽 아래에서 벌어지고 있는 일장 혈투를 응시하는 고검의 안색이 무척 어두웠다. 그는 추산과 대웅산의 대화를 듣고 있지 않은 듯 뚫어지게 절벽 아래의 싸움에 시선을 고정하고 있었다. 그 모습이 이상했는지 추산이 고검에게 조심스레 말을 걸었다.

"사형, 뭐 특별한 것이라도 발견하신 건가요?"

추산의 물음이 있고서야 고검이 전장에서 시선을 거뒀다. 그리곤 작은 한숨을 내쉬며 추산에게 말했다.

"사제, 복면을 한 자들을 자세히 보았느냐?"

그러자 추산은 고검이 말하는 의도를 모르겠다는 듯 고개를 갸웃거렸다.

"복면을 하고 있으니 뭐 자세히 보려 해도 볼 게 없는데요."

"복면으로 몸과 얼굴은 가릴 수 있으나 가릴 수 없는 것도 있다."

"그게 뭐죠?"

"바로 그들의 병기이지."

고검의 대답을 들은 추산이 재빨리 고개를 돌려 혈투가 벌어지는 절벽 아래를 바라봤다. 그리고 얼마의 시간이 흘렀을까. 추산의 표정이 서서히 변하기 시작했다.

"설마… 저들은?"

추산의 얼굴 가득 불신의 빛이 서렸다. 하지만 세상에는 가끔 인정하기 싫어도 인정할 수밖에 없는 일이 있게 마련이다.

"난 저들이 그들이 아니라고는 말할 수가 없구나."

고검이 추산의 내심을 읽었는지 고개를 저으며 말했다.

"하지만 강호에 도를 이용해 합격술을 펼치는 자들이 그들뿐이라고도 말할 수 없잖아요?"

추산은 고검의 말에 이의를 달았으나 그의 말에는 자신감이 없었다.

"물론 강호에서 도를 사용하는 자들은 수만에 이를 것이다. 하지만 그중 넷이서 저토록 완벽한 합격술을 펼치는 자들은 그리 많지 않지. 더군다나 그들이 사용하는 도는 일반적으로 무림인들이 사용하는 도와는 확연히 구분되는 장도이다."

고검의 말에 추산이 더 이상 반박하지 못하고 고개를 끄덕였다. 그러자 고검이 다시 말을 이었다.

"하지만 그 모든 것보다 더 중요한 것이 있다. 바로 그들의 무공이다. 강호에 모래알처럼 많은 고수들이 있지만, 그들 중 완벽하게 동일한 무공을 사용하는 사람들은 없다. 같은 초식을 익힌 사람들이라도 사람마다 조금씩의 차이를 보이게 마련이지. 마치 지문처럼 말이다. 그래서 난 아직 그들의 무공을 기억하고 있단다."

그러자 추산이 한숨을 내쉬었다.

"맞아요, 사형. 저도 그들의 무공을 보고는 결국 그들일 수밖에 없다고 생각하고 있었어요."

"아니, 도대체 두 사람이 말하는 그들이 대체 누굽니까?"

대웅산이 고검과 추산의 대화를 듣고 있다가 답답한 듯 물었다. 대웅산의 질문에 추산이 고검을 바라봤다. 그러자 고검이 고개를 끄덕였다. 고검의 허락을 얻은 추산이 천천히 입을 열었다.

"그러니까 일 년 정도 되었네요. 기억하시죠? 동정호에 괴물이 나타나 기련장의 육 소저를 납치해 갔던 일이요."

"물론 기억하지. 뭐, 그리 오래된 일도 아니잖아."

대웅산이 고개를 끄덕였다.

"지금 저기서 천괴라는 자를 상대하고 있는 네 명의 도객(刀客)은 저와 사형이 바로 그 기련장의 청부를 수행하러 갔을 때 본 자들이에요."

"엇? 정말이야. 그럼 저자들도 동정호의 괴물을 잡기 위해 기련장에 왔었다는 말인가?"

대웅산의 질문에 추산이 천천히 고개를 저었다.

"그들은 육 소저를 납치한 괴물을 잡으러 온 자들이 아니라, 바로 괴물을 만들어낸 자들과 한패였어요."

순간 추산의 말을 듣고 있던 무불장 고수들의 눈이 화등잔처럼 커졌다.

"서, 설마… 저들이 암옥의 사람들이란 말이야?"

대웅산의 목소리가 잘게 떨려왔다.

"그래요. 저들은 바로 암옥에서 만났던 자들이 분명해요. 암옥귀왕 마천이 네 개의 관문을 만들어 사형과 저를 시험하려 할 때 첫 번째 관문을 지켰던 자들이 바로 저자들이에요. 아마 자신들을 암옥사천왕이라고 했지요?"

추산이 고검을 보며 물었다.

"그랬었지."

"아니, 도대체 암옥의 인간들이 마옥이나 지키지 않고 왜 머리에 복면을 뒤집어쓰고 강호에 나온 거지?"

대웅산이 놀란 표정을 지우지 않고 물었다.

"애초부터 황금선의 비밀을 알고 있었던 것이 분명해요. 그렇지 않다면 복면까지 하고 강호로 나올 리가 없지요. 어떻게 그 사실을 알았는지는 모르지만……."

"어찌 되었든 드디어 암옥이 움직였다는 것은 무척 중요한 사실이다. 동정호에서의 일 이후에 천하사패도 암옥을 예의 주시하고 있는 상황임에도 불구하고 그들이 움직였다면 이 태호의 일이 그들에게 무척 중요하기 때문이겠지. 그리고… 그들이 드디어 천하를 상대로 한 발을 내딛기 시작했다는 의미가 아니겠느냐?"

"헤, 그러게요. 이제 황금선이 문제가 아니겠어요. 저들이 암옥의 인물들임이 드러나는 순간, 암옥은 사패의 금옥(禁獄)이 아닌 사패의 도전자로 바뀔 테니까요."

그런데 고검과 추산이 복면인들의 정체를 알아채는 사이 노륙지의 괴고수들과 복면을 한 암옥 고수들의 싸움에 일대 변화가 일어나고 있었다.

팽팽한 균형을 유지하던 싸움은 서서히 복면인들의 우세로 기울어지고 있었다. 노륙지의 괴고수들은 대단한 무공의 소유

자들이었으나, 그 숫자에서 복면인들에게 미치지 못할 뿐 아니라 복면인들의 무공 역시 장원에서 보았던 복면인들과는 다르게 하나같이 절정의 기량을 선보이고 있었기 때문이다. 그런데 그것에 더해 괴고수들을 좀 더 힘들게 만드는 것이 있었으니 그것은 바로 복면인들의 우두머리인 자의 무공이었다.

장원의 비무에서 괴고수 수마를 상대로 우위를 점했던 복면인들의 우두머리는 장원에서의 비무 때와는 또 다른 경지의 무공을 보여주고 있었다. 그의 검이 한번 움직일 때마다 노륙지의 괴고수들은 겨우겨우 몸을 방어하는 지경이었고, 늑대탈을 쓴 괴인들의 경우에는 여지없이 복면인의 검에 부상을 입고 마는 것이었다. 그렇다고 숫자에서 밀리는 노륙지의 괴인들이 합공을 할 수도 없는 처지, 전세는 그렇게 복면인들의 우세로 기울어지고 있었다.

그런데 어느 순간 갑자기 장내의 싸움을 중지시키는 한마디 목소리가 흘러나왔다.

"그만, 싸움을 멈추라!"

그것은 무척 나직한 목소리였다. 하지만 그 목소리에는 듣는 이로 하여금 도저히 거부할 수 없는 위엄이 담겨 있어서 목소리가 들려오는 순간 장내에서 생사를 건 치열한 싸움을 벌이고 있던 양측의 고수들이 일제히 싸움을 멈추고 목소리가 들려온 곳으로 시선을 돌릴 수밖에 없었다. 그리고 그들이 시선을 돌렸을 때 그들의 시선이 닿은 곳에는 검은 묵빛 장삼을 걸친 노인, 스스로 신주마라 자칭하고 괴고수들로부터 천주(天主)라 불린 노인이 서 있었다.

"드디어 그가 나서는군요."

추산의 목소리가 작게 떨렸다.

"그게 말이야. 저 노인이 나서면 일은 간단치 않지. 장원의 석탑에서 보았던 그의 무공은… 음, 과연 어찌 될지."

대웅산조차도 긴장으로 말을 잇지 못했다. 무불장 고수들은 아직 노인이 천하팔대고수 신비마인 신주마 악불위임을 모르고 있었으나 이미 장원에서 그의 무공을 본 적이 있으므로 자못 긴장하지 않을 수 없었던 것이다.

노인의 입에서 말 한마디가 흘러나왔을 뿐인데 장내의 공기는 한순간에 차갑게 얼어붙었다. 중원에서 보자면 남쪽 지방인 노륙지에 때 아닌 한파가 찾아든 것이다.

'이런 절대적인 기운은 오직 한 부류의 사람들만이 만들어낼 수 있다.'

어지간해서는 긴장이란 것을 하지 않는 고검조차 노인이 만들어내는 한기에 몸이 굳어오는 것을 느꼈다. 그런데 그렇게 노인의 한마디 말이 장내의 분위기를 얼음처럼 만들어 버린 그때 의외의 변화가 또 한 번 일어났다.

"쥐새끼 같은 것들, 이런 곳에 쥐구멍을 만들어놓고 있었구나!"

거친 음성과 함께 장내로 날아드는 수십 인의 고수들, 그 선두에 벽산철가 최고수 황패가 서 있었다. 그의 곁에는 노륙지의 숲에서 고검과 추산도 잠시 보았던 무총관 송요득이 따르고 있었다. 서로 떨어져서 움직이던 두 사람이 괴고수들을 추격하는 와중에 자연스레 합류한 모양이었다. 다급한 추격의 결과인지 벽산철가 고수들의 몸 이곳저곳에는 화마에 휩싸인 갈대숲에서 빠져나오며 묻어난 검은 그을음이 지워지지 않은 채 남아 있었다.

그런데 호기롭게 장내로 날아든 황패의 표정이 순식간에 변했다. 괴고수들을 발견하고 급하게 달려들 때는 미처 알아채지 못했지만 황패는 절정의 무공을 지닌 고수였다. 그가 묵빛 장삼의 노인에 의해 형성된 장내의 한기를 깨닫지 못할 리 없었다. 그리고 그 또한 묵빛 장삼의 노인, 천주의 무공을 견식하지 않았던가.

그런데 다시 이상한 일이 벌어졌다. 장내의 기이한 기류에 의문을 품은 황패의 시선이 자신도 모르는 사이에 복면인들의 수장에게로 향한 것이다. 더군다나 황패의 눈빛은 마치 복면인을 오래전부터 알고 지낸 사람처럼 자연스러웠다. 순간 복면인이 사람들이 눈치 채지 못할 만큼 작은 움직임으로 재빨리 고개를 저었다. 그 순간 황패도 흠칫 무엇인가를 깨들은 듯 순식간에 복면인에게서 시선을 거뒀다.

보통의 무림인이라면 어둠 속에서 일어난 이 한차례의 시선 교환을 무시하고 지나칠 수도 있었지만 노륙지의 괴고수들은 그저 그런 평범한 무림인들이 아니었다.

"후훗, 역시 예상대로군. 두 사람은 익히 친분이 있는 사인가 보군."

싸움에 참여하지 않았던 뇌마의 입에서 득의한 음성이 흘러나왔다. 순간 황패와 복면인의 눈에 당혹한 기색이 떠올랐다.

"죽을 때가 되니 쓸데없는 말을 지껄이는구나."

황패가 호랑이 눈을 하고 뇌마를 노려봤다. 그러나 뇌마는 그런 황패의 반응에 아랑곳하지 않고 자신들의 천주에게 가볍게 허리를 숙여 보였다.

"천주(天主), 이것으로서 이번에 계획했던 일은 모두 끝났다고 할 수 있겠습니다. 지금 이 주변에는 비록 모습을 드러내고 있지는 않지만 동궁과 남련을 비롯해 강호의 고수들이 몸을 숨기고 있을 것입니다. 아마도 오늘 이후 그들은 벽산철가와 이들 복면을 한 자들의 관계를 무척 궁금해할 것입니다."

뇌마의 말에 천주가 만족한 듯 고개를 끄덕였다.

"뇌마 그대의 말이 옳다. 이제 정말 노륙지를 떠날 때가 됐어."

한마디 말로 장내를 얼음처럼 굳게 만들었던 노인의 입에서 이번에는 부드러운 음성이 흘러나왔다.

천주와 뇌마 두 사람의 대화를 듣고 있던 황패의 얼굴이 파랗게 질려갔다. 황패는 자신의 마음을 감추기라도 하려는 듯 노한 눈으로 노인과 뇌마를 노려보며 소리쳤다.

"물건을 어디에 두었느냐? 물건을 내놓지 않고는 단 한 걸음도 이곳에서 벗어나지 못할 것이다!"

말을 마치면서 황패가 자신의 왼손을 들어 올렸다. 그러자 그의 뒤쪽에 서 있던 수십 명의 벽산철가 고수들이 재빨리 노륙지의 괴고수들을 포위했다.

"후후, 그토록 궁금해하니 말해주도록 하지. 아마도 지금쯤 천하를 향한 너희들의 야망에 밑거름이 되었을 그 황금선은 물고기들의 집으로 변해 있을 것이다."

"그게 무슨 소리냐?"

"말귀를 못 알아듣는군. 황금선은 수장되었다는 말이다. 노륙지 입구의 그 탁한 물속에 말이야. 노륙지의 물살이 무척 빠르니 아마 지금쯤은 태호로 흘러들어 갔을 수도 있겠지."

"그럴 리 없다. 네놈들이 그 많은 황금을 그대로 호수에 밀어 넣었을 리 없어. 그렇다면 애초에 황금선을 공격하지도 않았을 것이다."

"아! 물론 당분간 편하게 먹고 지낼 몇 상자의 황금은 이미 빼돌려 놓았지. 하지만 한 척의 배에 가득 실린 모든 황금을 옮길 수는 없더군. 워낙 추격이 거세서 말이야. 그리고 말했지만 애초에 이번 일을 계획한 목적은 황금에 있었던 것이 아니야. 우린 강호의 고수들에게 강호제일 재력 가문인 벽산철가가 암중의 누군가와 손잡고 무림을 상대로 뭔가를 꾸미고 있다는 것을 알려주고 싶었던 것이다. 단순한 소문이 아닌 명확한 증거를 앞세워서 말이야. 그리고 오늘 그 목적은 달성된 것 같군. 후후후, 이제 더 이상 벽산철가는 자유롭게 강호사패를 넘나들며 재력을 뽐낼 수 없을 게야. 사패가 자신이 아닌 다른 자들과 손을 잡고 다른 세상을 꿈꾼 벽산철가를 그냥 내버려 둘 만큼 자비롭지 않다는 건 그대도 잘 알고 있겠지? 그러기에는 벽산철가의 재력은 너무 가공할 위력을 지니고 있단 말이지. 후후후……."

뇌마의 입에서 득의한 웃음이 흘러나왔다. 아마도 자신이 계획한 모든 일이 계획대로 끝난 것이 무척 만족스런 모양이었다.

"도대체… 도대체 왜 본 가의 일에 관여한 것이냐? 본 가와 어떤 원한이라도 있느냐?"

황패가 더 이상의 변명은 포기한 채 물었다.

"글쎄. 벽산철가보다는 여기 얼굴을 가린 자들 때문이라고 해두지. 우린 그대들이 누군지 이미 짐작하고 있다. 하지만 아직 얼굴을 가리고 있으니 우리 입으론 말하지 않겠다. 그러나 이미 행적이 드러났으니 머지않아 강호는 그들의 정체를 알게 될 게야. 더군다나 천하사패는 더더욱 빨리 말이야."

뇌마가 복면인들의 우두머리를 보며 말했다. 그사이 급변하는 장내 상황에 잠시 흐트러졌던 복면인의 눈빛은 이미 정상으로 돌아와 있었다.

"그전에 너희들의 목숨은 이승을 떠나겠지."

복면인의 입에서 진득한 살기가 묻어났다. 그의 전신에서 가공할 만한 기운이 일어나기 시작했다. 뇌마의 얼굴에 놀라움이 떠올랐다.

"능력의 일부를 감추고 있었던가?"

"너희들을 목숨을 거두기에 부족함이 없을 것이다."

복면인의 기세에 노륙지의 괴고수들조차 조금씩 뒤로 물러나고 있었다. 복면인과 하나로 연결된 것이 분명한 황패조차도 이런 복면인의 모습을 모르고 있었던지 경악스런 표정으로 복면인을 바라보고 있었다.

그런데 그 순간 천주라 불린 묵빛 장삼의 노인이 노륙지의 괴고수들을 지나쳐 서너 걸음 앞으로 나섰다.

"처음부터 궁금했었지. 그 복면 안의 얼굴이……."

"나 또한 그대의 정체가 궁금하긴 마찬가지다."

복면인이 지지 않고 응수했다.

"내 일수를 받아낸다면 내 이름을 알려주마."

묵빛 장삼의 노인, 천주가 여유있는 표정으로 말했다. 장내의 모든 고수들을 긴장시킨 복면인의 기세를 천주라는 노인은 안중에도 두고 있지 않은 듯했다.

"후후. 일초라… 그대 또한 나의 일초에 살아난다면 내 얼굴을 볼 수 있을 것이다."

순간 여유롭던 천주의 얼굴이 차갑게 굳어가기 시작했다. 그리고 어느 순간 사람들의 귀에 들릴 듯 말 듯한 작은 목소리가 그의 입에서 흘러나왔다.

"아직 강호에 팔대고수를 감당할 자는 없다."

천주는 말을 하면서 이미 움직이고 있었다. 그의 신형이 검은색 장삼을 펄럭이며 한 마리 독수리처럼 어스름한 야공을 향해 치솟아올랐다. 그러자 그와 마주하고 있던 복면인 역시 지지 않고 천주를 향해 몸을 날렸다.

두 명의 신형이 허공에서 번개처럼 교차했다. 장내의 모든 사람들이 눈을 부릅뜨고 두 사람의 격돌을 지켜보았으나, 두 사람의 신형이 교차하는 순간이 너무도 짧아 두 사람 사이에 어떤 일이 벌어졌는지 도저히 알아볼 수가 없었다. 그러나 개중 몇몇 고수는 두 사람 사이에 일어난 일초의 교환을 놓치지 않았다. 그리고 그중 한 명은 고검이었다.

고검은 두 사람의 움직임 하나하나를 한순간도 놓치지 않고 바라보고 있었다. 그래서 두 사람이 허공에서 번개처럼 펼친 한 번의 공방 역시 그의 시선을 벗어날 수 없었다.

먼저 공격을 가한 것은 복면인이었다. 그는 묵빛 장삼의 노인 천주와의 거리가 일 장으로 좁혀졌을 때 허리춤에 매달려 있던 검집에서 검을 뽑았다. 그의 발검(拔劍)은 너무도 빨라 검이 뽑혔다 싶은 순간 그의 검끝은 이미 천주의 목젖 아래에 가 있었다. 고검이 지금껏 경험해 보지 못한 쾌검, 고검이 내심 복면인의 공격에 감탄하는 사이 더 놀라운 일이 벌어졌다.

금방이라도 자신의 목을 꿰뚫을 것 같은 복면인의 검을 앞에 두고도 천주의 표정은 침착했다. 하지만 여유있는 그의 얼굴과 달리 두 손은 무서운 속도로 움직였다.

복면인의 검끝이 자신의 목을 향해 닥쳐들자 천주의 왼손이 기이한 각도로 움직였다. 그의 손끝에서 푸르스름한 기운이 일어나고 있었다. 그렇게 기묘하게 움직인 그의 왼손은 놀랍게도 자신의 목을 노리는 복면인의 날카로운 검끝을 잡아갔다.

아무리 수공의 달인이라도 복면인 정도의 고수가 뻗어내는 검을 맨손으로 잡을 수는 없다. 천주 역시 복면인의 검을 맨손으로 움켜잡은 것은 아니었다. 하지만 천주가 한 일은 오히려 검을 맨손으로 잡은 것보다도 더 오묘했다.

복면인의 검에 손이 닿는 순간 천주의 검지와 중지 사이가 벌어지며 복면인의 검끝을 두 손가락 사이에 끼웠다. 그리고 다음 순간 그의 손목이 꺾이자 가공할 진력이 담긴 복면인의 검이 그 검로를 잃고 천주의 목젖을 벗어나 그의 어깨 위로 스쳐 지나가는 것이었다.

두 손가락 사이에 검을 끼워 상대의 검로를 틀어버리는 이 일수는 장내의 고수 그 누구도 흉내 낼 수 없는 고절한 수법이 아닐 수 없었다. 그러나 상황은 거기에서 끝이 아니었다. 거기에서 끝이라면 이 일초의 승부는 무승부로 끝났을 것이다. 하지만 천주에게는 아직 사용하지 않은 또 다른 한 손이 있었다.

천주의 왼손에 의해 복면인의 검이 방향을 잃는 사이 천주의 오른손이 거의 동시에 움직였다. 두 사람의 신형은 이미 서로를 지나치고 있었다. 천주의 몸이 반쯤 자신을 지나치는 복면인을 향해 틀어졌다. 그리고 그 순간 그의 오른손이 가볍게 복면인의 오른쪽 등에 닿았다가 떨어졌다. 그리고 두 사람의 신형은 번개처럼 떨어져 각자 서로가 서 있던 곳에 내려섰다.

"크!"

신음성이 흘러나온 것은 두 사람의 신형이 땅 위에 내려서고 잠깐의 정적이 흐른 뒤였다. 복면인의 입에서 흘러나온 신음성이 장내의 정적을 깼다. 신음성과 더불어 그의 얼굴을 가린 복면 한 부분에 검붉은 얼룩이 지기 시작했다. 입을 통해 토해낸 핏물이 복면에 스며들고 있는 것이 분명해 보였다.

승부는 결정되었다. 단 일합의 겨룸으로 복면인은 심한 내상을 입은 것이다. 천주가 복면인들의 수장을 제압한 일수는 극히 단순해 보였지만 복면인의 무공을 생각하자면 그것은 그야말로 전율적이라고밖에는 표현할 수 없는 무공이었다.

그런데 복면인을 단 일수에 패퇴시켜 장내의 고수들을 경악시킨 묵빛 장삼의 노고수 천주의 신형이 또다시 움직였다.

"본 천의 뒤를 쫓으려는 자는 잘 봐두어라."

허공으로 몸을 솟구친 천주의 입에서 한줄기 냉막한 경고성이 터져 나왔다. 동시에 그의 신형이 벼락처럼 벽산철가 무총관 송요득을 쓸어갔다.

"흡!"

갑작스런 천주의 공격에 송요득의 입에서 다급성이 토해지며 재빨리 검을 들어 올렸다.

뚜깡!

그러나 송요득의 반발은 그야말로 바람 앞의 촛불과 다르지 않았다. 천주의 오른손이 한번 움직이자 애써 들어 올렸던 송요득의 검이 단번에 부러져 나간 것이다.

"컥!"

그리고 연이어 송요득의 신음성이 흘러나왔다. 어느새 그는 가슴에 천주의 일장을 맞고 실 끊어진 연처럼 허공으로 날아가고 있었다. 그렇게 입으로 피분수를 토해내며 날아간 송요득의 몸뚱어리가 거칠게 땅 위에 내동댕이쳐졌다. 이후 송요득의 몸은 몇 번 꿈틀거리더니 이내 그 움직임을 멈췄다. 목숨이 끊어지고 만 것이다.

"이놈!"

천주의 가공할 만한 신위를 정신없이 보고 있던 황패와 벽산철가의 고수들 그리고 수장을 잃은 복면인들이 일제히 노성을 터뜨리며 천주를 향해 달려들었다. 그러자 순식간에 천주의 신형이 수십 명의 고수들에 의해 에워싸여졌다. 그런데 이상한 것은 자신들의 주인이 수십 명의 고수들에게 포위되었음에도 노륙지의 괴고수들은 전혀 움직일 생각을 하지 않고 있다는 것이었다. 오히려 그들의 얼굴에는 여유마저 깃들어 있었다. 그리고 다음 순간 그들의 표정에 드러난 자신감의 이유가 밝혀졌다.

콰콰콰쾅!

천주를 둘러싼 벽산철가의 고수들과 복면인들의 포위망 안쪽에서 강렬한 굉음이 터져 나왔다. 동시에 서너 명의 고수들이 피를 토하며 허공으로 날아갔다. 그러자 천주를 포위했던 포위망이 순식간에 흐트러지며 그 속에서 신주마이자 천주인 노인이 검은 장삼을 휘날리며 천천히 걸어나오는 것이었다.

천주가 포위망을 벗어나고 있건만 그를 막아서는 고수는 더 이상 존재하지 않았다. 그건 벽산철가의 최고수 황패 역시 마찬가지였다. 천하에 두려울 것이 없어 보이던 황패조차 은은한 두려움을 드러낸 채 도를 들어 자신의 몸을 가린 채 노륙지의 괴고수들이 서 있는 곳으로 움직이는 천주를 우두커니 바라볼 뿐이었다.

"천주, 수고하셨습니다."

느긋한 표정으로 천주와 강호고수들의 싸움을 지켜보고 있던 노륙지의 괴고수들이 일제히 허리를 숙였다.

"그만 가지."

천주가 뇌마를 보며 말하자 뇌마가 재차 고개를 숙였다.

"알겠습니다, 천주."

천주의 명에 답을 한 뇌마가 절벽 위를 향해 손을 흔들었다. 그러자 절벽 위에서 다시 십여 가닥의 굵은 밧줄이 스멀거리며 내려왔다. 노륙지의 괴고수들은 밧줄이 자신들의 발끝에 내려와 멈추자 누가 먼저랄 것도 없이 밧줄을 잡고 절벽 위로 치솟아오르기 시작했다.

"천주, 가시지요."

뇌마가 천주를 보며 말하자 천주가 고개를 끄덕이고는 훌쩍 몸을 날려 절벽을 타고 오르기 시작했다. 그러자 가장 늦게 남아 있던 뇌마가 차가운 표정을 지으며 벽산철가와 복면인들 그리고 그 뒤쪽으로 펼쳐진 어두운 숲을 향해 음산한 목소리를 흘려냈다.

"더 이상 본 천의 뒤를 쫓지 마시오. 다시 본 천의 뒤를 쫓는 자가 있다면 천주의 분노를 피하지 못할 것이오. 그리고… 혹, 어둠 속에 이패의 고수들이 있다면 이 뇌마가 한마디 당부의 말씀을 드리리다. 지난 수십 일 동안 이 노륙지에서 벌어진 일을 잘 생각해 보시기 바라오. 본 천이 벽산철가의 황금선을 탈취한 것이 강호의 도의에 어긋나는 일이긴 해도 벽산철가에서 그 막대한 황금을 어찌 사용하려 했는지 조사해 보면 본 천이 벽산철가의 황금선을 탈취한 것이 반드시 강호정의에 어긋나는 일이라고만은 할 수 없을 것이오. 물론, 이미 천하사패의 시선이 벽산철가와 그 뒤에 도사리고 있는 세력에게 가 있을 테지만 말이오. 그럼 이 뇌마도 그만 가보겠소. 그동안 즐거웠소이다. 하하하!"

뇌마가 한바탕 설교를 늘어놓고는 훌쩍 몸을 날려 절벽 위에서 내려뜨려진 밧줄을 타고 어둠 속으로 사라졌다. 그렇게 벽산철가의 황금선을 탈취한 괴고수들은 노륙지를 떠났다.

"그냥 보냅니까?"

절벽 위로 사라지는 괴고수들을 보며 대웅산이 고검을 돌아봤다. 그러자 고검이 가볍게 고개를 저었다.

"우리가 감당할 자가 아니다. 그는… 적어도 사부님의 반열에 오른 자다."

"이런 제길, 도대체 어떻게 그런 자가 이곳에 있을 수 있는 거지. 이렇게 되면 황금선이고 뭐고 모두 물거품이 되는 거잖아!"

대웅산이 신경질적으로 소리쳤다. 그러자 추산이 눈빛을 빛내며 입을 열었다.

"글쎄요. 아직은 모든 일이 끝났다고 말할 수 없을지도 몰라요."

"그게 무슨 말인가, 추 아우!"

"두고 보면 알아요."

추산의 눈빛이 별처럼 반짝이고 있었다.

노륙지의 괴고수들이 사라지자, 장내를 지배했던 묵빛 장삼의 노인, 스스로를 신주마라 칭했으나 장내의 고수들은 그가 천하팔대고수의 일인이라고는 미처 생각지 못한 천주에 대한 공포감도 서서히 잦아들기 시작했다. 그리고 정신을 차린 각 세력들은 하나둘 장내를 벗어나기 시작했다. 무불장의 고수들도 무거운 안색을 하고 발길을 돌렸다.

그런데 그렇게 모든 강호의 고수들이 모습을 감추자 어느 순간 허름한 옷차림의 노인이 일장 혈투가 벌어졌던 절벽 아래에 모습을 드러냈다. 동궁십이선 상당군이었다. 그는 잠시 주변을 살핀 후 노륙지의 괴고수들이 사라진 절벽을 올려다보며 중얼거렸다.

"무섭구나. 과연 천하팔대고수란 말인가. 그런데 도대체 왜 신비마인 신주마 악불위가 이런 일을 꾸민 것인가? 도대체 무엇 때문에… 거기에 암옥이라… 흘, 천하가 어찌 되려나."

第十一章

끝나지 않은 청부

孤劍秋山

태호가 노을로 물들었다. 근자에 일어난 무림인들의 소란으로 절경 태호를 구경하려는 풍류객들의 발길이 한동안 뚝 끊겼다가 무림인들이 물러간 것이 확인된 이후 하나둘 사람들의 발길이 늘어나더니 최근 들어서는 언제 소란이 일어났나 싶게 다시 본래의 모습을 되찾고 있는 태호였다.

해가 지면 호수에 떠 있던 풍류객들은 배를 돌려 호수 인근에 늘어선 주루로 자리를 옮긴다. 개중에는 배에 홍등을 밝히고 주향에 취해 재차 호수로 나오는 사람들도 있었으나, 대부분은 호수를 따라 이어진 주루에서 태호에 드리운 달빛을 즐기게 마련이었다.

그래서 태호에 노을이 깃들자 풍류객들은 밤을 즐기기 위해 하나둘 배를 돌려 태호를 벗어나기 시작했다. 그들이 향한 곳은 역시나 주루가 즐비하게 늘어선 호수변, 그런데 그 와중에 다른 배들과 다른 방향으로 움직이는 선박이 있었다.

크기는 태호를 수놓은 배들 중 큰 축에 속했고, 다른 배들처럼 몇 명의 풍류객들이 둘러앉아 술잔을 기울이고 있었다. 배 안의 풍류객들이 너무 술에 취한 것일까. 배는 주루가 늘어선 방향과는 정반대로 흘러가고 있었다.

간혹 술에 취한 풍류객들이 배를 잘못 몰아 인적이 드문 곳으로 흘러가곤 하는 경우가 제법 있었으므로 노을을 타고 호수를 벗어나는 사람들은 자신들과 반대 방향으로 움직이는 배에 별반 관심을 보이지 않았다. 그렇게 한 척의 배가 해가 지는 서쪽을 향해 움직였다.

배는 제법 많은 거리를 이동했다. 아무리 술에 취했다지만 이제는 자신들이 떠나온 곳으로 돌아갈 것을 걱정해야 하는 거리, 그러나 배는 여전히 서쪽으로 향하고 있었다. 한 가지 달라진 점이 있다면 처음 배가 떠날 때 들려오던 홍에 취한 풍류객들의 목소리가 들려오지 않는다는 점이었다.

그렇게 서쪽으로 이동한 배가 어느 순간 서서히 북쪽으로 방향을 틀었다. 그런데 배가 향하는 방향이 의외였다. 뱃머리가 향하는 곳으로 계속 배를 몰아가면 수십 년 동안 사람들이 접근하기를 꺼렸던 오지 중의 오지 노륙지에 이르기 때문이었다.

가뜩이나 금지로 알려진 노륙지는 얼마 전 수백 명의 무림인들이 몰려들어 혈투를 벌였을 뿐 아니라, 노륙지 입구의 수십 리 갈대숲에 불이 나 수일간 불씨가 꺼지지 않았다고 알려진 이후에는 그나마 그 근처에서 고기잡이를 하는 뱃사람조차도 발길을 끊은 지역이었다.

과연 태호를 벗어난 배는 왜 그 불모의 습지 노륙지를 향해 가는 것일까. 이제 노을도 사라지고 태호는 어둠에 잠겼다. 더불어 노륙지를 향해 움직이는 배도 어둠 속으로 사라졌다.

"찾았는가?"

어둠과 같은 색의 배 위에서 나직한 목소리가 찰랑거리는 물결 소리에 섞여 들려왔다. 그러자 어둠이 짙게 깔린 수면에서 사람의 목소리가 들려왔다.

"찾았습니다."

"모두 제대로 있는가?"

"유속이 강한 곳이지만 상자들을 쇠사슬로 이어놓았기에 흩어지지 않고 그대로 있습니다."

"모두 끌어 올리는 데 얼마나 걸리겠나?"

"족히 한 시진은 걸릴 것입니다."

"좋아, 그럼 지금 즉시 일을 시작하게."

"그러지요. 모두 상자를 끌어 올린다. 물살이 세니 혹여라도 유실되지 않게 조심들 하라."

수면에 떠 있던 자에게서 명이 떨어지자 그의 뒤쪽에서 대여섯 명의 음성이 들려왔다.

"알겠습니다, 대주(隊主)!"

물 위에 떠 있던 자들이 대답을 하고는 조용히 물속으로 자맥질을 해 들어갔다. 그러자 배 위에서 처음 입을 열었던 자의 목소리가 들려왔다.

"수귀의 말에 따라 수어대(水魚隊)를 키운 것은 정말 잘한 일이었어. 그들이 없었다면 애초에 이런 계획을 세우지 못했을 것이야. 물론 수어대주가 지난번 싸움에서 불의의 죽음을 당한 것이 아쉽긴 하지만……. 무불장의 청부사들이라 했지? 수중으로 이동해 단번에 수어대주를 격살했다고 하던데, 마치 절정의 경지에 오른 살수와 같은 움직임이었다던가? 그렇다면 무불장의 청부사들 중 전문적인 살수가 있다는 이야긴데… 살인 청부를 받지 않는다는 소문은 사실이 아니었던가?"

그러자 다른 자의 목소리가 들려왔다.

"그 무불장의 고수들은 보통 내기들이 아니었소. 한 명 한 명이 쉽게 상대할 자가 아니더이다."

"하지만 어쨌든 우리의 형제를 죽였으니 그 빚은 갚아야겠지."

"언젠가 기회가 되면……."

배는 그 자리에 한 시진이 넘도록 머물렀다. 물고기처럼 물속을 드나드는 검은 인영들은 탁한 물속에서 연신 거무튀튀한 목함을 건져 올렸다. 그렇게 쉬지 않고 자맥질을 하던 수중의 괴인들이 어느 순간 일제히 수면 위로 머리를 들어 올렸다.

"수고들 했다. 모두들 배 위로 오르라."

그중 한 명이 낮은 목소리로 명하자 그의 주변에 떠 있던 괴인들이 은밀하게 검은 배 곁으로 다가들더니 이내 물속에서 몸을 솟구쳐 배 위로 올라갔다.

"이것으로 이곳과는 영원히 작별이군. 십여 년을 이 노륙지의 물속에서 지냈는데… 아니지. 언젠가는 다시 돌아올 날이 있으리라. 후후, 그때는 밤이 아닌 밝은 대낮에 이 노륙지에 본 천의 배를 띄우리라."

수하들을 배 위로 올려 보낸 사내가 다부진 어투로 중얼거리더니 이내 자신의 수하들을 따라 물 위로 솟구쳤다.

물 위로 떠오른 그는 가볍게 배의 옆구리를 차더니 허공에서 한 바퀴 제비를 돌고는 배 위로 사라졌다. 그리고 잠시 후 불타버린 노륙지의 갈대숲에 머물렀던 흑선이 서서히 매캐한 화마의 내음이 남아 있는 노륙지의 갈대숲을 벗어나기 시작했다.

끼이익! 끼이익!

낡은 배의 노 젓는 소리가 들려온 것은 노을을 타고 노륙지로 들어온 흑선이 한 시진 넘게 노륙지의 갈대숲에 머물다가 달빛을 벗 삼아 노륙지를 벗어난 지 이각여가 흐른 뒤였다.

"뭔가?"

흑선 위에서 누군가의 날카로운 목소리가 들려왔다.

"앞에 작은 배가 나타났습니다."

"배? 이 시간에?"

의혹 어린 음성이 흘러나오고 흑선의 뱃머리에 하나둘 사람의 인영이 어른거렸다. 그리고 그들의 시선이 삐거덕거리며 노 젓는 소리를 흘려내는 물체로 향했다.

작은 배였다. 기껏해야 십여 명이나 태울 수 있는 크기의 배. 야트막한 태호 주변에서 그물을 드리워 생계를 이어가는 가난

한 어부들이나 사용함직한 배가 금단의 습지 노륙지의 입구에, 그것도 어두운 밤중에 모습을 드러낸 것은 확실히 기이한 일이라고 할 수 있었다.

"이쪽으로 다가옵니다."

흑선 위에서 다시 누군가의 말이 들려왔다.

"경고를 보내라! 더 이상 접근치 못하도록!"

명을 받은 사내 하나가 뱃전에 머리를 내밀고 흑선 쪽으로 다가오는 소선을 향해 소리쳤다.

"누가 타고 있는지 모르겠으나, 뱃머리를 돌리시오! 더 이상 다가오면 충돌할지도 모르오!"

그러자 소선에서 제법 다급한 목소리가 들려왔다.

"아아, 사람이 타고 있었군요. 다행이에요. 그만 시간 가는 줄 모르고 취해 놀다가 엉뚱한 곳으로 흘러왔지 뭡니까? 혹시 포구로 돌아가는 길을 가르쳐 주실 수 있겠습니까?"

"이곳은 포구와 정반대 쪽이오! 배를 돌려 달이 떠 있는 방향으로 노를 저어 가시오!"

흑선 위의 사내가 한심하다는 듯한 목소리로 소리쳤다. 그러자 소선 위에서 다시 목소리가 들려왔다.

"이곳이 포구와 반대편이라구요? 아아, 이것 참 멀리로 와버렸군. 그나저나 혹 물을 얻을 수 있겠습니까? 가지고 있던 물을 모두 마셔 버리고 술만 남아 있으니 몹시 목이 마르는군요."

"목이 마르면 호수 물을 떠 마시면 될 것 아니오?"

"그러고 싶지만 이곳의 물은 태호의 물과는 다르게 무척 탁해서 쉽게 사람이 마실 수 없어 보이는군요."

소선 위에서 들려오는 말처럼 노룩지 입구의 물은 탁하기 그지없어 아무리 목이 말라도 사람이 떠 마시기 어려운 게 사실이었다. 흑선 위의 사내가 고개를 돌려 그의 뒤쪽에 서 있는 일단의 사람들을 바라봤다. 그러자 그에게 명을 내렸던 사내가 살짝 고개를 끄덕였다.

"물을 나눠 줄 테니 조심해서 다가오시오. 자칫 충돌하면 당신들 배는 산산조각이 나고 말 게요."

"아, 고맙습니다. 역시 죽으라는 법은 없군요."

소선 위에서 안도의 목소리가 흘러나오더니 소선이 천천히 흑선 곁으로 다가왔다. 비록 어두운 밤이었지만 흐릿한 초승달이 호수를 비추고 있었기에 가까이 접근한 양측은 급기야 서로의 형체를 알아볼 수 있게 되었다.

소선에는 정확히 여섯 명의 사람이 타고 있었다. 그들은 무척 목이 마른지 모두 배 위에 일어서서 흑선 위를 올려다보고 있었다.

"옜소. 잘 받으시오. 물주머니 세 개면 포구로 돌아가는 동안 목을 축이기에는 충분할 게요."

흑선 위의 사내가 퉁명스럽게 말을 내뱉으며 어느새 손에 들고 있던, 소의 내장으로 만든 물주머니 세 개를 소선 위의 사내들을 향해 던졌다. 그러자 소선 위의 사내들이 재빨리 날아오는 물주머니를 받아 들더니 허겁지겁 물주머니의 주둥이에 입을 대고 물을 들이켜는 것이었다.

"어, 시원하다. 이제 좀 살 것 같군."

"그러게 말이야. 추 아우, 내 이제야 맑은 물이 술보다 좋음을 알게 되었네. 껄껄껄."

목을 축이자 여유가 돌아온 것일까 소선 위에서 제법 호탕한 목소리가 들려왔다.

"자, 그럼 그만 뱃길을 열어주시오. 우린 갈 길이 바쁘오이다."

흑선 위의 사내가 냉랭한 목소리로 소리쳤다. 그런데 소선 위에서 예상치 못한 대답이 흘러나왔다.

"아니, 은혜를 입었는데 어찌 그냥 돌아가겠습니까. 당연히 적당한 사례를 해야지요."

"그럴 필요 없소. 그러니 어서 배를 물리기나 하시오."

흑선 위 사내의 목소리가 좀 더 차가워졌다. 그러자 소선 위에서 걸쭉한 목소리가 들려왔다.

"아니야. 그럴 수야 있나. 은혜를 입었으면 반드시 그 은혜를 갚는 것이 강호의 도리, 자, 물도 마셨으니 지난날 입은 은혜를 갚도록 하십시다."

그렇게 흑선 위 사내의 기대와는 정반대의 말을 내뱉은 소선 위의 여섯 사내들이 갑자기 무서운 속도로 허공으로 치솟았다. 그리곤 미처 흑선 위의 사람들이 막을 사이도 없이 일제히 흑선의 갑판 위에 내려서는 것이었다.

"웬 놈들이냐?"

소선을 타고 나타난 육 인이 흑선에 날아오르는 순간 이미 흑선 위의 사내는 일이 잘못되었다는 것을 깨달았다. 흑선 위에는 십여 명의 사람들이 서 있었는데 그들은 불청객들이 배 위에 올라서는 순간 이미 도검을 빼 들고 배의 중앙에 몰려와 있었다.

"흐흐흐, 이미 말하지 않았더냐. 은혜를 갚으러 왔다고 말이야."

배 위에 올라선 여섯 사내 중 한 명이 능글거리며 대답했다. 그러자 흑선 위의 사내들 중 우두머리인 듯한 자가 잠시 불청객들을 노려보다 차갑게 명을 내렸다.

"불을 밝혀라."

명이 떨어지자 순식간에 다섯 개의 횃불이 배의 갑판을 환하게 밝혔다. 그리곤 이내 장내의 정경이 드러났다.

"너희들은… 무불장의 청부사들이 아닌가?"

흑선을 지휘하던 인물이 당혹스런 표정을 지어냈다.

"후후, 역시 눈이 좋으시구만. 맞소. 우린 바로 무불장의 청부사들이오. 그런 당신은 바로 노륙지의 혈사를 만들어낸 그 천(天)인가 뭔가 하는 조직의 뇌마란 자구려."

환한 횃불 아래 얼굴을 드러낸 대웅산이 빙긋 미소를 지으며 대답했다. 대웅산의 말에 뇌마의 얼굴이 살짝 일그러졌다.

"무불장의 청부사들이 무슨 일로 우릴 찾아온 것인가?"

뇌마가 차가운 눈빛을 흘려내며 물었다. 그러자 이번에는 고검이 입을 열었다.

"무불장은 청부를 받았고, 그 청부는 아직 끝나지 않았소. 우리가 이곳에 온 것은 그 청부를 끝내기 위함이오."

"누구의 무슨 청부인가?"

"본 장에 청부를 넣은 고객은 당신들이 탈취한 배의 주인 금오표국이고, 청부의 내용은 잃어버린 배를 찾는 것과 그 배를 탈취한 자들에게 빚을 갚아주는 것이오."

고검의 대답에 뇌마의 얼굴이 한차례 꿈틀거렸다. 그리고 잠시의 침묵이 이어졌다. 그러더니 어느새 신색을 회복한 뇌마가 한줄기 냉소를 머금으며 중얼거렸다.

"풋, 말로 해결할 상황이 아니군. 그런데 어떻게 알았지?"

뇌마가 묻자 이번에는 추산이 대답했다.

"성인(聖人)이 아닌 이상 한 척의 배에 그득 실린 황금을 정말 물속에 수장해 버릴 사람은 없지. 특히 당신들처럼 무림의 일에 깊이 관여된 사람들은 더더욱… 더군다나 물속을 제집처럼 드나드는 수귀들을 보유한 당신들이고 보면, 결국 당신들이 다시 이 불타 버린 갈대숲으로 돌아올 것이라는 건 쉽게 예상할 수 있는 일 아니겠어?"

"누구나 쉽게 예상할 수 있는 일이라고? 그런데 왜 지금 이곳엔 오직 무불장의 청부사들만이 있는 것인가?"

"그것 또한 당신의 계산에 포함된 일 아닌가? 지금 천하사패를 포함한 강호의 시선은 온통 벽산철가에 쏠려 있지. 벽산철가의 수뇌부가 사패의 추궁을 피해 전 문도를 해산하고 막대한 재물을 가지고 사라지는 통에 지금 사패는 그들을 추격하는 것만으로도 정신이 없는 상황이고. 더군다나 그 와중에 암옥의 이름이 오르내리고 있어. 후후, 당신들은 그 틈을 타서 이렇게 유유히 황금을 회수하러 온 것이고 말이야."

추산의 말에 뇌마의 표정이 여러 번 바뀌었다. 그리고 추산의 말이 끝나자 뇌마가 감탄 어린 시선으로 추산을 바라봤다.

"그 모든 것을 네가 추측한 것이냐? 그렇다면 너의 재능은 보통이 아니구나. 아마도 몇 년의 경험만 쌓인다면 넌 강호 제일의 모사꾼이 되고도 남을 것 같구나."

"칭찬 고맙군."

추산이 빙글거리며 고개를 까딱였다. 그러자 순식간에 뇌마의 표정이 변했다.

"물론 그러기 위해서는 오늘 이곳에서 살아나가야 할 테지만 말이야."

섬뜩한 뇌마의 살기를 추산은 담담히 받아냈다.

"그런가? 그런데 그 천주라는 양반도 지금 이 배에 타고 있나?"

"천주께선 이런 하찮은 일에 나서실 분이 아니다."

"그럼 오늘 이곳에 온 사람들은 여기 있는 그대들이 전부란 말이군."

추산의 물음에 뇌마가 냉소를 흘려내며 대답했다.

"후후! 왜, 적어 보이느냐? 하지만 너도 알다시피 이들은 노륙지에서 강호의 수백 고수를 상대한 사람들이다. 하물며 단 여섯에 지나지 않는 강호의 황금충 따위야……."

순간 추산이 정색을 하며 입을 열었다.

"그렇다면 오늘 걱정해야 할 것은 내 목숨이 아니라 당신들 목숨일 것이야. 우리가 이곳에서 당신들을 기다리며 걱정한 것은 오직 하나였지. 그건 바로 당신들의 주인 천주가 이곳에 나타나는 것, 그가 나타난다면 솔직히 우리에게 승산이 없다고 할 수 있지. 노륙지 북쪽 절벽 아래에서 우리가 당신들이 도주하는 것을 보면서도 나서지 않은 것은 바로 그 천주라는 양반 때문이었으니까."

"천주께서 안 계셔도 너희들의 목을 거둘 능력은 충분하다."

그러자 추산이 천천히 고개를 저었다.

"그렇지가 않아. 왜냐하면 우리에겐 당신들의 주인인 천주의 능력에 근접하고 있는 한 명의 고수가 있기 때문이지. 바로 나의 사형이자 무불장의 장주이신 고검 대협 말이야. 사형, 이젠 사형이 맡으세요."

추산이 뇌마를 향해 싱긋 눈웃음까지 흘려보내고는 재빨리 뒤로 물러났다.

"수고했다. 이제부턴 내가 맡으마!"

물러난 추산의 자리를 고검이 한 걸음 나서며 채웠다. 그러자 양측의 고수들 사이에 팽팽한 긴장감이 서리기 시작했다.

무불장의 고수는 모두 여섯이었다. 고검과 추산을 비롯해 조오현과 대웅산 그리고 금오표국의 표두 기륭과 과거 천하제이 청부사 만불통이 달빛 아래 모습을 드러내고 있었다.

반면에 흑선에 타고 있는 노륙지의 괴고수들 중 무불장 고수들에게 낯익은 인물은 넷이 있었는데 뇌마를 비롯해 마검과 수마 그리고 사신이 그들이었다.

"그 덩치 큰 자가 없는 것이 아쉽군."

대웅산이 장창을 들어 올리며 중얼거렸다.

"그의 몸집은 사람들의 이목을 집중시키니 이런 은밀한 일을 하는 곳에 데려오기 힘들었을 거예요."

추산이 대웅산의 말에 대꾸했다.

"그런가? 하긴, 한번 그를 본 사람은 결코 그를 잊을 수 없을 테니까. 자, 그만 뜸 들이고 황금의 주인을 가려보자구. 그런데 그 팔로 싸울 수 있겠어?"

대웅산이 창을 들어 사신을 가리켰다. 사신이 지난번 장원의 비무에서 조오현의 도에 어깨를 베인 것을 지적한 것이다. 사신이 대답 대신 자신의 창을 가볍게 들어 보였다.

"좋아. 그럼 시작하지."

대웅산이 고개를 한 번 끄덕이고는 허공으로 솟아올라 단번에 장창을 휘둘러 사신을 후려치는 것으로 싸움은 시작됐다.

"가능하면 단 한 명도 살려둬서는 안 돼요."

추산이 적들을 향해 달려나가는 무불장의 고수들을 보며 소리쳤다. 이곳에서 노륙지의 괴고수들을 제거하고 황금을 가로챈 사람들이 자신들임이 강호에 드러나면 향후 무불장이 심각한 위험에 빠질 것이 분명했다. 천하사패는 물론이거니와 노륙지의 괴고수들의 수괴 천주라는 자 또한 무불장을 향해 복수의 칼날을 들이밀 것은 당연한 일이었다. 이런 상황에서 흑선에 타고 있는 적들 중 단 한 명이라도 살아나간다면 이번 일을 비밀로 묻어두기는 처음부터 불가능한 일인 것이다.

추산의 말이 아니더라도 고검 역시 오늘 이 배 위에서 크게 살계를 열어야 한다는 것을 알고 있었다. 그러므로 그의 검은 처음부터 한 올의 인정도 배어 있지 않았다.

그리고 인정이 배제된 고검의 검은 강호의 고수들이 노륙지의 절벽 아래에서 묵빛 장삼의 노고수 천주에게서 느꼈던 것과 유사한 공포심을 적들에게 심어주기에 충분했다.

기웅!

고검의 마검에서 흘러나오는 검음은 듣는 이의 마음을 오그

라들게 만든다. 어쩌면 그것은 애초에 그의 검이 마검이었기 때문일지도 몰랐다. 그래서 그 기괴한 검음을 울어대는 고검의 검이 자신의 전면으로 닥쳐들자 기병 십자륜을 양손에 들고 있던 수마의 얼굴에 짙은 의혹의 빛이 떠올랐다.

그는 이미 고검을 노륙지 안에서 여러 차례 보았지만, 그때는 이 젊은 무불장주에게서 지금과 같은 가공할 만한 기세를 느끼지 못했던 것이다.

그러나 지금 자신을 단번에 가를 듯 닥쳐드는 이 검기는 그가 평생 단 한 번도 경험해 보지 못한 막강한 것이었다. 아니, 오직 단 한 명, 이와 비슷한 기세의 무공을 지닌 고수를 알고 있다는 것을 그는 다급한 와중에 퍼뜩 떠올렸다.

'천주(天主)!'

수마의 머릿속에 자신의 주인 천주가 떠올랐을 때 고검의 검은 이미 수마의 이마를 가르고 있었다. 수마가 엉겁결에 아래로 주저앉으며 자신과 고검의 검 사이의 공간으로 두 개의 십자륜을 비집어 넣었다.

그긍!

거친 마찰음이 사람들의 신경을 긁어댔다.

"흡!"

그리고 다음 순간 수마의 입에서 한마디 다급성이 흘러나왔다. 고검의 검이 수마의 애병 십자륜을 정확하게 반으로 가르며 그대로 그의 머리 위로 떨어져 내렸던 것이다.

삭!

고검의 검에 깃든 공력을 생각하자면 극히 미세한 소음이 일어났다. 그러나 그 소음의 결과는 간단치 않았다. 노륙지에서 숫한 강호고수들의 목숨을 취했던 십자륜의 괴고수 수마의 목숨이 단번에 끊어졌기 때문이다.

쿠쿵!

수마의 신형이 큰 소리를 내며 배의 갑판 위에 허물어져 내렸다. 싸움이 시작된 지 채 반 각이 지나지 않아 벌어진 이 승부는 흑선 위에서 벌어지는 무불장의 고수들과 괴고수들의 싸움 결과를 미리 보여준 것이나 마찬가지였다.

수마가 죽은 것을 기점으로 고검의 전율적인 무공을 견식한 괴고수들이 순식간에 전의를 잃고 무불장 고수들에게 밀리기 시작했다.

"큭!"

"억!"

수마가 죽은 지 얼마 지나지 않아, 여기저기서 비명 소리가 흘러나오기 시작했다. 물속에 감춰둔 황금을 회수하기 위해 노륙지에 온 괴고수들 중 무불장의 고수들과 일 대 일로 무공을 겨룰 수 있는 사람은 세 명에 불과했다.

풍운당주 이곤과 대등한 싸움을 벌였던 마검, 비록 조오현에게 패해 부상을 입었으나 여전히 놀라운 창술을 선보이는 사신, 그리고 방금 전 고검의 일검에 목숨을 잃은 수마, 그들을 제외하고 다른 괴인들은 비록 강호에 나서면 일류고수 소리를 들을 만한 무공을 지니고 있었지만, 한 명 한 명이 절정고수의 반열에 오른 무불장 고수들을 상대하기는 어려웠다.

그나마 다행인 것은 숫자에 있어서 괴인들이 조금 많다는 것

뿐, 하지만 무림의 싸움에서 승패를 결정하는 것은 언제나 사람의 숫자가 아닌 고수의 존재 여부가 아니던가.

대웅산이 상대하는 사신과 만불통과 맞붙은 마검을 제외한 다른 괴고수들은 시간이 지나자 하나둘 무불장 고수들의 공격에 쓰러져 가기 시작했다. 특히나 조오현의 도는 치를 떨 정도로 날카로워 그의 장도가 한번 휘둘러질 때마다 여지없이 괴인들의 목숨이 끊어져 나가는 것이었다.

그렇게 전세가 완전히 무불장 고수들 쪽으로 기울자 뒤로 물러나 있던 뇌마의 얼굴이 기이하게 일그러졌다. 일을 그르친 것에 대한 낭패감과 상대에 대한 분노가 뒤섞인 시선으로 장내를 노려보던 뇌마의 시선이 어느 순간 수마를 제거한 후 잠시 뒤로 물러나 장내에서 벌어지는 싸움을 주시하고 있던 고검에게 머물렀다. 그런 뇌마의 시선을 느낀 고검이 그를 바라보자 뇌마의 입이 나직하게 열렸다.

"오늘 본 천을 건드린 것으로 무불장의 명성도 끝이 날 것이다. 천주께선 결코 본 천의 일을 방해한 네놈들을 그대로 두지 않을 것인즉!"

"뒷일이 두려웠다면 애초에 이런 일을 벌이지도 않았을 것이오. 그리고… 아마도 그대의 천주는 오늘의 일을 결코 알지 못할 것이오. 왜냐하면 그대들은 이곳에서 단 한 명도 살아나가지 못할 것이니까. 보시구려. 이제 남은 사람이라곤 그대와 웅산 아우와 만불통 어른을 상대하고 있는 두 사람을 제외하고는 단 세 명밖에 없지 않소이까?"

고검이 담담한 목소리로 대답하자 뇌마가 이를 갈며 소리쳤다.

"이 뇌마가 반드시 살아나 꼭 오늘의 빚을 갚을 것이다. 기다리고 있거라."

그리곤 그의 신형이 쏘아진 화살처럼 선미(船尾)를 향해 날아갔다. 배의 끝에 도달한 뇌마가 망설이지 않고 허공으로 치솟으며 검은 물결이 넘실대는 물속으로 뛰어들었다.

"저런!"

순간 마지막 남은 삼 인의 괴인들을 상대하고 있던 기륭과 조오현이 아차 하는 표정을 지으며 뇌마의 뒤를 따라 몸을 날렸다. 하지만 이미 뇌마의 신형은 배를 벗어나 수면 위에 떠 있었다. 무불장의 고수들은 뇌마가 싸움에 끼어들지 않아, 그가 무공을 지니지 않은 전형적인 모사꾼이라고만 생각하고 있었기에 그의 도주를 미처 예상하지 못했던 것이다.

"하하하, 반드시 돌아와 이 원한을 갚으리라."

허공에서 부유하듯 떠 있던 뇌마가 흑선 위의 무불장 고수들을 향해 소리쳤다. 그런데 그 순간,

"흥, 그런 일은 절대 일어나지 않을 것이다."

한마디 냉소와 함께 갑자기 어둑한 수면 쪽에서 한 명의 신형이 뇌마를 향해 무서운 속도로 솟아올랐다. 동시에 그는 뇌마를 향해 푸른빛이 감도는 검을 뻗어냈다. 추산이었다. 추산은 어느 틈에 그들이 타고 온 소선에 옮겨 탄 후 흑선의 뒤편에서 만약의 경우를 대비하고 있었던 것이다.

"네놈은?"

"이미 네가 이렇게 움직일 것이라는 걸 예상하고 있었다. 본

래 머리로 세상을 살아가는 자들은 이렇게 뒷구멍으로 딴 길을 찾는 법이거든… 어떻게 아느냐고? 나 역시 너와 같은 부류라서 말이야."

쐐애액!

추산의 검끝에서 만들어진 다섯 줄기의 검기가 유성우처럼 뇌마를 향해 날아갔다. 뇌마가 엉겁결에 두 손을 들어 추산의 검기를 막아내려 했지만 추산이 쏘아낸 검기는 뇌마가 미처 방어의 초식을 전개하기도 전에 그의 신형을 관통하는 것이었다.

"커… 커억!"

한마디 신음성이 토해졌다. 동시에 허공에 떠 있던 뇌마의 얼굴에 자신에게 벌어진 일을 믿을 수 없다는 듯한 표정이 지어졌다. 그리곤 입으로 한 사발의 피를 토해내며 검은 태호의 물결 속으로 떨어져 내리는 것이었다.

"그러게 너무 머리를 쓰는 게 아니라오. 당신들은 이 노륙지로 다시 돌아오지 않았어야 했어. 적어도 수년간은 말이야."

추산이 물속으로 빠져드는 뇌마를 보며 나직하게 중얼거렸다.

뇌마까지 죽임을 당하자 싸움은 이제 끝난 것이나 마찬가지였다. 어느새 남아 있던 삼 인의 괴인도 조오현과 기륭의 공격에 목숨을 잃고 이제 마검과 사신만이 남아 만불통과 대웅산을 상대로 힘겹게 싸움을 이어나가고 있었다.

"이보게. 이러다가는 날이 새지 않겠나? 그냥 검을 내리고 항복을 하는 건 어때. 우린 그 천이라는 조직에 대해 무척 관심이 많단 말이야. 그러니 자네가 속한 조직에 대해 이야기를 해주면 어찌 목숨을 건질 수 있을지도 모르지 않겠나?"

철봉을 휘둘러 마검을 몰아치고 있던 만불통이 지루한 듯 입을 열었다. 비록 전세가 무불장의 고수들에게 기울었다고는 해도 마검의 무공은 그리 녹록치가 않아서 만불통의 말대로 이대로 승패를 가리자면 얼마나 더 길어질지 모르는 상황이었다. 만불통의 말에 마검의 눈빛이 흔들렸다. 그도 이미 자신의 동료들이 사신을 제외하고는 모두 목숨을 잃었다는 것을 알고 있었다.

"잠깐 시간을 주시오."

마검이 만불통을 향해 겨누던 검을 거둬들이고는 훌쩍 뒤로 물러나며 말했다.

"아, 물론 신중히 생각할 문제이지. 그리하게."

큰 기대를 걸지 않고 던진 말에 상대가 반응을 하자 만불통이 얼른 철봉을 거두고는 싸움을 멈췄다. 그러자 자연스럽게 대웅산과 사신의 싸움도 중지됐다.

"정말 항복이라도 할 생각이오?"

대웅산과의 싸움을 중지한 사신이 힐난하듯 마검을 바라봤다. 그러자 마검이 자신을 노려보는 사신을 보며 담담한 목소리로 입을 열었다.

"자넨 날 그렇게도 모르는가? 난 그저 편하게 죽고 싶은 것뿐일세. 그럼 저승에서 보세. 그동안 즐거웠네. 후훗, 망할 놈의 무공이라니, 겨우 늙은이 하나를 못 이기다니. 이런 알량한 재주로 어찌 선대의 한을 풀 수 있었겠는가!"

툴툴거리며 실소를 내뱉은 마검이 누가 말릴 사이도 없이 검을 들어 번개처럼 자신의 목을 베었다. 순간 시뻘건 선혈이 터져 나오면서 그의 신형이 허물어지듯 배 위에 무너져 내렸다.

"핫하, 역시 마 대형이야. 이 복수는 천주께서 반드시 해주실 게다!"

마검이 무너지는 순간 사신이 앙천광소를 터뜨리며 들고 있던 창을 허공에 던져 버리고는 두 주먹으로 자신의 관자놀이를 번개처럼 가격했다. 그러자 그의 눈에서 기묘한 안광이 흘러나오더니 이내 코와 입으로 붉은 피를 흘려내며 그 자리에 쓰러져 버리는 것이었다.

적막이 찾아든 배 위에 희미한 달빛만이 비쳐들고 있었다. 장내는 꽤 오랫동안 침묵을 유지했다. 두 노륙지 괴고수들이 선택한 스스로의 죽음은 무불장의 고수들에겐 꽤나 충격적이었던 것이다.

"제길, 망할 놈들 같으니라구. 죽으면서도 사람 심장을 서늘하게 만드는군."

침묵을 깨고 대웅산이 중얼거렸다. 그러자 어느새 소선에서 흑선으로 올라온 추산이 입을 열었다.

"어서 물건을 확인하고 이곳을 벗어나야 해요. 날이 밝으면 우리의 행적이 사람들의 눈에 띌 수도 있어요."

추산의 시선이 고검에게로 향했다. 그러자 고검이 잠시 생각에 잠겼다가 입을 열었다.

"웅산과 추 사제는 선실에 들어가 목함 다섯 개만 가져오너라."

추산과 대웅산은 고검의 의도를 몰라 의아한 표정을 지으면서도 서둘러 선실 안으로 들어가 괴고수들이 건져 올린 거무스름한 목함 다섯 개를 들고 나왔다.

"목함을 열고 물건을 확인해 봐라."

그러자 추산이 재빨리 함을 열어 안에 든 쇳덩어리를 꺼내 들더니 검으로 그 표면을 긁어냈다. 그러자 표면이 벗겨진 쇳덩어리에서 번쩍이는 황금빛이 흘러나왔다.

"황금이 맞아요."

추산의 말에 고검이 고개를 끄덕였다. 그리고는 기륭을 보며 물었다.

"이 다섯 개의 목함에 든 황금이라면 금오표국이 이번 일로 인해 입은 피해를 복구할 수 있겠지요?"

그러자 기륭이 크게 고개를 끄덕였다.

"아마 두 개의 목함만으로도 손실을 복구하고 남을 겁니다."

"본래 장사란 이문이 좀 남아야 하는 것이지요. 이 다섯 개의 목함은 금오표국의 몫입니다."

"표국의 사정이 좋지 않으니 사양치 않고 받겠습니다."

기륭이 고개를 숙여 보였다.

"사형, 그럼 나머지 황금은 장원으로 가져가실 거예요?"

추산이 환한 표정으로 고검에게 물었다. 그러나 고검은 추산의 말에 대꾸를 하지 않은 채 이번에는 만불통에게 물었다.

"어르신께서도 목함이 필요하십니까?"

"이 나이에 황금을 모아 뭐에 쓰겠나? 가지고 다니기 귀찮을 뿐이지. 난 필요없네."

그러자 고검이 고개를 끄덕이고는 그를 중심으로 둘러선 고수들을 보며 말했다.

"금오표국의 몫을 제외한 나머지 금괴들은 이 흑선과 함께 수장시킬 것입니다."

순간 무불장 고수들의 눈빛이 한차례 흔들렸다.

"아니, 사형 그게 무슨 말이에요. 어렵게 얻은 이 막대한 황금을 왜 물속에 버려 버린단 말이에요? 우리가 오늘날 황금충 소리를 들어가며 청부업을 하는 이유는 모두 재물을 얻기 위함인데, 황금을 버리다니요? 저 황금들만 있으면 본 장은 더 이상 청부업을 하지 않아도 된다고요."

추산이 따지듯 고검에게 물었다.

"물론 나도 이 막대한 황금을 포기하기가 쉽지 않다. 하지만 이 황금은 너무 위험한 물건들이다. 혹여라도 우리의 수중에 이 황금이 있다는 사실이 강호에 알려지면 그 순간 우리는 천하인의 표적이 되고 말 것이다. 또한 지금 이곳에는 이것들을 가지고 나갈 배도 없지 않느냐? 이 흑선을 그대로 끌고 태호로 나갈 수도 없으니 말이다. 그러니 우리에게 주어진 황금은 사람들의 눈에 띄지 않게 저 작은 소선의 빈 공간에 실을 수 있는 것이 전부라고 할 수 있다. 아마 금오표국의 몫으로 떼어놓은 다섯 상자 정도가 다겠지. 그러니 더 이상 욕심내지 말거라."

"사형, 제발 생각을 바꿔요. 조금만 고민하면 분명 무슨 방법이 있을 거예요. 아니면 이곳 어딘가에 숨겨놓고 갈 수도 있잖아요."

추산이 애원하듯 말했다. 그러자 고검이 천천히 고개를 저었다.

"아니다. 우리에게 주어진 시간은 그리 많지 않다. 가능하면 날이 밝기 전 태호를 벗어나야 하니까. 역시 황금을 버리고 가는 것이 좋다. 내 결심은 바뀌지 않을 테니 더 이상 이 문제에 대해 말하지 말거라. 다른 분들도 제 뜻을 따라주시기 바랍니다."

"장주의 의견에 따르겠소."

조오현이 지체하지 않고 대답했다.

"쩝, 아깝기는 하지만 장주님의 생각이 그렇다면 어쩔 수 없지요."

대웅산도 망설이지 않고 고개를 끄덕였다. 그러자 추산이 울상을 짓고 있다가 한숨을 쉬며 입을 열었다.

"휴, 사형 마음대로 하세요. 아이고, 도대체 무슨 짓을 하고 있는 건지 모르겠네. 에이, 나 먼저 가요."

추산이 못내 아쉬운 표정으로 투덜거리고는 훌쩍 몸을 날려 소선으로 날아내렸다.

"저런, 우리 추 아우가 단단히 삐쳤나 보네."

대웅산이 갑판에 올려진 다섯 개의 목함 중 두 개를 집어 들고는 추산의 뒤를 따라 소선으로 몸을 날렸다. 그러자 기룡과 조오현 역시 목함을 집어 들고 앞선 두 사람을 뒤따랐다.

"정말 그 이유 때문에 황금을 포기하는 것인가?"

배 위에 고검과 만불통만 남자 만불통이 고검을 보며 물었다. 그러자 고검이 담담한 목소리로 입을 열었다.

"무불장은… 꼭 금자를 벌기 위해서만 존재하는 것은 아니지요. 나와 사제에게 있어 청부업은 금자를 벌기 위한 수단이라기보다는 끊임없이 무공을 수련하라고 사부께서 마련해 주신 하나의 방편이라고 할 수 있습니다. 또한 무불장에 모여든 청부사들도 돈 때문에 이 일을 하는 사람은 없습니다. 각자 나름대로의 이유 때문에 무불장에 머물고 있는 것이지요. 이런 상황에서 막대한 황금이 무불장에 들어온다면 아마도 무불장은 지금처럼 유지되기 힘들 겁니다. 아니라고는 해도 어떤 식으로든 변해가겠지요. 전… 사부께서 만드신 지금의 무불장이 좋습니다."

"수만 근의 황금을 포기할 정도로 말이지?"

"그렇습니다."

"역시, 천검께서는 좋은 제자를 두었어. 허허, 난 언제 자네와 같은 제자를 들이나. 제길, 나이는 먹어가고 있는데… 그래서 말인데, 고 장주."

"말씀하시지요."

"내 잠시 무불장에 몸을 의탁해도 되겠는가?"

순간 고검이 놀란 눈으로 만불통을 바라봤다.

"진심이십니까?"

"내가 이 나이에 실없는 소리를 하겠는가?"

"저야 언제라도 환영이지요. 아마 사부께서도 무척 반가워하실 겁니다."

"하하, 늙은 청부사를 이렇게 쾌히 받아주니 고맙네. 내 밥값은 하도록 하지."

만불통이 고검에게 미소를 지어 보이고는 훌쩍 몸을 날려 소선으로 내려갔다.

구우우웅!

서서히 배의 앞부분이 물속으로 머리를 들이밀고 배의 뒷부분은 허공으로 치솟았다. 그러자 배가 천천히 회전을 시작하며 소용돌이를 만들었다. 침몰하는 배가 일으키는 소용돌이는 점차 그 속도가 빨라지더니 한순간에 황금을 실은 흑선의 꼬리까지 집어삼켜 버렸다.

"아아, 결국 수장되고 말았군요."

소선의 끝 자락에 앉아 침몰하는 흑선의 마지막을 지켜보던 추산이 허탈한 목소리로 중얼거렸다.

"보라구, 추 아우. 본래 사람이란 말이야 지나간 세월, 떠나간 여자, 잃어버린 재물은 욕심을 내지 않는 법이라네."

대웅산이 짐짓 위로하듯 말했다.

"그런 엉뚱한 말은 어디서 들으셨어요?"

"뭐, 들었다기보다는 이 대웅산의 평소 고견(高見)이라고 할 수 있지."

"어련하시겠어요."

추산이 대웅산에게 입을 씰룩여 보이고는 다시 흑선을 집어삼킨 태호의 물결 위로 시선을 돌렸다.

"장주께 드릴 말씀이 있소이다."

뒤쪽에서 추산이 투덜거리는 소리를 미소 지으며 듣고 있던 고검의 곁으로 조오현이 다가왔다.

"말씀하시지요."

고검이 뭔가를 짐작한 듯한 표정으로 고개를 끄덕였다.

“전 이만 무불장을 떠나야 할 것 같소이다.”

조오현의 말소리는 낮았지만 배가 워낙 좁았으므로 그의 말은 모든 사람들의 귀에 들려왔다. 선미에 있던 추산과 대웅산도 깜짝 놀라 조오현에게로 시선을 돌렸다.

“역시, 남으실 모양이군요.”

“아무래도 그래야겠지요. 이번 일로 일곱 명의 아우들이 비명에 갔으니 남은 대형과 삼제(三弟)만으로 표국을 꾸려 나가기는…….”

조오현이 말꼬리를 흐렸다.

“그렇게 하십시오. 애초부터 함께 계셨어야 하는 분들이셨습니다.”

“휴, 제가 대형과 아우들을 떠난 것은 살수의 업을 접고 새로운 삶을 살아갈 자신이 없었기 때문이지요. 다른 사형제들은 살수행을 하면서도 마음속에 순수함을 간직하고 있었지만, 난 당시 이미 벗어날 수 없는 살귀가 되어 있었으니… 제가 남았다면 의형제들이 살수의 길을 벗어나 새로운 삶을 사는 데 방해만 되었을 거외다.”

“이형(二兄), 그건 이형의 잘못이 아닙니다. 이형께서는 언제나 못난 우리 의형제들을 대신해 피를 보셨지요. 이형(二兄)이 아니셨다면 우린 결코 살아서 살수의 세계를 벗어나지 못했을 겁니다. 우리가 그나마 금오표국을 일궈 새로운 삶을 살 수 있었던 것은 모두 이형님 덕분이었습니다. 이번에도 역시…….”

기륭이 애써 감정을 억누르며 말하다 끝내 말을 맺지 못했다.

그런 두 의형제의 모습을 지켜보던 고검이 작은 미소를 입가에 담으며 물었다.

"이젠 그 피의 굴레에서 벗어나셨습니까?"

그러자 조오현이 고개를 갸웃했다.

"글쎄올시다. 어쨌든 이젠 대형을 모시고 금오표국을 다시 일으킬 마음이 생기긴 하는군요. 그리고 만약 내게서 풍겨 나오는 피내음이 조금이나마 옅어졌다면 그건 분명 무불장에서의 생활 덕분일 거외다. 나중에라도 이 조오현을 쓸 일이 있다면 언제든 달려가지요. 그간 고마웠소이다, 장주!"

조오현이 한 걸음 뒤로 물러나며 고검을 향해 정중하게 허리를 숙여 보였다. 그러자 고검이 마주 허리를 숙이며 답했다.

"그간 고생하셨습니다."

두 사람의 모습을 지켜보고 있던 추산이 나직하게 대웅산에게 말했다.

"이제 보니 조 노사께서는 예전에 살인청부업자였군요."

"그걸 몰랐단 말이야? 그렇지 않다면 어찌 그토록 뛰어난 살법을 익혔겠어. 아마 강호에서 열 손가락 안에 드는 살수였을걸?"

"그럼 대 형님은 조 노사가 살수였다는 사실을 알고 있었단 말이에요?"

"뭐, 대충… 물론 조 노사의 의형제들이 남경에서 표국을 하고 있는 줄은 몰랐지만……."

"아이쿠야. 이제 보니 내가 바보짓을 했군. 사형께 물을 게 아니라 대 형님께 물었으면 벌써 조 노사의 과거를 알았을 것인데…….”

추산이 나직한 탄식을 흘려냈다.

오늘 밤이 지나면 청부사 조오현은 새로운 삶을 살아갈 것이다. 청부사 조오현은 무불장을 떠날 것이고, 과거 천하제이청부사로 불리던 만불통은 무불장에 둥지를 틀 것이다.

어느새 배 주위로 자욱한 안개가 피어오르기 시작했다. 배는 밤을 지나 새벽을 향해 나아가고 있었다. 그런데 무불장의 고수들이 탄 소선이 막 태호를 벗어나려는 순간 한 마리 비둘기가 고검의 어깨에 내려앉았다. 그리고 잠시 후 안개 속에서 고검의 탄식 소리가 들려왔다.

“아, 역시 그였던가?”

“사형, 미 부인께서 무슨 소식을 보냈는데 그러세요?”

“이것 좀 보거라. 우린 정말 무서운 인물을 만났었구나.”

“신비마인 신주마 악불위? 그럼?”

“그렇다는구나. 그 천주라는 자는 바로 천하팔대고수 악불위였구나.”

“아이구야. 우린 그야말로 호랑이를 만났던 것이군요. 어휴, 소름이 다 돋네.”

두 사형제의 목소리가 점점 더 안개 속으로 멀어지고 있었다.

孤劍秋山

다섯 번째 이야기…

孤劍秋山

천지간에 오직 백색만이 존재했다. 밤낮을 가리지 않고 삼 일 동안 눈이 내렸다. 어지간한 관도는 사람의 발길이 끊겼고, 외딴 마을은 세상에서 격리됐다.

황하가 섬서와 산서의 협곡을 따라 남쪽으로 치달아 내리다가 동쪽으로 그 물길을 트는 곳에 자리 잡은 가물현에도 지난 삼 일간 눈이 내렸다. 평소 황하의 물길을 따라 이동하는 상인들의 발길이 심심찮게 이어져 제법 번성한 도읍을 이루고 있는 가물현이었지만, 지난 삼 일간 내린 눈으로 가물현으로 이어지는 관도 역시 사람들의 발길이 끊어졌다.

눈뿐이라면 어찌 사람이 다녀볼 만도 하지만 매서운 정월의 북풍마저 불어댔으니 이런 날씨에 길을 가는 것은 목숨을 내건 자가 아니면 불가능한 일이라 할 수 있었다.

그런데 언제부터인가 휘몰아치는 눈바람 속에서 자그마한 검은 점이 생겨나더니 서서히 그 점이 하나의 인영으로 바뀌었다. 머리는 대나무와 회색 천으로 엉성하게 만든 모자를 깊게 눌러써 얼굴을 가리고 있었고, 고개는 무릎까지 쌓인 눈을 향해 있었기에 그의 얼굴을 확인할 길이 없었다.

하지만 그의 옆구리에 길게 늘어뜨린 투박한 검(劍)은 그가 강호의 무림인이라는 것을 확인시켜 주고 있었다. 그는 관도에 쌓인 눈을 꾹꾹 눌러 밟으며 한 걸음 한 걸음을 규칙적으로 떼어놓고 있었다. 그렇게 가물현으로 이어지는 서쪽 관도에서 나타난 사내는 눈바람을 뚫고 가물현 쪽으로 사라져 갔다.

"아이구, 어서 오시우. 자자, 이리로……."

가물현의 북쪽에 위치한 소래객잔의 주인 유씨는 반색을 하며 문을 열고 들어서는 손님을 맞았다. 이런 날씨에 무슨 손님이 있겠냐고 객잔의 문을 여는 것을 말리는 마누라를 뿌리치고 기어이 객잔의 문을 연 유씨였다. 그러니 객잔의 문을 연 지 근 세 시진 만에 맞이하는 손님이 반갑지 않을 수 없었다.

"분주(汾酒) 한 병과 요깃거리를 좀 주시오."

눈바람을 막기 위해 머리에 눌러쓴 방갓을 벗지도 않은 채 자리를 잡고 앉은 사내가 유씨에게 주문부터 했다.

"예, 예. 그리합지요. 아, 무슨 놈의 눈이 이렇게 오는지……."

손님의 얼굴을 보지 못하는 것은 그리 중요한 일이 아니었다. 일단 주문을 하였으니 유씨로서는 아쉬울 게 없었다.

잠시 후 이런 날씨에 불려 나와 볼이 퉁퉁 부어 있는 주방의 숙수를 다그쳐 몇 가지 요리를 준비한 유씨가 산서의 명주 분주와 돼지고기 볶음을 쟁반에 받쳐 들고 눈 내리는 창밖으로 시선을 주고 있는 사내에게로 다가왔다.

"여기, 주문하신 술과 음식입니다. 맛있게 드십시오."

유씨가 조심스런 손길로 쟁반의 음식들을 내려놓으며 슬쩍 사내를 훑어보고는 이내 발걸음을 돌리려 했다. 그런데 그 순간 굵고 거친 사내의 음성이 들려왔다.

"한 가지 물어봅시다."

막 걸음을 옮기려던 객잔 주인 유씨가 고개를 돌려 사내를 바라봤다.

"말씀하시지요. 제가 아는 것이라면……."

"혹, 홍가보에 무슨 일이라도 생긴 것이오? 내가 알기로 이 앞길은 홍가보로 이어지기 때문에 비록 날씨가 험해도 적지 않은 사람이 오갈 터인데 이렇게 사람들의 발길이 없으니……."

홍가보는 가물현 북쪽에 자리를 잡고 있는 유서 깊은 중견무가였다. 홍가보의 역사는 가물현이 생겨날 때부터라고 알려졌는데 가물현 인근에서는 가장 세력이 막강한 문파일뿐더러 가물현을 끼고 도는 황하의 물길을 통제하는 문파이기도 했다. 더군다나 홍가보는 북천무맹에 속한 문파이기도 했다.

그런데 사내의 질문을 받은 객잔 주인 유씨가 흠칫 놀라는 기색을 보였다. 그리곤 누가 들을까 봐 걱정하는 표정으로 주변을 살핀 후 나직한 목소리로 입을 열었다.

"손님은 이곳에 사시는 분이 아닌 모양이군요. 아직 홍가보의 소식을 모르니 말입니다."

"오 년 만에 처음 와보는 길이외다."

"그러니 모르실밖에요. 사실 삼 개월 전에 홍가보에 큰 난리가 났답니다."

객잔 주인 유씨의 목소리가 좀 더 낮아졌다.

"난리라면……?"

"홍가보는 사 년 전 북천무맹의 북천십이룡 중 한곳인 사자문(獅子門)과 사돈이 되었지요. 홍가보주의 영애인 홍초향 소저께서 사자문의 이제자 육관 대협과 혼인을 맺는 경사가 있었습니다. 그 덕에 홍가보는 일약 북천무맹의 중심부에 진입하게 되었지요. 그런데 호사다마랄까. 삼 개월 전 일단의 무리들이 홍가보를 엄습해서 가솔 수십 명을 해치고 홍가보를 멸문의 지경에 처하게 한 후, 마침 외가에 다니러 온 홍초향 소저, 아니, 이제는 부인이라고 불러야겠군요. 어쨌든 육관 대협과 홍 부인의 아들인 육기룡 도령과 홍 부인을 납치해 간 것입니다. 그러니 홍가보뿐 아니라 북천무맹이 발칵 뒤집어질 수밖에요."

객잔 주인 유씨는 자신의 말이 끝났을 때 사내가 잡고 있던 물잔이 작게 진동하는 것을 알아채지 못했다. 그리곤 잠시 말을 끊었던 객잔 주인 유씨의 말이 계속 이어졌다.

"홍가보의 고수 중 살아남은 사람은 보주 홍 대협을 포함해 겨우 이십여 명, 거의 멸문에 가까운 타격을 입은 홍 대협은 결국 남은 가솔을 데리고 사자문에 몸을 의탁하게 되었지요. 해서 지금 이곳에 있던 홍가보의 터전은 완전히 폐허가 되고 말았습니다. 그래서……."

유씨는 자신이 알고 있는 바를 모두 말한 듯 말꼬리를 흐렸다. 그러자 잠시 후 사내의 입에서 예의 그 탁한 음성이 흘러나왔다.

"그… 홍 부인과 그녀의 아들은 찾지 못했답니까?"

"그러게 말입니다. 사자문과 북천무맹의 고수들까지 출도했음에도 홍 부인과 그녀의 아드님을 찾았다는 소문은 듣지 못했습니다. 사실, 흉수들이 누군지조차 모른다는 소문이 파다하지요."

유씨의 대답을 들은 사내가 천천히 고개를 끄덕였다.

"그런 일이 있었군요. 알겠습니다. 상세히 이야기를 해주셔서 고맙습니다."

"아, 뭘요. 마침 손님도 없어서 무료하던 참인걸요. 그럼 전 이만……."

유씨가 가볍게 고개를 숙여 보이고는 빈 쟁반을 들고 총총히 주방 안으로 걸어 들어갔다.

유씨가 멀어지자 사내가 살짝 고개를 들었다. 그러자 방갓에 가려진 그의 눈이 슬쩍 드러났다. 순간 그의 눈에서 시퍼런 안광이 번뜩였다. 그리곤 조용한 뇌까림이 들려왔다.

"초향, 도대체 네게 무슨 일이 일어난 것이냐?"

'강호연가(江湖戀歌)' 편이 7권에서 이어집니다.

당당하게 글을 쓰는 사람, 멋있게 포장하는 사람,
감동적으로 읽어주는 사람이 있다면
언제든 어디든 인더북이 함께 하겠습니다.

2008년 봄 그들이 온다!!

권왕무적의 초우, 궁귀검신의 조돈형, 삼류무사의 김석진, 태극검해의 한성수, 프라우슈 폰 진의 김광수, 흑사자의 김운영, 송백의 백준 등

총 20여 명에 이르는 호화군단의 인더북 이북 연재 확정!!
그 외에도 많은 정상급 작가들의 이북 연재 런칭 예정!!

포도밭 그 사나이, 새빨간 여우 등의 로맨스 정상급 작가 김랑의 작품을 이북 연재로 만나다!!

오직 인더북에서만 독점 연재!!

아쉬움을 남기고 1부에서 막을 내린 **권왕무적 시리즈의 2부** 등 인기 작가들의 수준 높은 미공개 작품들이 시중에 책으로 출간되지 않고, 오직 인더북에서만 연재됩니다.

COMING SOON! INTHEBOOK.NET

1. 인더북의 이북 유료연재는 2008년 1월 말 ~ 2월 중순경 오픈
2. 인더북에 연재되는 작품들은 시중에 출판되지 않은 작품들로 엄선

이북 유료연재의 새로운 도전! 그리고 새로운 시작! 인더북!!
곧 새로운 모습의 이북 연재 사이트로 여러분께 다가가겠습니다.